丰景独好

大丰区文旅手绘地图

① 荷兰花海		⑪ 梦幻迷宫	
② 新丰920街坊		⑫ 大丰港动物园	
③ 森灵欢乐世界		⑬ 大丰港海洋世界	
④ 梅花湾		⑭ 千百渡驿站	
⑤ 丰收大地		⑮ 日出海湾	
⑥ 知青农场		⑯ 麋鹿自然营地	
⑦ 恒北村		⑰ 时空研学基地	
⑧ 恒北文创街		⑱ 野鹿荡	
⑨ 白驹狮子口会师文化景区		⑲ 大丰林场	
⑩ 中华水浒园		⑳ 中华麋鹿园	

图例：

▬	河流
▬	高速公路
▬	国道
▬	省道
▭▭	普通铁路

盐城市斗龙港旅游度假集团
Yancheng Doulonggang Tourist Resort Group

一

来者皆悦
创造快乐的GDP

　　盐城市斗龙港旅游度假集团(以下简称"集团")成立于2020年3月,注册资本30亿元,是江苏省盐城市大丰区区属文旅"AA+"资信评级的国有企业,总资产400余亿元,员工总数1000余人。

　　集团下辖荷兰花海、梅花湾、知青农场国家4A级景区3个,白驹狮子口会师纪念地国家3A级景区1个,新丰920街坊老街区1个,世界自然遗产大丰野鹿荡湿地风光廊道1处,拥有天沐温泉度假酒店、北苑酒店、大龙岛湖岸·若里度假村、麋鹿度假村、全季酒店、斗龙渔歌民宿酒店等多家高中低档酒店和度假村,总床位数3000余张。

　　集团持续强化西部花海、东部沿海核心布局,依托大丰独特的生态优势,深入推进市场化转型,做足、做大、做强满足人民群众对美好生活需求的各类"旅游+"产品,以人民为中心不断提升一站式全域旅游度假服务水平,全力推进大丰全域旅游高质量发展。

《丰景独好》编委会

江苏省盐城市大丰区文化广电和旅游局

大丰区文化旅游丛书

丰景独好

《丰景独好》编委会　编著

国文出版社
·北京·

图书在版编目（CIP）数据

丰景独好 / 《丰景独好》编委会编著 . -- 北京：
国文出版社，2025. -- ISBN 978-7-5125-1816-2

Ⅰ. I257

中国国家版本馆 CIP 数据核字第 2024C8N423 号

丰景独好

编　　著	《丰景独好》编委会
责任编辑	王宇飞
策划编辑	凌　翔
责任校对	陈一文
装帧设计	张　帆　李骏腾
出版发行	国文出版社
经　　销	全国新华书店
印　　刷	三河市中晟雅豪印务有限公司
开　　本	787毫米×1092毫米　　　16开
	17印张　　　　　　　239千字
版　　次	2025年4月第1版
	2025年4月第1次印刷
书　　号	ISBN 978-7-5125-1816-2
定　　价	79.80元

国文出版社
北京市朝阳区东土城路乙 9 号　　邮编：100013
总编室：（010）64270995　　传真：（010）64270995
销售热线：（010）64271187
传真：（010）64271187-800
E-mail：icpc@95777.sina.net

我们来看"红"与"绿"（代序）

◇ 马连义

卢群大姐是新晋中国作家协会会员，更是我们大丰老年作家协会主席。前不久一次文友聚会的席间，她突然对我说：最近编了两本书，一本讲大丰红色故事，一本讲大丰景点故事，帮着写个序吧？我说好啊。于是她拿来了这两本稿子的清样，一本是《热土留芳》，是"红色"；一本是《丰景独好》，是"绿色"。

一、先看红色

古人说，野火烧不尽，春风吹又生。或许因为这片土地曾经被战火燃烧过，挥洒了烈士的心血，所以才生长出今天的繁荣昌盛。

我们的先辈，世世代代热爱和平，但是二十世纪三十年代后期，南黄海西岸这片荒凉滩涂、这片热土被侵略者拽进战争泥潭。

在这之前，这块热土虽然也有战乱，但这片海涂还相对平静。唐宋元明清，这里是两淮盐业主产区，比较富庶，对国家经济有较大贡献。可是，曾经如日中天的盐业，在清朝中晚期开始萧条，这里的社会发展一度摆停，空旷的盐碱地在等待新的生产关系和生产力。后来，张謇来了，盐业文明变成农耕文明，拉开了沿海现代化探索的帷幕。是侵略者发动的战争撕碎了这幅蓝图，使我们可爱的家乡，在风雨飘摇中凌乱。

到1940年前后，多种政治和军事力量，角逐于此。开始是带有特殊使命的日本企业，进而是日本侵华作战部队、国民党的地方政权和军队、汪伪政权的"和平军"、地方自治武装，还有公开和隐蔽的各种社会流派。他们依托茫茫滩涂、遮天芦苇，沟河港汊纵横交错的地形地物，将这里建成一座藏匿海边的战争黑市，上演着明火执仗的扫荡和月黑风高的间谍战。整个沿海乌烟瘴气，暗流涌动，情报交换，军械贸易，药品倒卖，鸦片私贩，全景式勾勒出黄海湿地特殊战区的潦草图景。

我们编写这本书的目的，是要让家乡的人们和我们的后代记住1940年。那是一个重要的历史节点，那一年中国共产党领导下的八路军和新四军在白驹会师，英勇无敌的新四军第一师，在我区东南片大桥、川东、草庙、万盈、小海一带轰轰烈烈发动群众，建立革命根据地，进而创立地方红色政权。

本书开篇《一座永远屹立在黄海之滨的红色丰碑》，讲述了中共台北县委（即今天大丰区委前身）在战火中诞生的故事。老人们回忆，那时整个华东革命根据地已星火燎原，原国民党驻守的城市被逐个解放，捷报频传。其中有两个地方政权是新四军新建的，一个是如东县，在如皋的东边，一个是台北县，东台的北边。中共台北县委的成立，是我们党在残酷的战争年代建立红色政权的范例。

遥望八十多年前，江淮红旗漫卷，旷古沉寂的海滨如火如荼，反"扫荡"，驱顽敌，闹土改，抓汉奸，搞支前。我们传承着革命先辈的红色血脉，铭记《永不消逝的电波》和《芦荡火种》的英雄故事。我们大丰的红色文化可歌可泣，融入中国共产党领导的推翻三座大山的宏伟史册，永存千秋。

二、再看绿色

八十多年前全民抗战，八十多年后全域旅游。我们把历史当成一座桥，连接着这两本书的内涵与外延，哦，一目了然。

打开《丰景独好》，开篇《只此青绿》。其中写着：

> 在大丰，那遮天蔽日的绿，一下子会淹没你，令人"窒息"。那旷野上的绿，又会托起你，让你自由呼吸。这绿，风一吹，在你眼前，一浪浪地涌来，又一浪浪地退去。
>
> 青，说的是这里的水，是湖水，是池塘水，是曲曲弯弯纵横交错大河小河里的水，是辽阔苍茫一眼看不到边的大黄海之水。
>
> 初来大丰，你会觉得无边的大，苍苍茫茫，辽阔无垠。天连地，地傍海，天

水相连，一马平川。这里无山，却有树木排排行行，绵延天边，与青云相接，视觉上便有了群山连绵、苍翠峭拔的感觉，实也壮观。

这里需要简单介绍一下大丰的全域旅游情况。

大丰旅游整体格局为"两片四线"。西片花海，东片沿海。书中描述，栩栩如生。穿越其中的"范公堤旅游专线""红色旅游专线""乡村旅游专线""北上海旅游专线"尽展其全貌。大丰现有一处5A级景区，六处4A级景区，在全国县（市、区）级旅游军团中，属甲级阵营。

此间有一花、一神，大丰旅游之极品。"花"为郁金香，历史上，郁金香经丝绸之路出西域，被西方推崇至极，后转辗回国，落户大丰，成全球花冠。"神"为麋鹿，它是中国特有的吉祥之物，大丰麋鹿风靡天下。

当今天下，凡文旅大观处，非世界遗产地莫属也；当今天下，凡优质文旅，一为天赐，二是人为。大丰文旅，有世界自然遗产和人文遗产双重加持。

古人说，地理就是战略；今人说，旅游就是去没有去过的地方看一看。通常的旅游胜地包括雪域高原、落日大漠、平镜湖泊、平原古都、奇异荒岛等等。但是，时至今日，许许多多的人还不知道潮间带，还没有观赏过南黄海潮间带的海涂秘境。地质学家告诉我们，在我们的地球上，有两处有名的潮间带。一处在欧洲的瓦登海，一处在中国的南黄海。亿万年来，在我国南黄海地区，长江、黄河泥沙冲积与东海前进波相互作用，经无限循环的潮汐作用，演变出了潮间带。百万羽候鸟，冬来春往，在这里经停过境，数十万留鸟，在这里栖息生存。

这片被联合国专家称之为"大自然罕见之美景"的海岸带，蜿蜒近一百公里，其中心区位，就在我们大丰国家级美丽海湾川东港。你听说过中国古代三大仙岛之一的瀛洲岛吗？你听说过《山海经》当中描绘的大荒东经吗？你到过野鹿荡、日出海湾吗？你见到过雨后彩虹中仙鹤穿越吗？你见过大片碱蓬形成的晚霞中的"火烧云"吗？你见过茵陈草和白茅组合的萤火圣岛，在七夕之夜与银河相映生辉，形成的天上街市与人间银河吗？这就是大丰旅游的魅力。我们举起潮间带文化的旗帜，在全球世界自然遗产地旅游中独树一帜。

卢群大姐是有感召力的，她振臂一呼，应者云集，屈指百人。除了为数不多的外地人和年轻人，目前居住在大丰本地的二十世纪五十年代、六十年代、七十年代出生的稍有名气的作文者，几乎满员出列。陈海云先生、邹迎曦先生、仓显先生，均年过八旬，仿佛老将归阵，重披战袍。本书作者多为圈内文友，朋友们欢聚一堂，评与说、鼓与呼，为大丰红色树碑，为大丰绿色立传。

此情此景，我亦动容，为之肃然起敬，拟此小文，以为序，赠予作者与读者。

2024年6月

（马连义，著名文化学者，大丰野鹿荡星空保护地创办人）

目录

沿海的梦里，我和你一起
追逐麋鹿仙鹤，深情的笑温暖
了滩涂……

东部沿海

杨国美 摄

只此青绿

◇ 冯晓晴

在大丰，那遮天蔽日的绿，一下子会淹没你，令人"窒息"。那旷野上的绿，又会托起你，让你自由呼吸。这绿，风一吹，在你眼前，一浪浪地涌来，又一浪浪地退去。

青，说的是这里的水，是湖水，是池塘水，是曲曲弯弯纵横交错大河小河里的水，是辽阔苍茫一眼看不到边的大黄海之水。

初来大丰，你会觉得无边的大，苍苍茫茫，辽阔无垠。天连地，地傍海，天水相连，一马平川。这里无山，却有树木排排行行，绵延天边，与青云相接，视觉上便有了群山连绵、苍翠峭拔的感觉，实也壮观。

若说大丰"大"，其实它就是海边一座县级小城，中国地图上一个芝麻大的点，放大地图才可以看到。我们就居住在这香喷喷的芝麻点上。实际面积3059平方千米，海岸线112公里。那年大导演陈凯歌来大丰港莎士比亚小镇考察投资影视城，在二期码头开工典礼上，他说"大丰"这个地名像是文学作品里的，简单、文艺。

"大丰"之名由来有两种说法：一说源于境内有大中、新丰两镇，各取一字所得；另一种说法是为纪念实业家张謇来此废灶兴垦，成立大丰公司而得名。无论怎样，这名叫了近百年，响亮亮也简单单。当年全国政协副主席费孝通来大丰考察，即兴挥毫题词："大丰年年大丰收，滩涂初访值中秋。万顷沧海出桑田，范公忧乐不无由。"曾担任中共江苏省委第一书记的江渭清为南北共建题字"大丰全丰，太仓满仓"，巧用地名，寓意绝伦。"大丰"这名字被寄予着丰收富裕、国泰民安的美好愿望。民国三十一年（1942），这里建台北县；1951年，台北县改为大丰县；1996年，设立大丰市；2015年，这里成为盐城市大丰区。

小城清秀大气，置身其中，嗅得一股说不出的湿湿淡淡的香气。"大音希声，大道无形"，这香气透明、隐遁、稀阔，无法用语言明确表达，就隐隐的，纯然是一种感觉，它充溢于我们身体感官间。这里有桥有水，有花有柳，葱翠浓郁，移步是景。这香，是花的香，叶的香，是满地绿植散发的香气。小城的大气，表现在宽阔与舒展上，在道路、在高楼、在方圆几十公里有着十几个城市公园的布局上，也在于小城人友善、豁达、惬意、舒心、满足的笑容里。这像珍珠一样散落在各个方位的公园，由道路的经纬线串起，挂在小城美美的脖颈上。

袁红女士的散文集《十座花园一座城》，描述过大丰公园的美："春天去梅花湾看数万株绿萼、朱砂、宫粉、垂枝，红白梅绽开，一路蜿蜒几万人。接着到野外踏青，荷兰花海郁金香竟然是中国第一，俨然一座欧洲大花园。园外跟带着一个欧洲小镇……待到桃李杏花落后，就要去施耐庵公园看满架紫藤了。秋天去银杏湖公园看银杏叶，从五一河廊桥一路透迤就到了恒北梨园。河滨公园伴随宁静的二卯西河，一路向东横穿整个小城。白鹭顺着河流漫步到大丰港日月湖公园，然后飞到海边，有麋鹿的滩涂……"

女性的笔触细腻轻巧，不经意点了这么多景点，那美，已让你欲罢不能。袁红会写，知道藏着与留白，点到为止，没有和盘托出。为的是，让你在小城行走中猝不及防再遇惊喜。

去过古镇草堰吗？古韵意浓，古巷、古桥、古井、古闸、古碑总与你不期而遇。老树绽新芽，三元农庄、梦幻迷宫，绿意葱茏且趣味丛生，这里是藏在古镇深处的世外桃源。

白驹，有典型的湿地环境，这里水雾邈远，芦荻萧萧，飞鸟成群。施耐庵纪念馆位于花家垛水泊梁山意境中，这青绿孕育了千秋巨著《水浒传》。最北的刘庄，若不是郓爱的出现，人们只闻得净土院袅袅烟香，"爱出者爱返，福来者福往"。我记住了大爱无疆、内心青绿的高鹤年。

东行不远便是天边湖，一汀水榭，流动花光波影，几叠湖石，竖起平原风骨。这里树木参天，植物葳蕤，碧青的湖水像大地的眼睛，注视着湛蓝万里的天空。村民们在这里休息，漫步，锻炼……

北行一定得去城区湿地公园看看，见识一下那儿糯湿湿的风和蓝天碧水。何为大气？看那广场便是。石板铺就，琉璃灯盏盏，无边开阔。园内沿一条路行走，可见上坡下坡，亭台楼榭，碧水拱桥，还有九曲十八弯的木栈桥，桥下满湖的清荷……仙境一样的湖景，园内香樟、翠竹、银杏、广玉兰、朴树、椰榆、垂柳、栾树、红枫、桂花、罗汉松、樱花，还有不知名的藤蔓小草铺满一地，太养眼了！真想变成一尾鱼或一只美丽的白鹭，游弋在水中，飞翔在苇叶之上。沐这阳光，吸这清凉，感受这让人打开心扉的地方。

沿丰收大地一路苍绿到海边，日出海湾一定是人海车流，帐篷遍地。人们想沐海边清新的风，听澎湃的海浪拍岸，在暗夜星空下做一个甜美的梦，然后早早醒来，等待清晨一轮红日从东方冉冉升起。

这是一个神圣的时刻，海边日出，多少人为此奔赴而来。天空渐变的色彩，不止青绿，还有橙色、橘黄、曙红、清灰。大地上行走的麋鹿、牙獐、野兔等各种生灵，天空的飞鸟，茶褐、肽白、藤黄、三青……太多的色彩。

人是需要放空的，工作的压力，琐碎的生活，让人们内心沉积太多。压力大了，需要在不定时段对着天空苍穹或广袤大地仰望或凝视一会儿，此刻心灵便随空旷而去。天空大地盛大壮美，可以接纳消解所有人内心的垢积与不悦，就像这大地的青绿，给予我们最好的慰藉、调剂与滋养……

妙趣横生的麋鹿家园

◇ 刘立云

在我国万里海疆的中部，孕育着一片原始而神奇的滩涂湿地。这里人迹罕至，树茂林幽，港汊纵横，光滩沉寂。未经能工巧匠雕琢，却美得让人流连忘返，占地7.8万公顷的大丰麋鹿国家级自然保护区，犹如一张绿色的巨网，覆盖在这块美丽而神奇的滩涂湿地上。

1986年，来自英国七家动物园的39头麋鹿，远涉重洋，来到大丰安家，结束了我国近一个世纪以来麋鹿绝迹的历史。经过38年的发展，截至2023年，大丰麋鹿种群已达7800余头，其中野生麋鹿已达3000多头。我国建立了世界上最大的麋鹿基因库，麋鹿约占世界总数的68%，其产仔率、成活率和年递增率均居世界之首，特别是自然增长率，比世界平均5.9%还高出了19.8个百分点。迄今为止，这里已成为世界上最大的麋鹿自然保护区，拥有世界上最大的麋鹿种群和第一个野生麋鹿种群。

麋鹿因其面似马、角似鹿、蹄似牛、尾似驴而俗称"四不像"，是我国特有的物种。据考证，它已有二三百万年的生命历史，商周时期，麋鹿的数量几乎与人类相等。一千多年前，麋鹿野生种群灭绝，仅剩一小部分豢养在我国皇家林园里。后来，八国联军攻陷北京，生存于清朝皇家林园里的最后一批麋鹿被入侵者抢劫一空。从此，这一物种在中国本土上绝迹。流落海外的麋鹿因不服异国水土及其他多种原因，到了十九世纪末仅剩下18头。这个曾经十分庞大的家族，几乎走到了生命尽头。有幸的是，英国贝福特公爵不惜重金买下了全球仅有的18头麋鹿，放养在他的乌邦寺庄园内。现在世界上所有的麋鹿都是那18头的后代。

麋鹿回归故里，走进了阳光明媚的春天。雄鹿在乍暖还寒的早春里悄然生茸，渐渐地展露出峥嵘。当莺飞草长、春暖花开的时候，鹿群已换上了棕黄色的新毛。不久，雌鹿的产仔期到了，鹿仔在春风中降生。到了五月，整个保护区成了鸟语花香的世界，连空气都夹着丝丝甜意，麋鹿发情期亦随之而来。一群又一群膘肥体壮的雄鹿，来到一片绿草茵茵的开阔地，参加一年一度的鹿王"大选"。它们自由组合，自己选择对手，一个家族中足有20多头参赛，两头一组，淘汰选拔，最终得胜者乃为鹿王。那场面精彩激烈，扣人心弦，蔚为壮观。

鹿王产生后，所有"战败"的雄鹿就会自动退居"二线"，雌鹿们自然成了鹿王的"嫔妃"，并接受鹿王的管理。鹿王在"任职"期间很少吃草、喝水，昼夜操劳不息。三个月的发情期，鹿王耗尽了精力，体重能下降四五十斤。交配结束，所有的麋鹿又在一起活动，大家和睦相处，并维系到下一年。

正当知了叫唤着炎热的夏天，牛虻与蚊蝇肆虐着杂草丛生的海滩之时，聪慧的麋鹿早已安逸地游憩在清澈的水流之中。浓绿的树荫，弯弯的港汊，徐徐的海风，宁静的水塘，组成了一个舒适的清凉世界。夏夜，鹿群喜欢栖息在依树傍水的开阔地上。几头被鹿王打败的雄鹿，在离雌鹿群五十米开外的地方，目不转睛地窥视着雌鹿群，努力寻找机会引走鹿王的"嫔妃"，来与它们"幽会"。鹿王对"嫔妃"们的管理是极为严格的，尽管它自己没有足够的精力来应付每一头雌鹿，抑或不能尽到一个"丈夫"应尽的责任，但在它的眼里绝对不能容忍任何一个"嫔妃"去同别人"偷情"或者"私奔"。否则，雌鹿一定逃脱不掉严厉"家法"的惩处。

秋高气爽，正值滩涂上狼尾草开花的时候，麋鹿们悠闲自得地玩耍、嬉戏。胎鹿在果实累累的季节中孕育，成鹿在金风浩荡的日子里催膘。十月的午后，太阳已经不太炽热，海风掠过滩涂，狼尾草有些泛黄。一只约五六个月大的小鹿对光滩地带的一束嫩草产生了兴趣，它兴致勃勃地走到草边，谨慎地绕着嫩草转了两圈，一下子将草咬在口中，随后赶来的小鹿母亲，看到刚断奶不久已会独立采食的小鹿，目光里充满了慈祥的光。小鹿继续采食，母亲在贴身护卫……

下雪了，来自西伯利亚的寒流袭击着黄海之滨这片湿地滩涂。麋鹿开始换上灰褐色的"冬装"，雄鹿脱落下头上的锐角，等迎春花绽放的时候，再露出自己锐气十足的峥嵘。在凛冽的寒风中，鹿群在默默地掘食着冻土中的草根，咀嚼着人们为它们补送的越冬饲料。为了战胜严寒，越过那漫长的冬日，它们常常紧密聚集在一起，以顽强的毅力和足够的耐心，等待着春天的到来。

当第一声布谷鸟的鸣叫唤醒沉睡的湿地滩涂时，已是枯草返青的季节。成群结队的麋鹿沐浴着和煦的阳光，尽情地享受着天伦之乐，开始又一年的崭新生活。

南黄海滩涂湿地的自然地貌，总让人感到似海非海，似江非江，似河非河，似陆非陆，其形态酷似远古时代的某种神秘符号。数百年海水的冲积，馈赠人们这片琥珀状湿地。麋鹿这种"四不像"的珍稀物种，来到这个"四不像"的地域，以这里为怡然自得的家园，苍茫宇宙安排得如此适当与精巧，亦是一种大自然的生态平衡吧。凡来过这里的人，总会产生一种妙不可言的梦幻与神奇感觉！

麋鹿的回望

◇ 骆圣宏

物以稀为贵，麋鹿却是因上天赐给它的独特的身体构造而著称。鹿角、马面、牛蹄、驴尾，似马非马，似驴非驴，似鹿非鹿，似牛非牛，俗称"四不像"。

麋鹿自古生活在黄河、长江中下游一带，这里曾经沼泽遍布，水草丰美。说是"似"而非"是"，是因为，一般鹿的角尖都是朝前，但为了能在湿地里茂密的芦苇荡中更顺畅地通行，麋鹿的角尖变成了朝后。同样，它拥有牛一样宽厚的蹄子，可以免陷泥沼；长着一副马一样的长脸，可以够到水底深处的水草获取更多的食物；有一条驴一样的长尾巴，可以驱赶湿地里无穷无尽的蚊蝇。独特的生活环境，在这一物种身上打下了独特的烙印。

然而，今天人们格外珍视它，并不仅仅是因为它奇特的长相。

几百万年前，它几乎和人类同时诞生，繁盛时期数量甚至超过了一亿，接近当时的世界总人口数，生活的足迹遍及当时的大半个中国。

《诗经·大雅》说"王在灵囿，麀鹿攸伏"，《楚辞·九歌·湘夫人》说"麋何食兮庭中，蛟何为兮水裔"。后来由于自然气候变化和人类的猎杀，麋鹿在汉朝末年就近乎绝种。尽管如此，到了唐朝仍有"荆扉对麋鹿，应共尔为群"（杜甫《晓望》）的说法。元朝时，蒙古士兵将残余的麋鹿捕捉运到北方以供游猎。在自然界它已经灭绝。

到十九世纪时，麀鹿家族只剩下在北京南海子皇家猎苑内的一群，仅二三百头。1866年，被法国传教士大卫神父发现并命拉丁种名。各国公使用贿赂、偷盗等手段，争相为自己国家的动物园多搞几头。

1900年，八国联军入侵北京城，途经南海子，将皇家猎苑仅剩的麋鹿全部捕走，一个中华大地上独有的物种从此在它的故乡销声匿迹。

直到二十世纪八十年代中期，在中英高层的沟通协调下，这一近乎绝灭的物种才回到它阔别已久的故土。人们在黄海之滨的大丰县，划出数十万亩湿地建立自然保护区，并派出一批专门人员小心地伺候着这39位"归侨"。全国各地乃至世界各地的人们纷纷慕名而来，一睹这一奇特和珍稀物种。

经过三十多年的精心呵护，大丰麋鹿自然保护区里的麋鹿也由原来的区区39头发展到现在的7000多头，并且先后分批野放成功。

为了查明麋鹿的主要天敌是谁，大丰麋鹿自然保护区的专家们把狗、狼、狮子、老虎的叫声录音带到保护区里，在麋鹿群不远处播放，观察鹿群的反应。

这样的试验方式，也许是来自我们人类自身的体验。

远古的人类生活在蛮荒之中，到处是蛇虫百足，人们深受其害，苦不堪言，以至人们相互串门，进门前问的第一句话就是："有长虫（古人把蛇称为长虫）吗？"就像我们小时候见面的问候语"吃饭了吗？"一样。

在物质贫乏的年代，吃饭问题是人们最关心的问题，而在我们祖先生活的远古时代，避免毒蛇的伤害已远甚温饱，时间长了，连"长虫"也不说了，直接问："有它吗？"大家都知道"它"是指"蛇"。文字发明后，人们就直接用"虫"字加一个"它"来指代"蛇"。由此可见蛇在我们人类的心目中是多么的令人恐惧。

现在虽然人类已远离毒蛇横行的时代很久，但对蛇的恐惧心理似与生俱来。大多数人，虽然自己甚至自己的家族已几代人都未被蛇类伤害过，但见到蛇，哪怕是很小的、无毒的蛇，也会本能地毛骨悚然。人类对蛇的恐惧已刻进了种族的基因里了。麋鹿对它的天敌还有这份记忆吗？

研究人员首先放的是狗的叫声，放了几遍，鹿群几乎没有任何反应，唯有几只鹿警惕性地抬起头来张望了一下，又就餐如故，吃草如常；接着放狼的叫声，鹿群里仿佛一阵风吹过，少数鹿循声看了几眼，见没有现实威胁，又放心地低头吃草；第三条放的是狮子的声音，麋鹿毫无反应；最后放的是老虎的吼声，所有的麋鹿都同时昂起了头，查看声音的方向。

随着一声声虎吼声，鹿群不是像其他动物一样四散而逃，而是集体循声而上，在声源前二十多米处的一个土堆上分三排排开，最前面的是雄鹿，第二排是母鹿，最后是小鹿！

说明狗和狮子在麋鹿的记忆里不构成威胁，狼的威胁也不是特别大，狮子因其历史上未与其共存过，麋鹿不知其凶猛，而老虎是其重要的天敌。虽然二者从汉代以后的一千多年里，几乎很少"打交道"，但对老虎的恐惧已进入其种群基因，代代相传，过万代而不忘。

听到这个研究结果，我竟不寒而栗！

自然界的动物在我们人类的眼里，不过是一群有感知的生物而已。然而，面对敌人的生死杀戮，它们或许无力反击，但它们却把仇恨深深地镌刻进种族记忆里，一代一代地传下去，过千秋、历万代而不忘。

每次去麋鹿保护区，工作人员都要叮嘱游客不要靠近麋鹿，也不要大声喧哗，说麋鹿生性胆小怕人，以免惊吓了它。

人类已圈养它们几百甚至上千年，可在它们的基因里，我们仍然是它们最大的天敌。

进入保护区，人们往往把麋鹿的回望，视为美妙生灵的眷顾。而我，却有一种莫名的恐惧！在我的心里，它们是有灵魂的生命。在它们的灵魂里，我们是它们世代相传的敌人；在它们的眼里，我们是凶猛的野兽。它们的回望，是一种世代相传的警惕，虽然我们手里已没有了长矛、没有了弓箭，但在麋鹿眼里我们仍如野蛮时代一样凶残。我们现在无论做多少努力，也抹不去它们灵魂里的生死记忆！

我们不知道，这个地球上，还有多少生命这样看待我们。

镜头下的爱恋

◇ 肖曙光

一

徐小霖要卖照片的消息传开后，接到了不少电话，也有不少人要加他的微信，这些人无疑都是想买照片的。

照片是徐小霖的父亲老徐拍的。大丰麋鹿保护区水港纵横、绿草茵茵，环境优美，麋鹿种群和珍禽异兽出没其间，吸引了众多的摄影爱好者。在这些人中，老徐是最钟情拍摄麋鹿的人。

在他的镜头下，麋鹿矫健的身影或沐浴在晨光中，或嬉戏在草滩上，或奔跑在原野上，或头顶青草奔跑在鹿王争霸的角斗场上……

老徐的摄影作品在当地引起了很大的反响，省市都给他举办过摄影展，许多摄影作品还参加了全国摄影展，获得了不少大奖呢。

老徐五年前因病去世了。今年，徐小霖准备买房子结婚，但钱不够，便动起了卖照片的念头。

这天，一个叫"尤娜"的人，给他留言，要求加他为微信好友。徐小霖想，大概也是一个想买照片的人吧，就毫不犹豫同意了。

尤娜果然同他谈卖照片的事，而且出价很高。徐小霖心里乐开了花。

OK！他发了一个微笑的表情。

二

正当徐小霖准备与尤娜交易的时候，一个人却坚决阻止他卖照片。

这个人是老徐生前好友——尚田，他也是一名摄影发烧友，经常和老徐一起到麋鹿苑拍摄照片，两人因此结下了深厚的友谊。

　　"败家子。"尚田指着徐小霖的鼻子骂道，"照片是你爸一辈子的心血啊。"

　　徐小霖耸了耸肩，说："买房子的钱不够，你让我怎么办？"

　　"老房子不能住啊？一定要买新房？"

　　"没新房，人家不跟我结婚。"

　　"非得卖照片？行！"尚田从口袋里掏出一张银行卡，啪的一声摔在桌上，"照片我买了。"

　　徐小霖愣住了，尚田的钱他哪里敢收。父亲临终前，嘱咐他要听尚田的话，他也一直把尚田看作自己的亲人。

　　尚田看见徐小霖沮丧的样子，叹口气说："这些照片是你爸爸为一个人拍的，那是他一生的念想。"

　　在尚田缓缓地讲述中，徐小霖第一次听到了父亲多年前的故事。

　　1986年8月中旬的一天，英国伦敦北郊的乌邦寺庄园的天空是湛蓝的。和天空一样湛蓝的，还有一颗年轻人的心。此刻，他就在乌邦寺庄园内，几个大木箱就摆放在那里。39头麋鹿就要从这里装上飞机，运往中国的江苏大丰了。

　　大丰是麋鹿的故乡，也是他的故乡。他来英国留学，再过半年就要回国了。很多次，他来乌邦寺庄园，看到身在异国他乡的麋鹿，心情是何等的伤感啊。

　　他对乌邦寺庄园充满了好感，如果没有庄园收留麋鹿，麋鹿的命运就更加凄惨了。于是，他常来这里做义工。

　　有位叫米露的英国姑娘，也在这里做义工，并且和他一样喜欢麋鹿。他们一起饲养麋鹿，一起打扫卫生。

　　年轻人爱好摄影，除了拍摄一些景点，他还喜欢拍麋鹿。米露见他摄影技术好，就缠着他拍照。于是，他以麋鹿做背景，给她拍了许多照片。镜头下，米露和麋鹿都是如此美丽，让年轻人心生爱念，不时按下手里的快门，留下了一张张精美的照片。

不知不觉，两颗年轻的心慢慢靠拢了。

这天，他们相约来给麋鹿送行。看到麋鹿被装进了箱子，运上了卡车，他的心情很激动，说："它们终于可以回家了。"

米露在胸前画了个十字说："上帝啊，保佑它们一路平安吧。"

看见米露依依不舍的样子，他拥着她轻声说："它们一定会好好的。"

卡车走了。他有点儿伤感地对米露说："其实，我也快要回国了。"

他本来不想告诉她的，但想了想，还是决定告诉她，免得到时候她伤心难过。

半年时间转眼就过去了，尽管离别时，米露紧紧抱住他，那双蓝宝石一样迷人的眼睛里写满了依恋和不舍，但他还是决定回国，因为年迈的母亲需要他啊。

三

"你父亲回国后，心里难以忘记米露。在他眼里，麋鹿和米露都是他的最爱。"尚田轻轻喟叹道，"他常去拍麋鹿，把一腔对米露的爱，全部倾注在了麋鹿身上。"

父亲痴迷拍摄麋鹿的原因竟然是这样啊。徐小霖心里一阵感慨，为了米露，痴情的父亲竟然一直未娶，自己是他抱养的。翻看照片，他指着上面的字母"XM"说，这两个字母，一个代表徐，一个代表米吧？

尚田点点头："你奶奶去世后，我们曾经劝你父亲去英国找米露，但你父亲却联系不上她了。"

"老徐只有米露的电子邮箱，拍的照片通过邮箱发给她，这也是那年分别时米露提出的要求。后来，邮箱拒收邮件，显然邮箱失效了。心急如焚的他，想了各种办法也联系不上米露。但老徐没有停止拍摄，他相信总有一天会联系上米露的。"

“这些照片你能卖吗？”尚田敲着桌子问道。

徐小霖难过地低下头。

几天后，尤娜在微信里问他：“我们什么时候交易？”

徐小霖回复道：“照片不卖了。”

“为什么？”尤娜发过来几个大大的问号。

徐小霖心想，不能卖了，卖了就对不住父亲。于是，徐小霖给尤娜发去了几个抱歉的表情。

看见尤娜大哭的表情，徐小霖心里充满了无奈。

四

又过了几天，尤娜在微信里说：“我要跟你视频。”

徐小霖想，真是个难缠的主啊，也罢，看她到底要干啥。

视频里的那间屋子，挂着厚厚的窗帘，家具上蒙着白色的围布。壁炉的上方有一张照片，照片上那位妇女，一头金色的秀发，面容憔悴，深陷在眼窝里的那双眼睛，热切地向远方眺望。

尤娜的声音传来：“徐先生，她是我姑妈，1993年因车祸去世了。她是位心地善良、慈爱的人，到现在我们都还怀念她。”

徐小霖想，这跟照片有什么关系呢？

镜头转过来，尤娜那张俏丽的面孔出现在徐小霖面前：“她在临终前，怀里紧紧抱着一沓照片。”

镜头对准了照片，照片上有麋鹿和那个女人的身影。

尤娜说：“后来我们知道了照片里的秘密，多年来，我们在努力寻找那个和姑妈相爱的人。我来中国留学，也是为了寻找他，可一直找不到。”

徐小霖听了，觉得很奇怪，仔细看了看那些照片，发现上面都有字母“XM”，顿时惊呆了。

尤娜说：“徐先生，你有他的照片，能帮我们找到他吗？”

徐小霖悲伤道："可惜，他……已经不在了。"

尤娜惊诧道："那……那怎么办？我不能完成姑妈的心愿了。"

"什么心愿？"徐小霖好奇地问。

"姑妈想在乌邦寺庄园举办一个关于麋鹿的展览，这也是当年他们的约定。"

"她的心愿一定能实现的。"

"是吗？你同意把照片卖给我们了？"

"不，送给你们。"徐小霖高声回答道。

五

初夏的一天，乌邦寺庄园内，人头攒动，一个"镜头下的爱恋"展览在这里举行。这些真实记录了麋鹿在中国大丰成长的照片，吸引了来自世界各地的参观者。

而一段动人的爱情故事，也在参观者中流传开来，温暖着每一个人的心。

鹿王称雄的风采

◇ 刘立云

烟波浩渺的太平洋西岸，有一片原始而神奇的广袤滩涂，这里人迹罕至，树茂林密，港汊交错，光滩沉寂，芦荡无垠。近乎古老的原始生态，美得让人流连忘返。这里，就是世界珍稀动物麋鹿的家园。养育着世界麋鹿总数三分之二的鹿群，堪称全球占地面积最大的中华麋鹿园，就坐落在这个如同神话般的天地里。

阳春三月，是莺飞草长的时节。经过了一个漫长而又寒冷冬天的等待，雌性麋鹿们正纷纷准备分娩。

在中华麋鹿园腹部的一处丛林中，当启明星刚刚隐去，东方出现微微的鱼肚白时，一头母鹿即将临盆了。这头马上分娩的母鹿，三年前从英国皇家动物园而来，回归故里的时候，刚满三岁。也就是说，它现年已经六岁了。麋鹿的生命，大概只有十七八年，六岁就意味着它是一个充满着无限活力的少妇。它原来的洋名叫"露西"，当它返回故乡的第二天，人们就给它取了一个扬眉吐气、响当当的名字——荣荣，寓意麋鹿历经百年屈辱之后荣归故里，还表示这个物种能够在故乡不断繁衍壮大、欣欣向荣。

由于荣荣出生后就生活在海外局促的圈园中，早就丧失了应有的野性，还患上了可怕的先天性抑郁症，整天显出一副闷闷不乐、郁郁寡欢的样子。它回到故土之后，在人们的悉心呵护下，每天都能得到无微不至的照料，荣荣身上渐渐地显露出生机，变得活泼机敏起来，并在一次鹿王争霸赛后，幸运地成为鹿王"后宫"之中的一员。而遗憾的是，当荣荣怀孕后，那个像魔咒般的先天性抑郁症开始复发，终于在它分娩的这一天，因难产而不幸离世。

一般来说，母鹿在难产时，会出现母子难以两全的悲怆结局。也许是上苍的眷顾吧，荣荣生下的却是一个鲜活的生命，而且还是一头公鹿。人们欣喜若狂，给它取名为"幸幸"，意指这头小鹿是幸运的，有幸运之神的眷顾，麋鹿家族一定会生生不息。三年后，幸幸与它的17个伙伴一起，被从五六百头麋鹿种群中精挑细选出来，昂首挺胸地走出了中华麋鹿园的大围栏。为人类实现了一千多年以来在华夏大地上恢复野生麋鹿种群的梦想！

岁月轮回。一转眼又是三年过去了，幸幸已经长成了体重足足有280公斤的英俊帅气的大"小伙子"了。

这一年的6月初，正是麋鹿发情期的开始。于是，一年一度的鹿王争霸大赛也即将拉开帷幕。成熟的公鹿们一个个争先恐后地打扮着自己，它们先是在沼泽地里的淤泥中滚上一身乌黑而又厚厚的泥巴，然后走到茂密的草丛中，用尖尖的犄角挑起一簇又一簇青草，顶在了自己头上的角叉间，再用"嗷——嗷——"粗壮的吼叫声来吸引异性。在母鹿的眼里，这是粗犷奔放的模样，也是威武雄壮的象征。这样的行为举止，也是向前来参加比赛的同伴们进行炫耀，更能满足自己的虚荣心。其实，这是一种善意中又夹带着并不友好的挑衅。

并不是每一头公鹿都有权利来向母鹿表示"爱意"的，它们之间要通过"决斗"的方式，来选出最终的胜利者——鹿王。鹿王具有优先吃喝、独占领地、选择三宫六院七十二妃、繁殖群体的特权，而角逐失败的公鹿在鹿王的允许下，会俯首称臣远远地待到一边，眼巴巴地望着鹿王过着那帝王般的奢靡生活。

一天，幸幸来到一片开阔地上，摆出一副呼风唤雨的模样来，引来了一大群前来跃跃欲试的公鹿。顷刻，一头浑身上下散发出膻臊气而胆大的公鹿迎了上去。它用自己的犄角与幸幸的犄角相对顶着，它们的前后双腿都发力张开，像八根木桩，牢牢地定在草地上一动不动。双方的犄角不断地碰撞摩擦，发出了咯咯咯的恐怖声响。它们顽强地使尽全身力气，没有持续多久，就开始移动脚步。大约一袋烟的工夫，在你进我退反反复复地斗了十几个回合后，那头大胆的公鹿终于体力不支,败下阵来,灰溜溜地离开了。

紧接着,又有一头趾高气扬的公鹿过来接招。幸幸并不示弱,一头迎了上去。看来,对方也不是一个什么善茬儿,也是个妥妥的久经沙场的老将。这一次较量,幸幸显得有些被动,连连后退。然而,不知是从哪里而来的一股无穷力量,在必胜的精神意志加持下,幸幸越斗越猛,愈战愈勇。就在那一眨眼睛的瞬间,幸幸故意来了一个后退让步的动作,让对手蓦然向前跟跄了一下,紧接着,就狠狠地摔了个大跟头。然后,幸幸出其不意地一转身,立即反扑过去,将对方击败。

当气喘吁吁的幸幸还没有完全缓过神来时,一头似乎不知天高地厚的公鹿,以迅雷不及掩耳之势,突然向幸幸发起了猛烈的进攻。这一次,它们争斗得异常惨烈。幸幸凭借高大魁梧的体形和惊人的耐力,持续与对手争斗了近一个小时,不下几十个回合。已经怒不可遏的幸幸,用锋利的犄角在那头不知天高地厚的公鹿身上,划出了一道长长的伤口。顿时,挑战者的鲜血染红了萋萋芳草地。无奈之下,第三头挑战者只得忍着疼痛落荒而逃。

公鹿们的争霸大赛是有规则的。经过三轮战斗后,没有参战的公鹿中,再也不会有挑战者去冒犯胜利者了。战败者与其他公鹿们可以重新自由地组合,再寻找另外的竞争对手,继续鏖战。经过一次又一次的争夺与淘汰,获胜者率领成群的妻妾,去开辟自己撒欢儿的新领地。像幸幸这样获得"三连冠"的公鹿,自然成为水草丰茂、环境优美宽广领地里的王中之王。其余战败后重新获得王位的那些公鹿们,充其量也就是一方诸侯而已。

当次年春天到来的时候,布谷鸟的啼叫声唤醒了沉睡中的滩涂湿地,母鹿们在春风浩荡、暖意融融的日子里开始产仔了。

在中华麋鹿园景区的中轴线上,也就是在当年荣荣生下幸幸同一个纬度的地方,幸幸的儿子"生生"降临在野外滩涂上茂密的草丛里。这个朝气蓬勃的名字,表达了人们无限期待麋鹿家族在美丽的黄海之滨繁衍壮大、生生不息的意愿!

生生成年以后，比它父亲幸幸显得更加彪悍和伟岸，并且继承了父亲刚毅进取、坚忍不拔的基因。同时，它秉承了黄海之滨所有野生麋鹿狂野中又敢于勇往直前的奋斗精神，连续三年在一年一度的野生麋鹿争霸赛中夺魁。

这是世界麋鹿争霸史上前所未有的称王奇迹。从广义上说，公鹿称王一般不会超过两次。连续称王能够给子孙后代遗传下优良的基因，使得麋鹿种群的发展形成良性循环。

这个消息立刻震撼了世界鹿类研究界的专家与学者们。他们纷纷来电祝贺，发自内心地说道："中国人民对人类生物链的保护成果，全世界有目共睹。这条人类赖以生存的生物链保持着完整性并日趋优良，你们建立了不可磨灭的功勋……"

"全家福"的故事

◇ 刘立云

美丽的黄海之滨，有一个闻名于世的生态旅游自然风景区，叫"中华麋鹿园"。它不但是濒危物种——麋鹿生长繁衍的家园，也是各种珍禽异兽聚集的乐土，是外地游客，乃至外国游客来到大丰以后，必须打卡的地方。

在景区的中心地段，矗立着一座气宇轩昂的大型麋鹿群体雕塑。该群雕为麋鹿三口之家的造型，即雄鹿、雌鹿和仔鹿，它们的体形是活体麋鹿的三倍，用晶莹剔透的汉白玉雕琢而成。人们习惯将它们恭称为麋鹿"全家福"。群雕造型形态自若，活泼可爱，栩栩如生，给人带来一种静如处子、动如脱兔的视觉冲击力。同时又彰显出美丽的大自然中，野生动物家族那大气磅礴、生生不息、薪火相传的恢宏之势，充分表达了人与大自然和谐相处的美好愿望。

麋鹿"全家福"置在一座庞大的基石上，成了中华麋鹿园特有的地标和一道亮丽的风景，是中外生态旅游驴友们摄影留念的首选之处。

麋鹿具有二三百万年的生命史，从古至今，都被人们视为祥瑞神兽。一直以来，古人把它当作神奇和吉祥的象征。相传姜子牙就是乘骑麋鹿率领千军万马攻无不克、所向披靡，助周武王灭掉了商朝，建立西周王朝。历朝历代，多少文人墨客都留下了赞美麋鹿的篇章。清代乾隆皇帝也写下了"岁月与俱深，麋鹿相为友"等流芳百世的华美诗句。除有文字记载外，古代达官贵人还把麋鹿作为宗教仪式上的重要祭祀物，作为吉祥富贵和升官发财的象征。

麋鹿的繁衍周期几乎与人类一样，雌性每年只怀一胎，一胎仅为一仔，孕期九个多月。在世界鹿类科学史料上，并无双胞胎和多胞胎的记载。

每年初夏，万物生长的季节，麋鹿的发情期也随之到来，雄鹿争王大赛由此拉开了帷幕。经过一轮又一轮的激烈格斗，一次又一次的选拔淘汰，最后才产生了主宰麋鹿繁衍的鹿王。因此，麋鹿家族在发情期内就出现了季节性的"官宦"制度。鹿王拥有主宰"三宫六院"和"七十二妃"的家族特权，每日享尽风花雪月的奢靡生活。此时，所有的雌鹿犹如皇宫后院中的贵妃、妾女，昼夜围绕在鹿王身旁，随时接受"诏令"。

在鹿王的心目中，那些或娇艳俏丽、风情万种，或眉来眼去、卖弄风骚的雌鹿们自然成了自己的宠妃。鹿王和它们整日厮守，形影不离。相貌平平又老实巴交的雌鹿们，是很难被鹿王宠爱的。然而心胸狭隘又无比自私的鹿王，是绝不允许它们"红杏出墙"的，一旦发现，定逃脱不了"家规"的严惩，鹿王那尖锐的麋角，会将这些雌鹿刺得体无完肤，甚至将其肚皮捅破，再把肚肠挑出来。正因如此，雌鹿的受孕率极低，这是导致麋鹿种群发展速度缓慢的主要因素之一。

当年，中华麋鹿园内有一头很不"听话"的雄鹿，它是1986年8月乘专机从英国返回故土的39头麋鹿之一。它是一个妥妥的"叛逆者"，编号为"WB-10"。这是一个秉性倔强、桀骜不驯、行为显得孤僻又性格内敛的家伙，被伙伴们视为自己群体中的另类。WB-10似乎传承了人类文明社会相亲相爱的观念，对爱情表现得忠贞不渝，始终如一。尽管有一副强壮健魄的体格，但它总是回避每年一次的争王大赛。它带着在乌邦寺庄园中就与之立下了山盟海誓，并一起来到中国大丰的"女友"，藏匿在黄海之滨广袤而又密密匝匝的芦苇荡里，过起了一夫一妻的隐居生活。

一年以后，它们有了爱情的结晶，一头可爱的小雄鹿在野外出生了。

随着光阴的流逝，WB-10夫妇已经作古，它们的孩子也长成一个英俊挺拔的"帅哥"了。然而，自从父母离世后，它就变得愈发孤僻，不吃、不喝、不睡，整天郁郁寡欢。风雨轮回，日积月累，终于在一个残阳如血的黄昏，它站立在自己父母的土冢前，面部略带一点忧伤，眼神充满着对未来的美好憧憬，悲壮而忠烈地死去。

WB-10一家可歌可泣的动人故事，打动了英国著名雕塑大师亨利·摩尔的传人，也打动了所有热爱大自然和热爱绿色生态文明的人们。作为麋鹿第二故乡的亲密朋友，亨利·摩尔的传人受世界自然基金会的派遣，不远万里来到中国大丰，采用北京房山大石窝上好的汉白玉，雕琢了WB-10一家整体形象的艺术作品，落成在中华麋鹿园内。

雕塑落成后，忽有一日，一位当地老农前来中华麋鹿园诉述，讲他半夜起来小解时，偶闻屋外麦地里传来咔嚓咔嚓的动物吃草的咀嚼声，他便蹑手蹑脚向窗外窥视。只见3头通体透白并无一丝杂质的怪兽正在啃食自家地里的麦苗。老农掌灯开门，那3头怪兽瞬即消失在田野远方。一连数日，此情此景，依然再现。老农觉得异常蹊跷，就向村里报告了此事。村干部闻讯后，将信将疑随老农来到现场勘查，果然有两亩多地麦苗留下了麋鹿的齿痕。

又有一天深夜，月色皎洁，光洒如银。一对外国情侣正在中华麋鹿园内散步赏月，他们倏然发现白天见到的麋鹿"全家福"雕塑3头麋鹿不知去向，只有雕塑脚下的基石兀突突地屹立在月光下。正在诧异之时，远处丛林中传来一阵又一阵咯吱咯吱的麋鹿脚步声。那对老外情侣赶紧悄悄躲闪到附近的树丛处，隐蔽起来观望。只见3头麋鹿已吃得肚体通圆，摇头摆尾，显出一副心满意足的样子，然后一个接着一个跃上基石，转眼工夫就恢复了原状。那对老外情侣相拥着，连眼睛都没敢眨一下。接着，又相互吻咬了对方的嘴唇，确认自己的知觉完全处在正常状态，随即怀着十分惊叹的心情，回到了下榻的鹿苑宾馆。

第二天拂晓时分，那对老外情侣领着人们来到麋鹿"全家福"面前，看到那尊汉白玉雕塑身上，挂满了晶莹的露珠，每头麋鹿的嘴角上，都挂着淡淡的咀嚼青草时留下的斑渍。

更让人感到不可思议的是，那个老农家里曾经被麋鹿"全家福"光顾过的庄稼地，没出三天，又奇迹般地蹿出了新芽，而且不需要施肥，更不用喷洒农药消灭虫害，长势却特别喜人。待到收获时，产量竟然比往年增加了三成。

后来，这个传奇的故事在当地流传开来，方圆百里的老百姓就将这尊麋鹿雕塑敬称为"神雕"。每当逢年过节，四乡八村的庄户人纷纷来到中华麋鹿园敬香叩拜，祈盼麋鹿一家三口能经常光顾自家田地，好让来年有一个好收成！

　　或许在万物复苏的日子里，选一个月朗风清的夜晚，你在中华麋鹿园"全家福"雕塑旁边的树林里耐心等待一个晚上，就可能会看到令人着迷而又惊心动魄的那一幕。

去大美黄海湿地

◇ 韦国

一

大海沙洲雄奇磅礴，湖泽河港纵横交错，群鸟齐飞美妙壮观；大漠一般金色的沙脊，绵延无边绿色的芦苇，一望无际红色的碱蓬；鹿鸣呦呦，仙鹤展翅，勺嘴鹬欢快地觅食……

这是哪里？这是盐城黄海湿地，"一个让人打开心扉的地方"。盐城，以其"国际湿地城市"和"世界自然遗产地"的双重身份，向世界展示了中国湿地保护的显著成就。

大丰，是盐城的滨海新城区、大市区副中心，有112公里的海岸线，坐拥世界湿地自然遗产核心区，孕育了麋鹿、珍禽两个国家级自然保护区。

可能有人会问，湿地，是指潮湿的土地吗？确有这个意思，但不够全面。准确地说，湿地是指具有显著生态功能的自然或者人工的、常年或者季节性积水地带、水域，包括低潮时水深不超过六米的海域。

湿地，被称为"生命的摇篮""地球之肾"和"鸟类的乐园"，是自然界最富生物多样性的生态景观和人类最重要的生态环境之一。

二

今天是个休息日，我和家人一起来个自驾游，去观赏美丽的湿地自然风光，去追寻和零距离接触生活在这片土地上的国家珍稀动物"四不像"麋鹿、"仙鹤"丹顶鹤以及"自带'饭勺'的小鸟"勺嘴鹬等"吉祥三宝"。

我们首先来到了江苏盐城湿地珍禽国家级自然保护区，这里是全球最重要的丹顶鹤繁殖和越冬地之一。

站在观鸟塔上，远眺蓝天白云下一眼望不到边的芦苇荡，一群群丹顶鹤翩翩起舞，它们的身姿优美轻盈，如同天空中的精灵。

到了人工养殖区域，十多只丹顶鹤近在眼前。它们有着洁白的羽毛、修长的双腿以及鲜红的头顶，翅膀、脖子上还点缀着乌亮的黑色。它们一点儿也不怕人，在我们面前从容而优雅地踱步。

2023年10月，美国加州州长纽森一行来这里时，一只一岁多的丹顶鹤走在人群前，脚步从容，一直将纽森一行"礼送"到车门外。临别前，在同行者建议下，纽森夫妇为这只丹顶鹤取了个名字——"加利福尼亚"。

快看这一对丹顶鹤，它们时而快乐地嬉戏、追逐，时而温柔地凝望、对鸣，时而忘情地舞蹈、转圈……

丹顶鹤的爱情是坚贞不渝的，它们一旦选中了配偶，就一生一世不离不弃。每当看见它们相互依恋、相互陪伴的情景，我的耳畔总会响起*Changing Partners*（《交换舞伴》）的优美旋律：Till you're in my arms and then, oh my daring, I will never change partners again。（直到我们再次相遇，亲爱的，我的舞伴将不再更换。）

在这片湿地上，有一位值得我们永远怀念的人——护鹤女孩徐秀娟，她从东北来到盐城滩涂，把最宝贵的青春和全部智慧贡献给了自然保护事业，直到献出年仅23岁的生命。

"走过那条小河，你可曾听说，有一位女孩她曾经来过；走过这片芦苇坡，你可曾听说，有一位女孩她再也没来过……"这是令人动容的歌曲《一个真实的故事》的歌词。

来到徐秀娟故居，在她的遗像前，我们肃立默哀。正是有了像徐秀娟这样的守护者，丹顶鹤才能在这片湿地上更好地繁衍生息，成为这里的骄傲。

离开丹顶鹤保护区，我们顺着海堤公路一路向南。一树树白蝴蝶一样的槐花映入眼帘，阵阵清香沁人心脾，令人忍不住深呼吸，再深呼吸……

没多久，就到了大丰麋鹿国家级自然保护区。世界上60%以上的麋鹿生活在这里。

麋鹿，俗称"四不像"，其实也是四像：犄角像鹿、脸庞像马、尾巴像驴、蹄子像牛。它是姜子牙的坐骑，有"神兽"的美誉。

很幸运，我们看到了鹿王争霸赛的壮观场面。雄鹿们为了争当鹿王，角斗得异常激烈，它们的每一次冲撞、每一次甩头，都展现出雄性动物的力与美。也正是不断经历这样的优胜劣汰，麋鹿种群才得以不断发展壮大。

靠近一座大桥时，司机停下电瓶车，我们打开车窗，拿出事先准备好的胡萝卜，对着不远处的鹿群挥舞起来。

它们纷纷走了过来，睁大眼睛，仰脸向我们讨吃的。我将胡萝卜伸出窗外，立即有麋鹿凑上来，一口给叼了过去。有的雄鹿还把头伸进窗内，长长的鹿角蹭到了我们的胳膊，口水滴落在我们的衣服上和手心里……

动物是人类的朋友，人类把它们当朋友，它们就会丢掉戒备心，与我们一起共享大自然的美好。

最后，我们来到了近年来炙手可热的"条子泥"。观赏勺嘴鹬、黑嘴鸥等珍稀鸟类，这儿是最佳地点。

勺嘴鹬，这种被誉为"鸟中大熊猫"的极度濒危动物，以其独特的勺状嘴形而闻名于世，被人们亲切地称为"小勺子"。

它们"举着"小勺子，一路"赶海"，在这片滩涂上自由自在地觅食、栖息。

当夕阳洒在滩涂上，金色的光芒与勺嘴鹬的可爱身影交相辉映，构成了一幅美丽的画面。

三

成功走向世界的背后，是盐城，包括大丰、东台等县（市、区）守护最美生态的"大文章"。

为保护湿地，盐城放弃了已得到国家批准的条子泥、高泥和东沙区域一百万亩滩涂的围垦计划。退渔还湿，退耕还湿，实施生态修复工程，推动湿地"生态岛"试验区、生态安全缓冲区建设。

一个个基于自然的解决方案，为鸟类等更多生物打造一个又一个新家园。

这样的例子不胜枚举。

四

天青色等烟雨，大美黄海湿地等你来"滩"玩、"森"呼吸，"小勺子"邀你来一起"干饭"……

港城，如歌慢板

◇ 冯晓晴

在这里散步，疑似漫步在英国的斯特拉斯福小镇，静谧的街道，英伦风情建筑，随处可见开满鲜花的缤纷窗台。那细细碎碎淡紫玫红的花朵，顺着镂空钢窗垂瀑而下的藤蔓静静盛开着，阳光下弥漫着浪漫与精致。

小镇有座青铜雕塑，不是哈姆雷特、福斯塔夫、亨利五世和麦克白夫人，而是闲庭信步的一家三口，他们似乎刚购物归来，幸福的笑意洋溢在脸上，让游人感受到了那份温暖的惬意。往里走，又有一处雕塑：草坪上长发艺人吹奏萨克斯，狗静坐在他的身旁，仿佛在听那首《回家》的乐音。这样的画面，在这个冬日的下午，将你的思绪牵扯得很远，立于街心，如同一场美丽的邂逅，心随着广场钟楼秒针幸福地嘀嗒摆动，遥远的落日梦幻般地注入我的视觉与想象里。

这里其实是大丰港城的莎士比亚小镇。抬头看天，湛蓝，纤尘不染，目及处，彩叠墙、斜坡顶，都铎式网格状外墙焕发着纯正的英伦古朴韵味。南北走向街道，金融服务区充盈着这块曾经荒芜贫瘠的土地。休闲娱乐区，让人言轻步缓，浓浓暖语间，有下午茶的悠闲与恬淡。小镇影院电子显示屏有新片预告，《匆匆那年》《蜘蛛侠》《变形金刚》，不究内容，片名凑成了我心中的那份感觉。那年匆匆去港口工作，荒滩无边、港汊密布，我们跨沟过坎，测量港城的纬度，在那里开辟了象征大丰港走向未来的第一条路，而后以蜘蛛侠破云冲天的力量和姿势在茫茫大海上打下历史性的第一根桩。八年论证、八年建成的大丰港，如今与亿吨大港的目标愈来愈近，潮起潮落间，荒滩险涂似变形金刚有了大变化。

有水则灵，小镇临湖而建，日月湖波光潋滟，映照着邻近的盐城港泊半岛酒店，南来北往金发碧眼的世界友人会聚在这里，观海边日出，听大海涛声，参与港口建设，领略港城美丽怡人的风景。

从盐城港泊半岛酒店出发，沿林中小道往西不远便是大丰港动物园了，大熊猫卯卯和西西曾经居住在这里，如今它们回了四川老家，又换来了可爱的震生和云儿。三十年前，那首歌我还记得："竹子开花啰，咪咪躺在妈妈的怀里数星星，星星啊星星多美丽，明天的早餐在哪里？……"

港城竹林繁茂、绿树成荫。绕日月湖行走，不经意间走进了森林中的童话房。"城市杂志"门匾醒目，内里有上千张记录过往时光的老照片，照片上有铁匠、木匠、理发匠，他们的十八般武艺飞花流星般淬打古老宁静的日子，货郎的叫卖声远了，但心灵深处还有那份抹不去的亲切与留恋。这便是一个城市对生活的记忆，优雅、朴素、温和、宁静。尽管几公里外是繁忙的港口码头，而港城则是繁忙急行的后方，它以自然轻松、柔和丰富的心胸，容纳疲惫者的憩息。

港城散步，很静，且慢，可以静静地走好远的路，可以独自一人慢慢地想好远的心思，没人打搅你，唯有那林中潺潺流水，咕咕叫的斑鸠，脚边偶尔跳过的松鼠，会让你感受一份粗犷和谐的惊喜。身心放松了，可以极度地放松。

太阳西沉，日月湖上空星光闪烁，灯影映照湖水泛着斑斓光色，我在湖边栈台上听诗人冯诚朗诵：

我决定慢下来
让思绪慢下来
让脚步慢下来
慢不是消沉
慢不是懈怠
慢是淡定者的从容
慢是沧桑者的释怀

......

　　诗人臧棣也说过,诗歌是一种慢。这慢,有淡淡的味道,不挣扎、不狰狞、不恐慌。在港城散步,犹如欣赏一首诗,让人在深情缓慢的韵律中,感受那份柔和、从容、练达。

风情日月湖

◇ 陈明山

说起日月湖，也许你的脑海里能一下子跳出全国各地许多同名的景点来，更有日月岛、日月山诸如此类的名称，不胜枚举。

而今天我想说的日月湖，是指家乡大丰的日月湖。或许是因为乡情的羁绊，抑或是因为恰当的距离，多次领略其风景后，我发现这里竟别有一番风情。

日月湖水域面积二千多亩，是长江中下游最大的城市人工湖。为了有效保护与合理开发湿地资源，勤劳的大丰人发扬"自力更生、艰苦奋斗、埋头苦干、默默奉献"的大丰港精神，对原来的荒草滩进行全方位修复改造，将其逐步打造成了集生态观光、休闲旅游于一体的综合景区。取名日月湖有两层含义：一是北湖为圆形像太阳，南湖呈半圆状像月亮；二是象征着大丰港日新月异的发展速度。

当我来到日月湖大道，看到正南门口假山石头上镌刻的"日月湖"三个大字时，一场唯美的邂逅便开启了。谁能想到，在远离城市喧嚣的深处，日月湖会如处子一样静静地躺卧在这里，宛如一面巨大的镜子，映照着天空的无尽变幻。在这里，且让我暂时放下烦恼，与大自然来一次心灵对话吧。

站在湖畔，放眼望去，只见湖面波光粼粼，碧波荡漾，远处矗立的风力涡轮机叶片若隐若现，大自然风景与现代科技文明交相辉映。微风吹过，湖面荡起层层涟漪，如同舞动的丝绸，轻柔而优雅。空气中弥漫着湿润的水汽和清新的草木香，令人心旷神怡。漫步迤逦曲折的木桥之上，时而有鱼儿跃出水面，激起一圈圈涟漪，仿佛在向人们展示它们的快乐与自由，溅起的水花晶莹剔透，犹如颗颗珍珠在阳光下闪烁。那些水花跳跃的姿态，犹如她绽放的笑容，灿烂而耀眼，仿佛能点亮整个世界。

偶然，遇见一位宛如画里走出的姑娘，静静地坐在古朴的木桥之上，为这湖光水色增添了一份灵气。忽然，一只白鹭轻盈飞来。姑娘抬眸凝望，荡漾出甜甜的笑意，仿佛穿越了时光的束缚，透露出她对美好生活的向往和期盼。那一刻，我似乎洞察到她心中那片纯净的天地，那里充满了对爱情的憧憬与渴望。我不禁遐思，是不是这只白鹭的翅膀下，隐藏着姑娘爱人的情书？那情书里，又写满了怎样的柔情蜜意和相思之苦？

姑娘、木桥、湖水、白鹭，还有那不经意间的笑意和想象中的情书，我脑海里顿时浮现出一幅极具诗意且浪漫的画面……也许不久，就会有一位英俊的小伙子携手这位美丽的姑娘，就像日湖和月湖一样，彼此相依相伴。

日月湖不仅景色优美，更是一个充满生机与活力的地方。

湖畔绿树成荫，是各种鸟类在此栖息繁衍的天堂。它们的歌声和欢叫声此起彼伏，为这片湖泊增添了无尽的生机与活力。

在一片葱翠的树林深处，一群戴着鲜艳红领巾的小学生如同初春的燕子般欢快跳跃。红领巾随风轻轻飘动，仿佛自由飘动的彩带，为静谧的树林增添了一抹生动的色彩。孩子们像一群被放飞的小鸟，尽情地在林间穿梭嬉戏，在大自然的怀抱中尽情地奔跑欢笑，享受着童年最美好的时光。

我漫不经心地走到一棵参天大树下，悠然地倚坐下来，任由身体被这份宁静的清凉所包围。抬起头，注视着夏风轻轻掠过的树枝，它们在半空中摇曳生姿，宛如优雅的舞者，在无形的旋律中自由舞动。缓缓闭上眼睛，任由感官沉浸在周围的世界中。风过树梢，树叶间发出的沙沙声，仿佛是大自然的轻语，诉说着岁月的悠长。

不远处，湖水轻拍着岸边，那轻柔而又有节奏的声音，宛如一首宁静的摇篮曲，让人心生安宁。鸟儿们在枝头欢快地歌唱，它们的歌声清脆悦耳，如同天籁，为这宁静增添了几分生动与活力。这些声音交织在一起，如同一首美妙的交响曲，在空气中流淌。它们似乎在低吟浅唱，诉说着大自然的秘密。这一刻的宁静与美好，是那么让人陶醉，流连忘返。

日月湖不仅生机勃勃，还是一个绝好的心灵栖息地。

漫步在湖畔的小道上，感受着大自然的呼吸和脉搏以及生命的蓬勃与时光的流淌。脚下是柔软的泥土，散发着淡淡的青草香，微风拂面，带来湖水的清凉和湿润，这风似乎能洗净心中的尘埃而让人置身于一个世外桃源。

在这里，没有城市的喧嚣与繁华，只有大自然的宁静与和谐，我可以感受到一种由内而生的力量。在这里，时间仿佛放慢了脚步，沉淀的时光让我感受到生命的丰盈。

如今，盐丰快速通道的建成，让我的回乡之程变得更加快捷。每当我身心疲惫想来一场说走就走的旅行时，家门口的日月湖便成了首选之地。

日月湖啊，你美丽又宁静，是我在城市烟火气中寻得的一方净土！

寻找心灵的栖息地

◇ 肖斌

小时候，外婆家在大沈公路西的南团，我家在大沈公路东的南阳。所不同的是，公路西长水稻，公路东长棉花。而外婆家那边的人来南阳，说是"下海"。后来，有亲戚从西乡迁到了草庙，南阳这边的人到草庙去，也说是"下海"。也许大丰人向东走，都叫"下海"。而兴化人更夸张，到了大丰地盘上，就叫"下海"，看来"海"是个动态的概念。可大海长啥样，当时的我从来没有见过。每当我向东走的时候，总想看一看大海的样子。我从通商向东，我从草庙向东，却只能看到盐碱地、茅草田，或者是芦苇荡。工作后，每当外地人问起大丰的海，我就很尴尬，不知怎么回答。

直到二十世纪九十年代，在工作十几年后，政府开始建大丰港，我才第一次见到了家乡的海。据我的认知，有史以来，黄海给大丰人带来的都是苦难记录。而现在，人们越来越认识到大海带来的是资源，是财富，是美好的未来。

有了大丰港，从此就离不开海了。还记得人们在海边植草皮，在海边捐款，在海边栽树，在海边抗台风。再后来，修导堤，建栈桥，筑码头，架塔吊，从无到有，克服艰难困苦，一期码头建成了，还被国家批准为一类口岸，和上海洋山港在同一份批文上，这不能不说是个奇迹。

曾经，我一次又一次地陪省内外客人和海内外客商，来到港口，站在一期码头上眺望，向他们介绍这里到日本多少海里，到韩国多少海里，货轮可以到哪些国家，将来还要建多少码头，不厌其烦地描绘大丰港的美好前景。

大丰港的建成，不仅带来了工业、物流业的繁荣，还带来了旅游业的发展。大丰海岸线的美，其实一直在这里，只是长期以来，我们并没有把它当作旅游线路来看待，"不识庐山真面目，只缘身在此山中"。

陪客人从港口去麋鹿保护区看麋鹿，需要经过海堤公路，许多人初来乍到，都被海堤两边的原始风光所震撼。他们惊讶于江苏这么发达的省份竟还有这么大一块保持完好生态的地方，他们惊奇这里一望无际的波光粼粼的鱼塘，他们惊叹这里从海滩起步一直奔向脚下的红地毯般的盐蒿子，他们看到每一条不同的小河都赞叹不已。

　　一次，我与省昆剧院的艺术家们在途中遇见过成千上万的鸟，它们聚集在公路边的小河里，白鹭、灰鹤、海鸥、东方白鹳……有嘴角伸到水里喝水的，有栖在树上的，还有站在岸边的。它们或低飞，或觅食，或戏水，或闭目养神，或闲庭漫步。有一位艺术家老师说："湖南的浏阳河，是因一首歌出了名，哪有这里的河美啊！"记得那次在考斯特车上，面对着车窗外的景色，艺术家们开心地一路高唱，一直唱到保护区。他们因窗外美景而陶醉，而我因他们那美妙的歌声而陶醉。

　　这次，随本土作家们去沿海采风，我本来以为是故地重游，看看而已。不承想，旅游部门已把大丰沿海打造成了观光廊道。在这个廊道里，有大丰港动物园、千百渡驿站、日出海湾、野鹿荡、时空研学基地等景区和馆室基地，确实给我带来了不小的惊喜。其中的千百渡驿站、日出海湾和野鹿荡，更是给我留下了深刻的印象。

　　千百渡驿站，据说这里原来是一个私人渡口。不知是哪位独具慧眼的高人发现了这里与众不同的美，稍加打理后对外开放，不想一炮走红，人气爆棚。这名字取得真好，总使人想起"众里寻他千百度"的千古名句，从而给人留下深刻印象。蓦然回首，回首看的是什么呢？有金色的波浪，有红色的塔吊，有白色的风电，还有那蔚蓝的天空。好一幅"江山如此多娇"的天然画卷啊。站在驿站蓝色雕塑前远眺，林立塔吊在左，千片风叶在右，脚下是一望无际的黄海，还有那吹得浑身空空荡荡的风。面朝大海，从不作诗的我心里竟蹦出了两句："万里来潮潮还东，海色苍茫一望中。"

　　目光掠过海上风电，投向几十里之外的东沙岛。东沙岛涨潮为海，落潮为滩，难得一去，但我有幸登临过两次。在东沙岛上，你的任务，就是随心所欲、漫无目的地优游。你可以挽起裤腿，踩入柔软的泥沙，让清澈的海水漫过脚面。那感觉很奇妙，像是时光正在回流。沙滩上，小螃蟹横行霸道，泥螺铺天盖地，踩进沙里的脚一不小心会踩到文蛤，还有许多你叫不出名字的生物。在那里你什么也不需拾取，只需抓一把海上的阳光，就会充盈你空荡的心灵。

日出海湾，这个新的网红打卡点，时常在朋友圈里看到。有人这样介绍它："日出海湾景区是一个拥有壮丽海景和清新空气的美丽地方。在这里，你可以感受到温暖阳光、浸润海水和舒适的海风。无论是想要享受宁静的海滩时光，还是在海边尽情驰骋，你都能在日出海湾找到属于自己的治愈系宝藏。"

海浪，草坪，帐篷，野炊，鹿鸣，日出。在这里，你可以感受到海风的抚摸，闻到小草的清香，听到百鸟的鸣叫，看到麋鹿的身影。放松你的心灵，你就会完全和大自然融合为一体。"波涌潮痕平岸碧，日悬水影满天霞"，当一轮红日从天际冉冉升起，把天地笼罩在无边的金色霞光之中时，你会充分感受到什么是"唯美"与"浪漫"的完美结合。

来到野鹿荡，文化学者、野鹿荡的创始人之一马连义已早早地等候着我们。大丰的文人都喜欢跟马连义在一起，他总有闪光的理论和观点给人以启发。这次，他富有激情地向我们讲着大丰海岸线特别是野鹿荡的前世今生。

十几年前，马连义曾受到南京大学教授、中国科学院院士王颖的一个科学论点启发。他在王颖院士的一本书中读到，大丰一万年前是古长江北入海口，在不同的地质年代，是古黄（淮）河南入海口，但没有地标。循着书中描述，马连义找到了入海口的具体位置，它现在是川东河畔的一处滩涂荒地，并有地下的古化石为证。他和他几位好友自筹资金进行保护性开发，当时这里没有名字，他就起名叫"野鹿荡"。2018年"中华暗夜星空保护地"落户大丰野鹿荡，2020年，最新版本的《世界暗夜保护地名录》中，新收录中国四家、英国一家、美国三家暗夜星空保护地为新成员，江苏盐城黄海湿地大丰野鹿荡榜上有名。

沿着一条没有名字的泥土路，朝着大海的方向漫步，脚下香花野草丛生，枝叶藤蔓舒展，路两旁的槐、柳、榆等适合在盐碱地上生长的树木，在风中沙沙作响。没有城市的喧嚣，没有人为的污染，没有虚无的欲望，有的是满眼翠绿和天高地阔。这景况，宛如李娟笔下的阿勒泰，没有虚伪，没有忽悠，天然得不能再天然，真实得不能再真实。

　　在野鹿荡，随时、随处能见到野放的麋鹿，比中华麋鹿园中圈养的麋鹿更具野性和灵性。它们成群地在滩涂上自由活动，或闭目养神，或追逐打闹，或奋起奔腾。这里有草有树有沼泽，是它们最喜爱的家园。"呦呦鹿鸣，食野之苹"，这不正是三千年前《诗经》中所描述的场景吗？

　　这里是鹿的世界，也是鸟的天堂，全球若干种候鸟在这里栖息繁衍，目前监测到的鸟类多达285种。越往野鹿荡深处走鸟儿越多，如果运气好还能遇到勺嘴鹬，它的嘴看上去像个盛饭的"饭勺"，萌得可爱。这种鸟的数量全世界只有三位数，被誉为"鸟中大熊猫"。

　　"山气日夕佳，飞鸟相与还"，如果说人类还存有最后的净土，我想，野鹿荡定是其中之一。

在宁静的诗意里徜徉

◇ 祝宝玉

在麋鹿和丹顶鹤栖息的地方，时光的双眸总是清澈的，视野里的每一寸土地，都葆有新鲜的气息，近观和远眺，都令人赏心悦目。

将捕捉美的镜头聚焦大丰，是一件有意义的事情。大丰，地处江苏省东部沿海地区，东临黄海，是滩涂湿地宝库。拥有黄金海岸线112公里，是亚洲东部最大的湿地，栖息着麋鹿、丹顶鹤、牙獐等国家级保护动物，生长着近500种海边植物，生物多样性十分丰富。也许这样还不能在广袤的区域内准确地定位诗意所在，那么，我们有必要进一步探寻，向着远方，直至抵达黄海湿地。

浩渺的水，铺展在画册之上，波浪的推涌，将清凉的风递送到我的跟前，吹进我的身体，那久居城市带来的烦闷和焦躁被稀释了，被降解了，不安的心渐渐安宁了下来。我的黄海湿地，我来了。因为我来了，你用清澈的水，用婉转的鸟鸣，用一个淡然的下午时光，为我久病的心灵疗伤。特别是看到悠闲的麋鹿，散步在草坡之上，还有那翩飞的丹顶鹤，从我的头顶飞过，那一瞬间，诗意的词根种植进了我的心田。

我曾抵达文字的深处，探寻文字之美能否以声音的形式呈现。此时此刻，在黄海湿地，我终于聆听到了那声音，天籁一般的鸟鸣，荡漾在水面上，回荡于天地间。是的，从别处走近黄海湿地，就是一次灵魂赴约，乘着修辞的车马，拥抱着文字飞翔，那轻盈的飞翔有着候鸟般的快乐。这样的快乐是在别处得不到的，但只要你走近这片美妙的湿地，你就得到了，而且无穷无尽。

黄海湿地，东亚—澳大利亚候鸟迁飞路线的中心，是多种濒危候鸟的重要停歇、越冬和繁殖地。目前，黄海湿地除麋鹿外，被列入国家一、二级保护动物的还有丹顶鹤、白鹳、大白鹭、黑嘴鸥、河麂、狗獾等30多种，列入中日候鸟保护协定的鸟类有93种。我是羡慕鸟的，它们能够远飞，能够从蓝天的角度俯瞰人间，它们有诗一样的远方，并有绝对的勇气去追寻远方的梦想。

好吧，就在这里，用它们的舞姿，它们清脆的鸣叫，为我安神。与风相伴，是轻松的；与鸟相伴，是幸福的。在湿地宁静的风的安抚下，我的心灵被一点点唤醒，我应该去写诗，并开始为写诗储备灵感。我应该把自己彻底地交给这片湿地，让想象加持我翩飞的心灵，飞入碧色的云霄，落在闪烁的波漪上。

远远地，几只丹顶鹤在悠闲地散步，并以舞动的白羽和嘹亮的和鸣互相呼应。它们的影子映在水面上，像极了几枚美丽的标点符号，镶嵌在黄海湿地这无垠的彩笺上。它们的倩影被碧水珍藏，它们对大自然的依恋引导着我去热爱这个世界。此刻，我多么希望时光定格，那么在多年之后，我将能从岁月的回忆册里抽出这最美的一帧。大丰，黄海湿地，丹顶鹤，我。此刻，仿佛实现了意念的互通互融，我就是那一只丹顶鹤，我飞翔的世界就是黄海湿地的一个缩影。我的徘徊，我的喜爱，我的抒情，记录在黄海湿地的每一个日日夜夜里。

黄海湿地，"地球之肾"的一部分，从它诞生的那一刻起，就默默守护着我们的绿色家园。它以浩荡的胸怀，储存蓝天白云，储存树林草木，储存鸟影脆鸣。长期以来，大丰年空气优良天数一直维持在三百天以上，而且PM2.5浓度持续下降，远优于周边县区，这就是黄海湿地对人类的无私奉献。谁到来了，它都毫不吝惜地将这些奉献出来。

美学的内核，岁月的真谛，在于心的安静和真诚。徜徉在黄海湿地，我的脚步自由自在，我的心灵被彻底打开。哦，一切都是那么美，我的心被一次次洗涤，一次次净化，变得纯粹、明净。所见是花的绚丽，是梦的悠然。

"月亮高悬在夜空中，散发着柔和的光芒，远处码头红色的灯光微弱而迷幻，海面上月光如星，点点璀璨，隐隐约约地映照出海浪起伏的波澜壮阔。天光还未破晓，一望无际的大海上，抬头便是一轮明月和满天繁星。"大丰，黄海湿地，美好的夜色。听，那呢喃，那低吟，那轻歌，微微地晃动着我的身体，像风，跟随在潮汐的后面。伏笔平仄，让我的诗写在大丰。黄海湿地，我的诗和远方。

黄海东沙体验风电之美

◇ 周古凯

金秋季节，雁阵叫行；黄海滩涂，蒿红鹿鸣；东沙洲岛，风电成林……2024年11月15日下午，我和几位摄影师跟随一艘二百吨级交通艇，前往距离海岸五十公里左右的东沙沙洲，拍摄海上风电场的雄姿。

据了解，大丰海域面积五千平方公里，辐射东沙岛一千多平方公里，风电场（包括潮间带）规划总容量1000万千瓦以上，占江苏省规划总容量的三分之一。截至2024年，大丰新能源发电装机容量近460万千瓦，全年新能源发电量近百亿度，平均每秒发电310千瓦·时。与之配套的大丰风电产业园累计完成固定资产投资120亿元，实现销售收入100亿元，是盐城市唯一的百亿级海上风电装备特色产业园区。

我们这回出海，就是想看看海上风电场建设的进程。因前一天大风过境，今天出海涌浪比较大。船在航行过程中，颠簸得比较厉害，相机的三脚架也没有用上，即使船停下来拍摄，因洋流的作用，视频画面仍然随着船体上下摆动。尽管海上风浪较大，这艘小海轮还是开足了马力，逆流顶风奋力前行，不到两个小时就看到了海上成排挺拔的风力发电机组，最近距离不过一千多米。但天空蓝中带灰，拍出来的风电机对比度不够分明。

大约又行驶了一个小时，太阳西沉，放眼望去，天空在夕阳的映照下呈橘黄色。一条海船停泊在成排的风电场上，给竖直的电机增添了横向的元素。另一条海船从风电场的右侧向停泊的船只左侧方向驶去，静中有动，非常美丽。天空变得透彻明亮。我们请船老大将船倒退一千米抛锚，让我们在此和日月同辉，与海洋潮汐共舞。

太阳慢慢地下沉，在海上拖出一条黄红色的光带，从远方天际一直拉到船舷。当它与风电机组叶片齐平的时候，光线变得非常柔美。几位影友的快门声此起彼伏，咔嚓咔嚓响个不停。又是几分钟过去了，太阳下沉到远处的矮小风电叶片上，好像一位穿白色衣服的姑娘站立在天边，她戴着一朵小黄花，端庄而靓丽。夕阳无限好，只是已黄昏。它留给人们去观察、去赞美、去记录的时间，仅仅几分钟。这里虽是黄海，但它的粗犷和柔美完美融合，呈现出"大漠孤烟直，长河落日圆"的韵味。

西边太阳刚离我们而去，扭头再看那蓝色的东边海平线上，一轮乳白色大好明月已从海面上升空。想起今天正是农历十月十五，是中国古老的"下元节"。茫茫夜色中，我们又行驶了一个多小时，停靠在离陆地最近的一个风电场升压站处抛锚休息。这里潮水平稳，几乎感觉不到船体的摇晃，大家不知不觉地进入了梦乡。

早上5时，我们几个人准时起来，简单地洗漱一下就到船舱外观察天气。漫天乌云，四条海轮搁浅在褐色的沙滩上，显得那样渺小而静穆。东方的天边开始泛红，和几排风电机组顶上闪烁的红色指示灯遥相呼应，长时间曝光留下上下通红的宁静之美。我在铁壳船头和船旁的相对水平的地方擦掉露水和灰尘，将相机搁置在上面拍摄，效果相当好。时间已经是六点三十分，已过日出时间，天开始发灰发黑，似乎就要下雨，为寒潮打个前站。

我爬上船顶，约7时，太阳忽然钻出灰暗的云层，探头张望。我脱口呼唤："快！太阳出来了！"大家又迅速抓起长枪短炮，对准东方天际正在转动的风电机组一阵猛扫，记录下了难得一见的风电机组迎朝霞的美景。就连陪同的向导，也将手机搁置在一个平台上拍摄视频。

十分钟之后，朝霞消失在视野之中，我们拍了一张全家福，天空散落了几滴雨星。海潮开始上涨，且快速地漫过船舶四周的海滩。机师刚才下海用丝网捕来一条近两斤重、鲜活的海鱼，船上的水手兼厨师将它烹调成了一道不可多得的美味，端上了早餐桌。

东沙沙洲，形成于古长江入海口。它位于江苏省东台市和大丰区的海域交界处，距陆地海岸最近距离十二公里。它是由从南向北的东海前进波夹带的长江泥沙和由北向南的黄海近海左旋转波夹带的黄河泥沙汇聚沉积而成的海上沙洲，是国内"涨没落现"最大的岛屿。

东沙因特殊地理环境孕育着丰富的海洋生物链，是鱼类、贝类等海洋生物繁衍生长的理想场所，被誉为海上的"天然牧场"。游客在此可拾贝、冲浪、扬帆、垂钓、野炊等，是赶海拾趣的好地方。

而大丰东沙紫菜，则是我国首个海藻类地理标志产品。这里生产的紫菜，因其独特的生长环境而具有独特的品质，很受国内外客商的青睐，年产值达两亿元。现在，离我们仅两公里的地方，也就是风电机前面海滩上，褐色的紫菜苗被绳索架在固定的支架上，随着潮涨潮落，生长繁殖，再过两个月，就可以进入收割期。近两年，东沙沙洲的四周浅滩上，陆续竖立起成片成片的白色风电场，和大丰东沙紫菜场成为上下呼应、黑白分明的好邻居、好朋友。

东沙岛的沙滩、海水以及那漫天的海风，都是大自然赐予的宝贵资源。可以预期，在不久的将来，东沙岛必定成为人们开发打造的又一块近海旅游胜地。

野鹿荡——秋日，我来过

◇ 冯晓晴

十年前，这里没有名字，只是一片广袤滩涂，有港汊浅滩，有成片芦苇，有野兽出没，有群鸟翔集。

川东闸附近，启明路"V"字路口，一葱绿色回折，野鹿荡驿站牌隐于其中，再往前几步，就是真正意义上的黄海野鹿荡了。没有高大楼宇，只有一块石头上草书的门牌。天地纯然合一的绿色，掩映着的房舍，藤蔓缠绕，好一个幽幽深深的绿野仙踪。

那年来过，是秋日吧，盐城"浠沧月·湖畔诵读——2015野鹿荡中秋诗会"在这里举办。

九船渡泊于这里，无边无际的绿围绕着它，透出一种生机蓬勃又古朴原始的多重气息。

漫步，木桥曲曲弯弯，有凉亭一处，秋风习习，诗友三三两两，或坐或立，自然随意。

野鹿荡露天广场，我们随意就坐。桌上有月饼、煮熟的新摘的花生与毛豆，抬头"古长江北入海口"门牌夺目。透过门洞，可见十四个岛屿上成片浩瀚的苇荡，水路十八弯，碧波荡漾。之前曾和朋友来过，荡主陪同泛舟水上，惊起水鸟无数。呵！是灰鹤、白鹭、鸬鹚、绿头鸭……荡主告诉我们这里还有丹顶鹤、白鹤、黑脸琵鹭、小青脚鹬、东方白鹳、震旦鸦雀……

同样的秋日，我们在野鹿荡巧遇湿地保护"小院士"陈修安，他是湿地保护志愿者，是野鹿荡创始人的后代。他介绍植物如数家珍，这是芦苇，这是蒲苇，这是芦竹，这是五节芒，这是斑茅，这是荻……我们顺着他的手指，眼看着各色熟悉却只知道统称芦苇的植物如梦初醒，感叹不已。对他充满无限钦佩,小小年纪,知识面好宽啊。他告诉我们,野鹿荡现保存着312种植物的种子和标本,是黄海滩涂植物的种子基因库。

抬头看天,苍穹万里,这里是长三角地区唯一的暗夜星空保护地。夜晚,野鹿荡方圆四十平方公里内没有光污染,平均全年可观察星空达238天,2019年被世界自然保护联盟列为世界重要暗夜星空保护地。多少人奔赴而来,这是人们心中真正的星辰大海啊!

奇怪多日,这历来无人问津的荒滩野地今日怎就成了人们心中的向往之地?这古长江北入海口与古黄河(淮)的交汇地的说法出自哪里?依据又在哪儿呢?

1993年,南京大学王颖院士团队在《王港地质研究报告》中描述,从这个区域1650米深处取样,其中72%是一万年前古长江江底涌积物,14%是八百年前古黄(淮)河底涌积物。可以认定这里是古长江入海口与古黄(淮)河南入海交汇处。负15米等深线,显示这里曾是古黄海古长江晚期三角洲。

2021年,中国科学院南京古生物研究所在野鹿荡出土了238件微体化石,包括有孔虫、介形虫、孢子花粉等,确认了古长江北入海口所在。创建国家授时中心北京时间野鹿荡观察站,建设南黄海野草种子基因库,成立国际湿地学校……野鹿荡日渐成为一座基于自然的"科学岛",着力打造空间、时间、地理、生命、文化为一体的新概念生态文化保护区。

野鹿荡很美,日出唤醒了整个滩涂湿地,水墨一样的雾气慢慢地退去,湿地沟壑被涂上一抹金色。沙珩密布,"潮汐树"丛丛株株,清一色指向大海。鸟儿的欢鸣声脆响在滩涂的上空,浅滩草深处,麋鹿怡然自得地散步。这个秋日,盐蒿草红了,红到了天际,有汪汪的湖水点缀,大地上出现了一幅壮观的海涂油画。

野鹿荡大荒之美,处处自然。看似漫不经心,其实处处用心。一株一丛,一木一砖,一亭一栈,繁茂的植物点缀。所见之处,一个门牌几个字一句话,利索清澈,深奥到心:九船渡、息壤垸、泊锚亭户、人月双清……

那个下午，太阳落下去了，秋日的晚霞绚烂。柴雀还在天空飞来飞去，不时留下几声脆鸣，我对着西天晚霞，对着九船渡，对着无边的旷野，朗诵自己写的诗《野鹿荡——秋日，我来过》。

野鹿荡春秋

◇ 葛海燕

春

比野鹿荡醒得更早的，是鸟。

在"唧唧""啾啾"的鸟鸣声中，我睁开双眼。住在野鹿荡九船渡的鹊桥舰上，弯弯的舰身临水而居。掀开窗帘，绯红微紫的晨曦笼罩着水面，雾气氤氲。

我听得见鸟的叫声，看不见它的身影。这是乌鸫在鸣叫，春分啦，它唱出清亮婉转的歌，呼朋引伴，谋划它的成家大业。

下船，拾级而上，晨曦照在密密的竹林上，漏出几线光。刚才鸣叫的乌鸫从竹林上掠过，向远处飞去。两只早起的麻雀在觅食，我的出现没有影响到它们，其中一只似乎看了我一眼，继续吃虫子了。

晨光中的紫色越来越淡，绯红与橙黄交杂，天色由灰变成灰蓝，有"古长江北入海口"标志的古船桅杆上有一个喜鹊窝，此刻也在晨光中静默。野鹿荡随处可见喜鹊窝，桅杆上的这个，应该是最高的了。

从古船下的长门出来，满目金黄，万丈霞光中，潮间带的虎斑水波光粼粼，碎金闪烁。远处有六只麋鹿在霞光中静立，原本褐色的皮毛此刻被染成了金色。柳枝低垂，昨天还是隐约绿色的烟柳，一夜之间，柳芽儿全出来了。海鸥在低徊鸣叫，有四只苍鹭排成队向北飞去。

在古道的左侧，有一大群麋鹿在小河的对岸嬉戏。其中一头小麋鹿想涉水过河，近水走了几步，回头看看，没同伴跟上来，又悄悄走回队伍中了。

这群麋鹿发现了我，隔着一条河，我走，它们也走，当我在河岸这边超过它们时，它们突然不走了。一看，原来是两头公麋鹿打架了，它们直起身子，支棱起鹿角，头与头靠在一起比拼。

这下有好戏看啦！我隔着河，驻足观看。不晓得什么缘故，两只鹿又分开了，随着鹿群继续向前。

麋鹿仿佛在跟我逗趣。我往前走，鹿群就停下，等我停下不走盯着它们看时，它们又三三两两地向前。接着，鹿群干脆就停在那里了。先前那头涉水的小麋鹿，此刻又走到鹿群边上，一条腿已经碰到河水。一头母麋鹿走过来用头轻轻蹭它，小鹿就温顺地离开水边，向大部队走去。这时，整个鹿群都在小土坡上停下来，或立或卧，好像在等着领头鹿发号施令。领头鹿没啥反应，鹿群就停在了土坡上。

耳边传来海鸥的叫声，一只海鸥飞过来，在鹿群附近的水面上掠过，叫了几声，又飞走了。

沿着古道向前，柳条低垂，随风轻拂。太阳升高了，照在水面上，照在远处一百多只白琵鹭身上，偶尔几只白琵鹭飞起，在浅蓝的天空留下几个弧圈后，又回到水面上了。先前看到的六头麋鹿依然在水中静默。这时，一只喜鹊衔着一根树枝，向高处的窝飞去，它将树枝安插在窝上，满意地叫了两声，又飞向别处去了。

古道的尽头，还是虎斑水，原路返回。

那三十多头麋鹿已离开小土坡，奋力向前跑去，领头鹿走在最前面，几头公鹿紧随其后，母鹿护着小鹿，一步都没落下。

它们跨过小河，穿过古道，跑进路南的河里，古道上留下了一道道湿漉漉的蹄印。鹿群，在晨光中跑得更快了，到了虎斑水中间的土坡上，突然不走了，就地享受起了无边春光。

秋

晚霞在天，一路向前。

天越来越暗，路越来越窄。由疏港路而省道而围堤，及至川东闸。天完全黑了，伸手不见五指那种黑。天上星星在闪烁，路边树木往后移。我们都不大说话，感受着除了汽车马达声以外，旷远的寂静。穿过一条林荫道，坑坑洼洼的路面上，车子忽上忽下，起起伏伏，但大家都不嫌颠簸，反而觉得，这颠簸与周围的原生态配合得天衣无缝，这才是海边旷野该有的样子。

　　六点五十分，到达目的地。先于我们而来的朋友，已经支好了摄影架、一张桌子、几把椅子，堆好了枯树枝，桌子上亮着一盏马灯。桌子边立着一张高高的摄影灯。

　　预估七点一刻出现的月亮并没有登场。除了头上闪烁的星星，身边轻轻拍岸的海浪，远处淡淡的雾霭，什么都看不见。寂静，万籁俱寂的那种寂静。你觉得一无所有，又觉得拥有一切。眼前的星辰大海，身边的牵手伴侣，以及隐藏在夜幕下海边的树和草、海里的鱼和石。你会想到地老天荒，海枯石烂，银河迢迢，星汉灿烂；会想到东临碣石，以观沧海，大雨幽燕，白浪滔天；还有那打鱼船在茫茫大海中穿梭千年。那个词闪现在脑海中：隐蔽而伟大。

　　我为自己的胡思乱想哑然失笑。此时，一个朋友为自己拍到了流星兴奋不已，另一个朋友指着最亮的那颗星告诉我：看！这就是土星。这时，一星灯光由远而近，原来是一个海边渔夫赶海归来，我们赶紧挪开桌子椅子，为他让路。这渔夫慢悠悠地回答我们的问话："月亮？当然有。你们看，不远处不是已经有了红光？"果然，灰色的云层显出一抹红，那抹红正在变深变大。

　　正等待间，第三拨队友如约而至。

　　云层由深灰而浅灰，又变成了浅灰与橙红交织，一个橙红的火球越来越亮，穿出云层，呈现在我们眼前。火球越来越大，照见了海面，一个变成了两个，一个在天上，一个在海面，大小礁石在橙红的月光照射下显现出来，整个海面变成了一幅莫奈笔下的印象画。我疑心莫奈到过这里，因为眼前的一切与莫奈笔下的日出何其相似，一样的影影绰绰，朦朦胧胧。所不同的是，莫奈日出的背景轻快亮丽，眼前夜月的背景深沉厚重。

又等了半个小时，我们终于没有等来空明澄碧、万里清辉的那一刻，云层和雾霭遮住了月亮的脸，一阵海风轻轻吹过，夹杂着些许寒意，我们决定离开此地，去看看月夜里的麋鹿。

汽车在堤坝上疾驰，不一会儿，我们就到了观鹿台附近的小树林，星星闪烁，树影婆娑。去往观鹿台的必经之处设了门禁，向我们宣告此次不能成行。刚才路边停着的那一辆辆外地牌照的车，想必跟我们一样有着寻麋鹿不遇的情境。他们搭起的那一顶顶露营的帐篷，也许是他们的选择：麋鹿啊，我遇不见你，可是今夜我可以在离你不远的地方陪陪你。

我们被前面的车流和人群吸引了。这样的月夜，这样的海边，别处都是寂静安详的，这里却不一样。我们的车也停了下来。八月十七的夜，海潮涌动，海水和河水在闸口交汇，两处的鱼群也随之而来。谙熟鱼情的人们早早来到这里，开车的开车，步行的步行，目标一致，车多人也多，声音却不大。一双双眼睛专注地盯着水里，暗流涌动，热气腾腾。

月光照在水泥浇筑的堤坝上，如水如银。星垂平野阔，月涌大江流。月亮的眼注视着大地，注视着树林，注视着水流，注视着我们，颔首微笑。

野鹿荡的寂静与大坝上的热闹，相安无事，这些，都是大自然的一部分，我们共享着大自然的馈赠。

行吟观海廊道

◇ 刘立云

早就听说大丰打造了一个新的旅游景点——观海廊道。这条沿着海岸线自北向南伸展的自然景观通道，延绵数十里，由"下海口""川东闸口""观鸟点""野生麋鹿放养区""野鹿荡""麋鹿自然营地"等六大自然区域组成。这个如同美丽少女般的景点，很容易让人产生一种去拥抱一下的欲望，让人总想急不可耐地去目睹一下她那阿娜的迷人风姿。

春夏之交的一天，晴空万里，艳阳高照，风也格外地温顺柔和。在一个非常熟悉这个景点的友人的陪伴下，我终于实现了我的夙愿。

从大丰港的码头堤岸一路向南，不一会儿，就来到了"千百渡驿站"。一座紧挨着人海、形似西方宫殿的建筑，赫然进入眼帘。听随行的朋友介绍，这个地方是大丰境内最大的沿海休憩驿站，是集喝茶、饮咖啡、用点心、阅读、聊天为一体的小憩之处。还可以通过室外平台栏杆前的高倍望远镜，观看波澜壮阔的大海中那千帆竞发、百舸争流的壮观景象。"千百渡驿站"就是当地赶海人所说的"下海口"，因此地有一条深深的入海通道，船只出入较为方便，故得此名。这个驿站是观海廊道的起点，也是大丰极具特色的观海地标之一。

我们一路南行，微微的海风轻轻拂进车内，使人感到惬意无比。谈笑声中，不知不觉就来到了观海廊道上的最佳打卡点——日出海湾。

大丰沿海区域属于半日潮海湾，每十二小时就会有一次潮汐。涨潮时，大海会毫不吝啬地将她的宝藏奉献给人类。待到潮水退去，许多五颜六色的贝类，活蹦乱跳的鱼虾，还有一些罕见的节肢动物、腔肠动物等海洋生物应有尽有，它们等待着成为赶海人丰硕的获取。

朋友对我说："日出海湾是海上日出的绝佳观赏点，也是游人近距离观海、亲海和赶海小取的首选之处。清晨，在这里不但可以看到壮丽的日出，而且呦呦鹿鸣和百鸟吟唱也会不绝于耳。听潮起潮落的天籁，感受潮间带湿地神秘的文明，面对此情此景，你难道还有什么遗憾？"接着，他又指着堤岸上一排排露营帐篷和房车说道："就在这里枕着大海气势磅礴的波涛，美美地睡上一宿，等到黎明时刻观看东方冉冉升起的红日，何尝不是人生一大乐事和幸事？"

大丰沿海这片广袤的滩涂湿地，于2019年被联合国列入世界自然遗产名录，是我国漫长的海岸线上唯一的滨海类世界自然遗产。走进广阔的野生麋鹿生长繁衍区域，如同琥珀形状的湿地尽显眼前。听说这里已经拥有三千多头野生麋鹿，这个被称为湿地精灵的物种，怡然自得地生活在水草丰茂的家园里，过着养尊处优的帝王般生活。蓦然间，一群又一群白鹭，翅膀上挑起一缕缕5月里明媚的阳光，从头顶上掠过，直上蓝天。我的心中油然升起一种"落霞与孤鹜齐飞，秋水共长天一色"的意境来。看到这样的美景伴着优哉游哉的麋鹿家族，人们心中怎能不升腾起愉悦与欢欣？同时也会发出由衷的咏叹！这方净土，就是饮誉世界的中国麋鹿之乡！

到了黄昏的时候，朋友建议我去野鹿荡，说要在那里观看夜空里的星星。2019年，野鹿荡召开了"首届中华暗夜星空保护地大会"，并发表了《中华暗夜星空保护盐城宣言》。不久，世界自然保护联盟，公布野鹿荡为"世界重要暗夜星空保护地"，每年都有成千上万的星空爱好者来这里体验和拍摄星光璀璨、炫眼夺目的夜空。

晚饭后，我们或坐或躺在萋萋如茵的芳草地上，仰望着高深莫测的太空。浓浓夜色中无边无际的苍穹，繁星闪烁，银河系周围密密麻麻的星星，仿佛无数颗闪闪发亮的珍珠，它们眨着美丽的眼睛，好像在向人们讲述着牛郎与织女那悲欢离合的凄美爱情故事……置身在这样静谧安详的氛围里，谁还不如痴如醉呢？

天刚拂晓，我们驱车重返日出海湾。

汽车还没有停稳，东方的天际线上，已经出现了一道灰白色的豁口，不一会儿就渐渐地红润起来。起初，像一片淡淡的胭脂；接着，就变成了月季花般的粉红；转眼间，又如红玫瑰那么奔放而热烈了。当我将相机镜头的焦距刚刚调好，海天相接的天幔中，太阳已露出了小半张羞答答的笑脸，正在努力地向上攀升。我的心脏骤然狂跳起来，一种等待新生儿降临人间的幸福感，在心头腾空而起。

当一轮火红的太阳彻底挣脱了大海的羁绊，稳稳笃笃地坐在了海平面上的时候，观海廊道上空如纱的薄雾，已渐渐地散去，整个大地从恬静的梦中完全苏醒过来。一阵微风掠过，万顷芦苇此起彼伏，展示着南黄海之滨滩涂湿地原始而又凝重的生态风貌。在叽叽啾啾的百鸟鸣叫声中，成群结队的麋鹿和它的伴生动物，在密密匝匝的芦苇荡中若隐若现，让你觉得大自然是如此的神秘。

此时此刻，我的神志好像有些恍惚起来，在冥冥之中，我觉得自己变成了追赶太阳的夸父，向前，向前，一直勇敢地向前！啊，眼前一望无垠的芦苇荡，已变成了一片无边无际的大森林……

时光隧道

◇ 陈德兰

时间是缥缈的，也是悠忽的，令人无法触摸，可它又是那样实实在在地伴随着我们的一呼一吸。那么，时间的长河又是什么样子的呢？真的像一条看不到头的隧道吗？我们在里面忙碌、穿梭、奋斗，努力地去创造各种物质财富和精神财富，然后定格在时间长河的某一个区域里。

在一个阳光明媚的日子里，我随大丰作家采风团，走进了"时光隧道"，来了一场触摸时间、感知时间的梦幻之旅。在这样的时光隧道里，我是那样的微不足道，小到如同一粒尘埃。在时间科学馆与时空体验基地的接待大厅里，我感到自己的人生更是苍白如纸。

时空体验基地大门的右侧，竖放着一个牌匾，上面有两行符号，像是甲骨文。甲骨文，距现在有三千多年的历史。我用眼睐了一下，用嘴念了一下，几千年的时光，就那样抽象般地飘了过去，让人无法真正去感知。可当我经过星空顶创意步道，走进展示大厅时，仿佛那时间又停留在了星空宇宙里。

时间会停吗？当然不会。展示厅硕大的玻璃框罩里，从猿猴进化成人的演替过程进入眼帘，活生生地把500万年漫长的时空浓缩在一起。当然，在人们脚下的这片土地上，在500万年里，在自然规律中，有好多东西早已灰飞烟灭，能形成化石留存下来的，毕竟少之又少。展柜里的三叶虫化石、一化菊石化石、硅化木化石、狼鳍鱼化石等，又是那样弥足珍贵，在默默地向人们叙述着岁月的变迁和时光的流逝。

月球时空隧道中，一侧是关于宇宙及其发展演化等的相关科普知识，另一侧是宇宙年历装置，将138亿年的宇宙发展史浓缩在一年之中。当人直立在天地间，再去仰望宇宙时，才真正知道，地球和人都是那样的渺小。

当人真正想感知时间时，才会想方设法地来计时。于是从古到今，各式各样的计时器就被发明出来了。

你想知道人类有多少种计时器吗？我们的先人又是用什么来计时的呢？那么，请跟我来，一起去感知一下。在时间机器体验区，龙舟香漏、千章铜漏、秤漏、延祐滴漏、沙漏等。这些凝聚了古人智慧的时间显示仪器，真可谓是流转了春秋，惊艳了时光！

可能是有了这些计时器，人类才懂得了时间的珍贵；又或者是因为懂得了时间的珍贵，才发明了这些计时器。我们卡着分卡着秒努力着，才会让人生更加丰富多彩。我们成不了化石留存下来，但也许我们的某一个发明创造，或某一段文字会留存下来。如果和我们相关的一些东西能够成为真正意义上的"活化石"，那也是一件聊以欣慰的事。我们用此来证明我们活过，我们来过，我们努力过……

譬如北宋天文学家苏颂和韩公廉设计的以水为动力的天文钟，堪称当时世界上最先进、技术综合程度最高的大型机械装置。这些计时器不仅仅是用来记录时间的，还记录着人类文明的发展史，记录了先贤在这个领域里所取得的成绩和对社会作出的贡献。

展厅里，我最感兴趣的还是我最熟悉的地质展区，它是那样的亲切真实。展厅里的芦苇、麋鹿、勺嘴鹬，让我想起了一个小时前，我才从野鹿荡那里走来。野鹿荡里，有绿色的林荫道，合冠的树木，太阳从树冠的间隙里透过来洒在路上，路上长满了趴地草，像铺在道上的绿色地毯。偶尔有几粒红色的野草莓点缀其中，远远地看，满眼翠绿如烟。感觉吹来的风都是绿色的，一浪一浪的，让人心旷神怡。

成群结队的麋鹿就在不远处，在有水有草的地方，怡然自得。掏出手机，不用构图，随随便便拍上一张，都是极好的画。蓝的天，白的云，绿的树，红的野草莓……我们一行的文友，如同漫步在一幅立体的生态风景画里。

湿地"吉祥三宝"——麋鹿、丹顶鹤、勺嘴鹬等标本在这里得到了展示。

麋鹿和丹顶鹤的故事，几乎家喻户晓，尽人皆知，而勺嘴鹬，据记载，全世界也只有四百多只，是真正意义上的濒危物种啊！

　　我在展厅里认真感知了时间机器。在参观"时光见证"及"时空探索"等区域时，我就在想，是不是应该把我们的孩子带过来，让他们去了解宇宙、了解星空、了解时间？在亘古不变的时间面前，我们每个人不过是沧海一粟。外地的友人，只要来大丰的，有谁不想近距离看看湿地的"吉祥三宝"？那么我们在看湿地时，不妨也看看时间科学馆与时空体验基地，看看时间如何流逝。

孩子们的自然启蒙课堂

◇ 仇文倩

2019年"五一"假期，我第一次带着孩子去大丰港动物园游玩。那时候孩子才出生四个月，那是他第一次见到这么多的动物。在他小小的心里一定在琢磨着，这些都是什么呢，怎么好像跟我不太一样啊？孩子对动物园充满好奇，不停地转动脖子打量着四周。

到了猕猴区，我们看到几只小猕猴宝宝紧紧地抱着妈妈，仿佛磁铁一般吸在妈妈身上，走到哪里都不会掉，任凭妈妈不停地爬树、跳跃，都不影响小猕猴专心吃奶。吃奶这件事，四个月大的宝宝看懂了，我跟宝宝说，你看小猴宝宝也像你一样在妈妈怀里吃奶呢，他会意地笑了，仿佛已经初步感受到了大自然的神奇，人与自然的共通共融。

大丰港动物园，是我家孩子认知成长阶段最重要的课堂之一。在他三岁前，我几乎每个月都会带他去看动物，带着绘本、卡片、动物模型，到动物园里教孩子认识动物，来熟悉他们的声音。书本里了解到的事物很快能够转化为现实生活中真实的体验，并且可听、可闻、可触摸。在孩子五感发育成长的重要阶段，我认为，动物园无疑是最好的启蒙教育课堂了。在这里，不仅可以帮助孩子认识动物，还能为孩子提供震撼的视觉冲击力，同时可以帮助孩子区分大小、长短、高低以及各种颜色。值得一提的是，孩子还接受了一些简单的英语启蒙。

沿着疏港大道驾车一路向东，每当看到摩天轮在蔚蓝的天空里缓缓地转动时，孩子就知道动物园到了。孩子每次都是最先被鸽子区吸引，喜欢追逐鸽子，痴痴地看着鸽子飞到屋檐上，他还喜欢给鸽子喂食。作为妈妈，我能给予的，只是鼓励，激发他去努力地拥抱美好的大自然！

大熊猫乐园是每次动物园之行必打卡之处，虽然去年我带孩子去过成都的大熊猫繁育基地，但我们一致认为到家乡的动物园去观察大熊猫更方便，更过瘾。大熊猫繁育基地是最适合熊猫生活的环境，但是游客离大熊猫距离较远，且竹林丛生，如果想看网红熊猫"花花"，甚至得排上几个小时的队，方能一睹它的芳容。这样对比起来，在大丰港动物园观赏熊猫就更具价值了。无论是在户外，还是在室内的玻璃房，我们都能和熊猫近距离接触。我们见过熊猫"震生"灵活地爬树、荡秋千、玩滑梯、倒挂金钩等玩耍行为，是一个活脱脱的真实版"功夫熊猫"。

　　大熊猫乐园的南侧有亲子动物区、虎狮熊豹猛兽馆，还能看到灵长类动物。我们在亲子动物区用奶瓶给小梅花鹿喂过奶，给小兔子喂过胡萝卜，给长颈鹿喂过草，也曾被长颈鹿长长的舌头卷到手，沾了一手黏糊糊的口水……这些绘本故事里经常讲的动物，就这样与小朋友在真实的世界里见面互动了。

　　与游客隔着玻璃的猛兽也实在让人无法害怕，他们都像是要吃东西的小孩儿一样，眼巴巴地等待着游客的投喂。记得有一次我们用竹棒给老虎喂了一只鸡，那只鸡瞬间就被它狼吞虎咽地吃了下去，连一根毛都没有剩下。孩子从绘本《我是棕熊，我怕蜜蜂》中得知棕熊爱吃蜂蜜，动物园里可以投喂蜂蜜块，我们一起把沾着蜂蜜的木棒伸进圆洞后，急不可耐的棕熊不停地舔着舌头，馋得直流口水。灵长类动物区一直深受孩子喜爱，调皮灵活的灵长类动物就像顽皮的孩子一样上蹿下跳，尤其是长臂猿，它的大长臂十分吸引人们的眼球。在杂志《小聪仔》中，孩子了解到了长臂猿的习性、种类以及叫声后，没想到在动物园中竟然可以亲眼看见它们。隔着玻璃，长臂猿飞檐走壁，甚至可以贴着你的脸看着你，好像有着无限的表现欲，经过这儿的游客无不为之驻足叫好。

　　大丰港动物园里曾有一幕画面至今让我难以释怀。前年暑假的一天下午，我带孩子在猕猴区游玩，发现有只猴妈妈怀里抱着一只小猕猴，小猕猴的腿是耷拉下来拖着的，我感觉到异样，小猕猴不像是睡着的样子。一旁的饲养员说，小猕猴已经死了，猴妈妈舍不得松手，猴妈妈抱着它的孩子跳到假山顶上，仿佛它的孩子还在，永远都不会离开。听完，我的眼泪瞬间就落下了。因为，凡是做母亲的都见不了这样的场景，实在太心酸了。此时，我看到老猕猴无助的眼神，它的眼眶里也噙着泪水，好像在向游客诉说，要是谁能救活自己的孩子，那该有多好啊。

孔雀园也是孩子一直非常喜爱的地方。一般在春天孔雀求偶的时节，比较容易见到孔雀开屏。我们在今年春天一下子见到七八只孔雀同时开屏，那场景令人十分震撼，弥补了我小时候没亲眼见过孔雀开屏的遗憾。后来才知道，原来漂亮的孔雀是雄性。雄性孔雀开屏后会用它们的羽毛团团围住雌孔雀，直到雌孔雀答应求偶要求才肯罢休。由此可见，这个物种对爱情的追求是何等的执着！

我在大丰港动物园第一次见到火烈鸟，我一直觉得火烈鸟是种很美很神奇的动物。它的英文名也很好听，叫flamingo。火烈鸟细长的小腿，粉红的羽毛，修长的脖子，非常高雅。土拨鼠很可爱，它的爪子比挖土机都厉害，动作灵敏俏皮，站立着作揖的样子很萌。追逐打闹的松鼠在长长的铁丝网里来回奔跑不停。偶尔能观察到松鼠吃瓜子的场景，那一举一动的可爱模样，比人类灵活得多。

在这里，不得不提小土坡上的羊驼们，它们也算是网红了。近距离接触，感觉它们蠢萌蠢萌的，喜欢跟在人后面讨食物。原来不仅有羊驼，还有驼羊，名字相似，叫人傻傻地分不清。它们在种属、体形、背部、耳朵等方面，都是有明显区别的，驼羊的体形较大，约为羊驼的两倍。驼羊的耳朵有点儿弯曲，与香蕉相似，而羊驼的耳朵是直的。羊驼的背部有点儿弯曲，不适合运输，驼羊的背部是直的，比较适合运输。羊驼产出的毛，质量和颜色独特，韧性是绵羊毛的两倍，多被做成时装。而驼羊产毛率不高，一般来说，每年每只只能产毛2~2.5公斤。

珍禽园是个宝藏之地，有的游客可能不太容易走到那里。铁网圈起来的园区里面，有丹顶鹤、鹦鹉、巨嘴鸟等珍稀鸟类。走进大网中，仿佛走进了各种鸟儿聚集的音乐会。还可以听到鹦鹉美妙的学舌，旁边的小池塘还能看到黑天鹅在尽情地嬉戏，时不时传来几声嘎嘎的叫声。

再往北就是麋鹿苑啦，这里可以近距离接触麋鹿。还可以看到斑马，仿佛来到了非洲大草原。孩子喜欢在这里骑平衡车，特别爱在长长的木桥上跑来跑去。麋鹿苑后来引进了一头大象，满足了我们的好奇心。因为难得见到真实的大象，我们给大象喂了苹果，大象熟练地用长鼻子卷起苹果，从容不迫地扔到了嘴里。

大丰港动物园里的动物种类繁多，我们究竟去了多少次，早已经记不清了。然而，我们每一次去，都会找到不同的感觉，几乎与每种动物都有过一些情感联结。这里留给我们的记忆实在太多，恐难一一赘述。这座人与动物和谐相处的家园，承载着我与孩子太多的亲子时光，它不仅是孩子们的自然科学启蒙课堂，也是一所我们成年人对大自然产生深刻认知的学校。我在这里弥补了童年的缺失，也与孩子一起，重新开启对动物、对自然、对生命的思考，也对生命和自然有了更多更深的理解！

此间乐，不思归

◇ 葛海燕

　　大丰港动物园，处在盐城黄海湿地的边缘，与多彩浪漫的湿地组成了一对美丽神奇的姊妹花。从规模上说，它主打一个"大"字；在品种上看，它主打一个"多"字；谈观赏效果，它离不开的是一个"趣"字。

　　动物园坐落于日月湖的西侧，东有高耸入云、如同竖起的大拇指一般的商贸大厦；西边是一马平川、一顺到底的海边大道。它占地面积五百亩，相当于四十七个标准足球场那么大。此间有三百多种、六千余只动物。欲知明星动物有哪些，请听我慢慢道来……

"洁癖公主"与"吃货小哥"

　　大丰港动物园镇园之宝是两只大熊猫，一只叫"云儿"，另一只叫"震生"。

　　一开始，我望名生义，先入为主。以为震生是男儿，云儿是闺秀，嘿嘿，恰恰相反，完美答错啦！

　　这是两只来自四川的熊猫。震生毛发黑白分明又光亮，白色的部分尤其光洁。震生在木梯上爬来爬去，木梯是它闲庭信步的地方，它慢吞吞地走，不紧不慢，一副若有所思的样子。听管理人员讲，震生非常爱干净，很喜欢饲养员提供的泡泡浴，躺在水里，它就感到特别惬意。它是动物园里美丽的"洁癖公主"，堪比古代的杨贵妃。五月的阳光有点熏人，洁癖公主震生散完步，摇摇摆摆地走向室内，去享受新空间里舒适的空调给它带来的清凉了。

　　在小径的另一侧，云儿正在津津有味地吃着竹子。游客的围观一点儿都没有影响它的食欲，它只顾埋头贪吃，偶尔抬起头来，瞟你一眼，然后继续享受美食。称它"吃货小哥"，一点儿都不冤枉它。休息的时候，云儿会丢下手中的竹子，就地打几个滚，身上立马沾满了厚厚的尘埃和泥巴，那邋里邋遢的样子，与"洁癖公主"震生相比，完全是天壤之别。其实，这里有一个别样说法：吃得多，毛发上的油脂就多，滚上泥巴，可以中和一下油脂。这样活得岂不更爽？

与长颈鹿亲密接触

这头长颈鹿真高，脖颈远远超出围栏，它在静静地看着外面的世界。跨上围栏前的台阶，就可以与长颈鹿零距离接触了。伸出手，轻轻抚摸着它的头，棕色的大眼睛忽闪忽闪的。待你的手缩回去，它把头靠得更近了。这种亲昵的程度，让人怎么也不忍离开它。

一个高高瘦瘦的游客凑到它面前，大概是他的大长腿让长颈鹿产生了错觉，以为遇到了同类。长颈鹿便一个劲地在他身上磨来蹭去，那亲昵的模样真叫人忌妒。其他游客看到后很是羡慕，也走到长颈鹿面前，也试图进行这样的互动。可是没有大长腿，长颈鹿再也不抛来橄榄枝，真是一个奇特的情种。

小浣熊、老虎和狮子

在浣熊区，一只只小浣熊见到游人非常兴奋，纷纷沿着水泥墙面往上爬，似与游人逗乐。见到浣熊如此热情，游人有点儿过意不去，总想从口袋里掏出点零食递过去，再看看旁边"请勿投喂"的温馨提示，也只好放弃了。

不远处就是老虎区。我先看到了两只孟加拉虎，通体白色，且带有浅浅的虎纹，威武又神气，很容易让人联想起《水浒传》里豹子头林冲闯入白虎堂的章节。有人在大谈孟加拉国的珍稀物种和这个国家的生态链，也有人在向白虎挥手致意。两只白虎躺在不同的墙角边，简直就无动于衷，仿佛游人根本就不存在。抑或是这两个南方国度的珍稀宠儿的架子大得很哩。再往前，看到的是东北虎。除了皮毛是黄色的，虎纹也很明显，它们也对游人不理不睬，摆出一种世界上唯我独大的架势。我想，同样的物种，不管它们生存在什么纬度，都有着相同的禀性吧。

狮子区里的雄狮在眯着眼打盹儿，母狮子在梳理毛发，都对游人的到来不屑一顾，无动于衷。游客们一声声"辛巴""刀巴"地呼唤着，它们也是充耳不闻，傲慢得令人嫉恨。

臭你不需要商量

羊驼区在一个草坡上，这里草色青青，远处更有风车在不停地转动，好像塞外大草原。

这里是园中的一个网红打卡地。羊驼三三两两地在坡上停留，悠闲自得。有棕色的，也有白色的。其中一只还没满月的羊驼，正在羊驼妈妈怀里拼命地吮吸着乳汁。饲养员提醒大家，不要轻易去触摸它们，否则它可能就会朝你吐口水，那个味道，臭不可闻。原先想亲近羊驼的人，只好放弃了初衷。很担心自己摸不到羊驼，反而惹了一身不该有的异臭味，那就得不偿失了。

仰天长鸣与深情表白

人还没有走到灵长类观赏区，就能听到一阵阵清越响亮的鸣叫声划过长空。导游说，那是长臂猿在叫。

这两只川地长臂猿跋山涉水，来到了太平洋西岸这片南黄海湿地。"巴东三峡巫峡长，猿鸣三声泪沾裳。"而这黄海之滨的猿啼声里，少了哀怨，多了安适。待我们走近时，那长臂猿不叫了，在木架间腾空悠荡，迅速而机敏，快捷又灵活，它们仿佛在说：此间乐，不思归。

穿过香猪乐园，两只正值青春期的小香猪正在卿卿我我，游人边笑边呵斥它们不知道害羞。

孔雀园里的孔雀也在鸣叫，没有猿啼声那么高越，但也响亮，"啊——喔""啊——喔"此起彼伏。这也是它们求偶的方式之一。蓝孔雀羽毛华美，即使不开屏，你也感受得到它耀眼的美丽。白孔雀通体洁白，羽翼如锦缎，熠熠发光。它们就那样凭栏站着，自有一种"静女其姝"的美。

一只年长的雄孔雀开着屏，正在追逐着一只雌孔雀，雌孔雀走到哪里，它就跟到哪里。奈何它的尾巴有点儿秃了，开着的孔雀屏也参差不齐，不仅不美，反而显得有些尴尬。那雌孔雀对它毫不理会，好像在拒绝雄孔雀满怀深情的表白。

不会飞的鸟——鸵鸟和鸸鹋

在食草动物区，还有两种不会飞的鸟——鸵鸟和鸸鹋。鸵鸟是地球上最大的鸟，最高的甚至超过2.5米，它可以在沙漠中生存，行走如飞，是地球上跑得最快的鸟类之一。它的全名其实是"非洲鸵鸟"。有位文友初次来到大丰港动物园，行至鸵鸟区，有只鸵鸟紧紧跟着他，亦步亦趋，随行了好久，也不离开。高大的鸵鸟与他仿若两个老友，小径漫步，心照不宣，人鸟俱安，这样的氛围真让人感到新鲜又稀奇。

不远处的鸸鹋又叫"澳洲鸵鸟"，是地球上最古老的物种之一。数万年的地质和气候变化，也没有改变它的原始形态，它的体形比非洲鸵鸟略小一些，有1.5米到1.85米的高度。这两种鸟类中的庞然大物，生而为鸟，却都不会飞。鸸鹋喜欢生活在绿草青青处，看见游人走来，它一点儿也不回避。游人想与它合照，它也友好配合。这样的适应能力，大概就是它历经万年而得以生存下来的原因吧。

东方白鹳和亚洲象

再往前，是东方白鹳园。与貌不惊人的鸵鸟和鸸鹋相比，东方白鹳就像是玉树临风的剑客骑士。它白首白身，有黑色的喙，鲜红的长脚，展翅高飞时，黑色的羽翼上下翻飞，时而鼓翼飞翔，时而盘旋滑翔，姿态轻盈优美。它的数量在全世界已不足一万只，素有"鸟中大熊猫"之称，弥足珍贵。

当游人靠近围栏时，东方白鹳发出嗒嗒嗒的叫声，好像发出"别过来、别过来"的警戒语。游人们友善地哄笑着离开了，东方白鹳发现虚惊一场，又低低地叫了一声，凌空飞去。

亚洲象有个特别的名字：高翁。高翁，不就是高老头嘛，这一回我没有主观臆断，猜想，这庞然大物莫非是个女生？再看下去，果然女生一枚！正好饲养员过来送青草。高翁凑到围栏前，非常娴熟地用鼻子卷起草，悠闲地吃着。有人在叫：转过头来！快转过头来！高翁果然回眸一看，算作回应，游人们满意地为它欢呼喝彩。

看那么一片辽阔的五百亩土地，用一个上午时间，也只能算是走马观花。

可爱的土拨鼠，机灵的狐尾猴，其色如燃、从地中海飞来的火烈鸟，一生一世成双出对的双角犀鸟，蹦蹦跳跳的袋鼠，爱吃自己便便的水豚，憨态可掬的棕熊……这里的动物，随便哪一种，总能让人驻足停留，忍不住与它们嬉戏互动，让人体验了人与大自然的亲密与和谐。天地万物，皆有其美。来时，兴致勃勃；归去，依依不舍。此园，已长留游人的心间。

多彩的南黄海湿地

◇ 刘立云

大丰沿海的滩涂湿地，是由长江、黄河这两条汹涌澎湃滚滚东去的母亲河夹带的泥沙成年累月沉积而成。这是一块一马平川且保持着原始状态的处女地，从数百里的海堤脚下，一直延绵到浊浪滔天的黄海边。

走进这片粗犷雄浑却又"不知其所穷"的自然风景里，才知道大丰这座年轻城市的东方，有着中国暖温带最原生态、最完整、最辽阔的湿地——南黄海湿地。此时，我感悟到大丰的湿地亦如金陵素有女人河之誉的秦淮河，在她的身上缊藏和枳淀着一种特有的地域文化。

第一次走进这片无边无垠广袤的湿地，聆听着悠悠的天籁，我心中蓦然升腾起一种荡气回肠的惬意之感。呵！天如此高远，地如此宽广，海如此豪放……

我陪友人前来观光的那天，正值秋日。远远望去，湿地一望无际，一片连着一片的斑斓色块，纵横交错中又显得错落有致，在秋天绚丽的阳光照耀下，散发着赤、橙、黄、绿、青、蓝、紫之光。世界上能拥有的颜色，大概都包容在这里了。放眼看去，犹如一幅巨大的美轮美奂的高品位油画，慷慨而毫不掩饰地铺展向远方的天边。

行走在这张12万公顷的壮丽画卷中，但见碱蓬遍地殷红，炽热如火，眩惑得使我双眸几乎要停滞在眼眶中。这就是南黄海湿地著名的生态景观"红地毯"。这种滩涂湿地上的主体植物，因生长期有60%的时间被海水浸泡，它们体内的盐分很高，所以一年中，它们会由春夏季节的绿色慢慢地变成了秋天的绛红色，而随着天气逐渐变凉，颜色也愈发凝重起来，愈加红艳。真是一种奇特的生命！

远处的浅滩边上，一条条港汊水湾里，伫立着一群群的白鹭。它们神闲气定地啄食着水中的贝类、小鱼等，心安理得地接受着大自然馈赠的礼物。

　　据调查统计，这里有丹顶鹤、白尾海雕、褐翅鸦鹃、白天鹅、黑嘴鸥、东方白鹳等鸟类350多种，受国家一级保护的就达30多种，列入中日候鸟保护协定的有93种。奇特的景观往往能带来奇特气象，而奇特的气象又能产生奇特的生态效应。

　　正走着，天空突然黯然失色，数万只灰椋鸟，一下子从白茅草地里腾空而起，遮盖住了湿地的半边天空。它们像一片乌云，在朗朗晴空中翻滚了几下后，不一会儿就叽叽喳喳地落入无边无际的芦苇荡和灌木丛里去了。南黄海湿地用"鸟的王国"来形容一点儿也不过分。正因为有着极其丰富的生物多样性，这片神奇的湿地，已经从容不迫地走进了人与生物圈的名录之中。2019年，还被联合国列入世界自然遗产名录，成为我国最年轻的世界自然遗产地。

　　这片密密匝匝的芦苇荡能给人带来南黄海湿地的又一奇特景观"芦荻飞雪"。白茫茫的芦花在秋风中摇曳，西斜的夕阳将自己的柔美之光洒在芦穗上，顷刻间，便旋转出洁白的光影。一阵微风掠过，"雪花"御风而行，漫天飞舞。"品格清于竹"的芦荻，英姿勃发地托举起它们翠绿的枝叶，飘扬着柔柔"发丝"，随着风的节奏进退起伏。恍惚间，我情不自禁地想起了明代秦淮佳人、素有"婀娜将军"之称的林四娘，她在率领属下的娘子军操练时，大概也就是这番情景吧。

　　此时亦算湿地旅游的绝佳时节。一拨又一拨的游人与我们擦肩而过。听当地的向导说，那些人都是来自全国各地的"驴友"，他们是慕名前来领略这里旖旎的湿地风光的，他们还能观赏野生麋鹿在大自然之中那种洒脱自在的形态，一睹它们与万物融合在一起的尊贵芳容。

　　可我，仿佛独自置身于远古的洪荒时代。胸中油然飘起"心凝形释，与万化冥合"的优美意境。湿地天然多姿和原始沧桑的荒凉，极其自然地稀释了都市里车水马龙和人群的喧嚣，默默地为不知疲倦的飞禽走兽提供了幽静丰美的栖息地……

多彩多姿的南黄海湿地，听说还在慢慢地向东延伸，她如同一位楚楚动人的少女，悄无声息地卧躺在南黄海之滨。祈盼她不会就此漫漶在我无尽的思绪深处。

大自然用她亿万年的胸怀承载了人类千万年的悲欢，我们是何其幸也！但我们却为自己不足百年的生存，或者是为那些眼前微不足道的蝇头小利，去不断地伐略生态，肆意地侵害自然，让那原始状态的美丽和纯净，离我们愈来愈远。我们又是何等的愚昧和笨拙！

到滩涂吹一次海风

◇ 仇育富

我常有钓鱼的冲动,更想去海边钓一次鱼,还能吹一次海风。去过海边钓鱼的朋友绘声绘色地把他们在海边的所见所闻讲给我听,这冲动更加强烈了:去海边钓鱼、吹海风!

这一天是个阳光明媚的日子,也是适合垂钓的好天气。我们一行五人一早便兴致盎然地出发了。一路向东来到海边的一个小集镇,过了海堤,来到沟河交错的滩涂,背后的海堤公路正在被修建成沿海观光带,不远处的"日出海湾"已成为网红打卡地。东道主早已等候在那里。他招呼我们登上了一条简陋的水泥船,穿越在静谧的河床之中,欣赏着沿岸瑟瑟的芦苇荡。无风水面琉璃滑,不觉船移,微动的涟漪,惊起了飞禽,也惊动了岸边草丛中的野兔疾驰而去,落荒而逃。同行的刘主任见此情景,不禁诗兴大发:"争渡,争渡,惊起一群野兔!"

站在船头,极目远眺,草地上有三三两两的麋鹿悠闲地低头吃草,看起来十分悠闲,也很警惕。船行水上划破了宁静的水面,偶有几条不大不小的鱼儿在船边跃出水面,划出优美的线条,溅起了水花,给人带来阵阵的惊喜与美的享受!最让人兴奋的还是那十多只白色的大鸟,它们在天空中扇动着翅膀,时而高飞时而低掠过水面,最后落到河边的浅滩上,伸出细长的腿,迈着优雅的步伐,在水中寻找着食物。

人坐船上,船行水中,天上飞翔着各种鸟儿,远处有一排排巨大的风车,东道主介绍,那是海岸风电群,远看如森林。一望无际的湿地滩涂沟河如一条条细小的血管七纵八横地呈现在这块东方版图上,这里的鱼虾足以为滩涂中的各种生物提供富足的美食。

映入眼帘的除了一眼望不到边的芦苇荡，还有些比芦苇矮小些的盐蒿，学名碱蓬，红色如地毯，土生土长在这海边，它的嫩芽非常的爽口，食用时无需放盐也带着淡淡的咸味。除了天上的鸟儿，高高的芦苇丛中还有四处奔跑的野兔。这里偶然还会有牙獐出没，那细长的腿每跳一步都会让你觉得它是世界上弹跳力最好的运动员。牙獐胆小，只要有一点点的惊动，它们便会瞬间逃出几百米，因而能在这芦苇丛中看见它惊鸿一跳，已是很幸运了。

　　"那是什么？"我们好奇地问开船的渔民。

　　"那是跳跳鱼，最喜爱在淤泥中跳跃，用这种鱼烧汤非常鲜美，在浅水处拿个盆子就能让你收获满满，吃一顿会让你回味无穷。但在我们的海边，很少有人愿意去抓，一是为了保护生态环境，二是也不想为了吃它而弄得满身都是淤泥。"

　　"看，好多蟹！"

　　眼尖的朋友看到小河边的芦柴根四周，有很多类似大闸蟹模样的蟹正静静地沐浴在冬阳下。朋友见我们一脸的好奇，便介绍道："这是海边特有的一种蟹，它跟大闸蟹不同，肉少，但它却是我们本地的特产，制成罐头销往全国各地，还出口很多国家，其味道之鲜美实属人间稀有，在我们这儿已经吃厌了，很少有人专门自己腌制它了。"朋友的介绍已让我们流涎一地了，然而此时只能望蟹解馋。心中也不由得感叹，这里的人生活在水草丰美、物产富饶的湿地边，竟然已不把这特产当成好东西，甚至有点儿觉得他们身在福中不知福了！

　　"哇，丹顶鹤！"同行的陈会计是唯一的女性，看不完的湿地景色让她激动得热泪盈眶，数码相机早已咔嚓咔嚓拍下了上百张照片。她站在小船上张开双臂，情不自禁地大声叫喊着："太美啦！太美啦！"激扬的声音回荡在水天之间，惊起了一滩鸥鹭！我们几个男士赶紧上前提醒她："小心脚下，注意安全！"

　　"丹顶鹤喜静，我们这附近一般有上百只飞上飞下的，它们成为常住居民好几年了。附近的草丛中就有它们的窝，那鸟蛋比鸭蛋还大，但没有谁会去捡。大家都养成了一种无需提醒的自觉，知道今天对自然的保护，是为了让后人还能看到我们今天所能看到的各种风景，而不是只能听我们给他们描绘这里曾发生的一切。"渔民一边开着船，一边回应我们的话题，以满足我们的好奇心。

滩涂处处显现的是原生态的湿地特色，那些与麋鹿相伴相随的飞禽走兽灵动着这片湿地。南迁的丹顶鹤以及其他珍稀的飞鸟让你目不暇接，与其说是到海边垂钓，不如说是来湿地观光。

船行到一处小闸口，闸边早有人在此等待，友人指着闸口说："闸边的鱼儿是混合型水质的鱼，闸里侧的水是内河的淡水，闸外便通黄海，水是咸的。推浪鱼最爱这样的环境，馋嘴，好钓，你甚至不用鱼饵都能把它引上钩。你们就好好享受吧，一小时后开饭，品味海鲜。"

做好钓鱼的准备工作，便抛下鱼钩，然后优哉游哉地坐等鱼儿上钩，还没坐稳，刚抛入水中的鱼钩就被什么东西拖跑了，顺手往上一拎便觉得鱼竿有些分量，拎到眼前一看，是一条三两上下的推浪鱼。

果真是贪嘴的家伙，我们真是乐坏了，把鱼儿放进网兜再继续下钩，钩还没沉到底又被拖走了，又一条鱼儿被钓了上来。就这样接二连三地，我们毫不费力地钓到了一条又一条的推浪鱼，心中阵阵狂喜，激动得个个都面红耳赤，心跳加速。真是太刺激了，吃鱼哪有钓鱼乐！

一小时下来，每个人都收获满满，难怪朋友只给了我们一小时的时间钓鱼，因为他知道这一小时钓到的鱼足够让我们尽兴了。

我们带上鱼来到开设在海边的"推浪鱼餐厅"，据说这是海边最好的饭店了，店虽不大，却是最好的选择。在这里吃饭你才能真正感受到自己来到了海边，因为这里的餐饮中大海的元素很多。午餐桌上的海鲜居多，还有久违的盐蒿。最鲜美的还是推浪鱼烧豆腐，里面放上了一些水饺，雪白的鱼汤堪比牛奶，刚才还活蹦乱跳的鱼，转眼已成嘴中的美味，难得品尝到如此地道的美食。

午后我们来到海堤公路上，一望无际的滩涂上随处都有三五成群甚至几十上百的野生麋鹿。它们天一热就喜爱待在水中，公鹿的角上顶着一些水草，显示它在族群中的地位。无数洁白的牛背鹭跟随在麋鹿后捕捉水草中惊飞的昆虫。在滩涂上只要看到这种鸟，离它们不远处定会有成群的麋鹿。

我们很幸运地亲眼看见了百鸟齐飞、野兔奔走、游鱼腾跃的场景以及一望无际的湿地芦苇，又亲身体会了一把钓鱼的乐趣，既品味了美食，又收获了如此丰硕的钓鱼成果。

忽见闸口处有一标牌，上书：你可以带走湿地滩涂的任意一处美景，但请别带走一枚鸟蛋、鸭蛋。

临别，我们伫立在滩涂上，目光追逐着湿地滩涂上那些灵动、迷人、可爱的生灵，越过一望无际的海草，远眺黄海中时隐时现的海轮，任凉爽的海风吹拂，久久不情愿离去。

花儿开了，怒放的花朵，点
缀着四季的容颜。我愿做一只采
蜜的蜂，偷偷蛰伏在你明媚的心
间……

严正东　摄

花为媒，已将异乡为故乡

◇ 张晓惠

海纳百川，荷兰花海以黄海般的辽阔，吸引有识之士在这里施展才华；兼容并蓄，花海以郁金香般的温柔，为各方才俊搭建实现人生价值的广阔平台。

——题记

郁金香之恋

"美丽的郁金香，在江苏大地上找到了栽种它们的热土，让苏北小城成了花的海洋，尼可·卡义克也如同故土的郁金香一般，在大丰找到了家的归属。"这是"情动江苏·杰出国际友人"组委会给予郁金香种植专家尼可的颁奖辞。

2015年，江苏南京，在"情动江苏·杰出国际友人"的颁奖仪式上，很多人记住了远道而来的荷兰人尼可·卡义克，这位身高1.99米帅气的郁金香使者。

"是大丰伸出的橄榄枝让我梦想成真。"尼可·卡义克深情讲述。

尼可·卡义克，1956年生于荷兰一个郁金香种植世家。小尼可七岁时就学会了怎样修剪郁金香、如何筛选有病毒的花。十岁时，尼可就能神气活现地驾驶着拖拉机，帮助父母收获郁金香种球。在郁金香花丛中耳濡目染，跟着父辈刻苦钻研，尼可学到了种植郁金香的许多知识，并且深深地爱上了美丽的郁金香。1975年，尼可从农业技术学校毕业后，接过父母的公司，以一个郁金香园丁的身份开启了自己的创业之路。因为技术娴熟，手艺精湛又帅气的尼可被同学和朋友们亲切地称为"郁金香尼可"。

郁金香，这个美丽且有历史的花卉品种，说来还真是与中国有渊源。最早的郁金香曾在帕米尔高原生长，我国新疆的天山山脉也曾留下过她的芬芳。美丽的郁金香在丝绸之路上一路绽放，直至1593年才来到荷兰，从莱顿大学的植物园绚丽地开放到了荷兰的四面八方，甚至家家户户庭院里都绽放着郁金香。

尼可喜欢郁金香的华贵与鲜艳，更喜欢郁金香的坚韧与耐寒。"郁金香是在寒冬里孕育长大的。"较之于种植了一辈子郁金香的父辈，尼可的梦想更加远大：这么美丽的花儿，就应该在全世界绽放！1988年，尼可就来到中国，先后在多个地方进行过郁金香的种植销售。

2013年，尼可收到来自黄海边大丰的邀请，在此担任荷兰花海郁金香种植技术顾问，开始了事业的新阶段。在这个适宜郁金香种植的地方，尼可与当地人一起在田间进行日常种植和管理，并与荷兰高校合作，进行郁金香新品种的培育。

尼可负责郁金香种球研究和培育项目，改良土壤、防治病毒，培育新品种。尼可利用种球冷处理这一关键技术，先将周长8~10厘米的郁金香小球，进行高温处理，再在17~20℃条件下进行花芽分化，然后在5℃低温冷库中储藏，打破郁金香休眠。这是针对中国在种球繁育过程中遇到的困难而采取的有效措施，对中国花卉业的技术进步具有重要的推动作用。

自打来到这片土地上，尼可几乎把所有的时间和精力都献给了郁金香，献给了荷兰花海这片热土。在郁金香种球研究和培育过程中，不管是在土壤改良、病毒防治方面，还是在新品种培育上，尼可总是亲力亲为，每天忙碌在田间地头，为当地花农传授种植技术。

"您指导，您讲授，尼可先生您只需动嘴指点！"不止一人好意劝这位洋顾问。而尼可回答："NO！NO！我是郁金香尼可！"尼可迈着长长的腿，去河沟间打水，将郁金香种球一只只埋在土沟中，再一日日观察郁金香红色的芽儿，哪一日破土，哪一日转青，哪一日长高，哪一日打苞，哪一日绽开红色的笑颜。

风霜中田头栽种，春风间花地收获。在尼可的带领与毫无保留的技术支持下，本地郁金香从十几个品种发展到几百个品种，种植面积从一百亩发展到三千亩，花农人数从十几个发展到现在八个村两千户。花海姹紫嫣红，郁金香芬芳四野，这里面有着尼可太多的艰辛与不易。

尼可成功培育了郁金香的许多品种，尤其是"人见人爱"培育取得巨大成功，使得郁金香种植前景不可限量。如何使荷兰花海在"五一"小长假期间以最美的姿态迎接游客？尼可利用冷库技术成功让郁金香花期延长至5月份。

2016年郁金香文化月期间，CCTV-4《走遍中国》栏目组走进大丰荷兰花海，对尼可的事迹进行了专题采访报道。"这儿的人值得信任，我爱花海！"尼可面对央视记者的镜头，认真又诚恳地说。

风霜雨雪，花落花开，荷兰花海现在已经拥有了三百多个郁金香品种、三千万株的种植规模，成为中国郁金香第一花海。荷兰花海也成功促进了本地经济发展，成为大丰的一张美丽名片。

尼可与荷兰花海合作，建起了郁金香种球研究中心，致力于推动郁金香种球产业在中国的国产化发展。尼可在荷兰花海除了潜心培育郁金香种球外，还利用自己在荷兰的影响力，积极推动中荷文化交流，增进中荷友谊。2015年大丰荷兰花海国际郁金香文化月期间，尼可邀请荷兰瓦赫宁根大学资深教授雅可布森先生、荷兰贸易促进委员会驻南京首席代表罗兰特先生等荷兰知名人士到大丰考察交流，在花海与荷兰间架起了一座友谊桥梁。

荷兰花海还派出考察团去荷兰，聘请了荷兰库肯霍夫花园董事摩尔担任高级顾问。越来越多的荷兰元素和荷兰经验深深地植入荷兰花海及特色小镇。尼可自豪地笑了。

对于荷兰花海的未来，尼可积极建言献策，他希望花海不仅仅是一个供人观赏的花园，而是成为中国郁金香的研究中心，以最好的品牌魅力吸引花农来学习技术，其核心是帮助农民致富，形成一种互惠互利的运营模式。每年花期时，花农可以免费将自己种出的郁金香提供给花海展示，与此同时，通过花海这个平台，游客可以根据自己的喜好联系到花农来购买郁金香。目前，荷兰花海正在按照尼可的思路加快发展，并取得了显著的成效，逐步形成了以花卉种植、旅游观光、健康养生、婚庆产业为一体的综合平台，带动了周边百姓致富。每年的郁金香文化月期间，荷兰花海都吸引海内外游客几百万人次，"中国郁金香第一花海"的美誉实至名归。

在花海这块土地上深耕细作这么多春夏秋冬，尼可对这片花海有着深深的感情，他毫无保留、倾其所有将智慧与汗水浇融在了荷兰花海。

在郁金香种球的研培过程中，尼可提供了关键的土壤改良、病毒防治以及新品种培育的技术支撑，成功填补了中国在郁金香种球繁育技术方面的空白，打破了中国不能生产繁育郁金香种球的局面，实现了中国郁金香种球的国产化。这不仅能够解决中国郁金香种球长期依赖进口的问题，而且对于带动农业加工业的发展、调整农业产业结构，促进中国园艺业的产业化升级、提高中国园艺产品的技术含量和市场竞争力都有巨大作用。在尼可的带领下，花海人摸索总结出了中国郁金香露天种植管理的核心技术。从培训班到郁金香种植学院，尼可在实践和理论上帮助花海的年轻技术员迅速成长，为荷兰花海的发展作出了巨大贡献。

2021年3月27日，在郁金香文化月开幕式上，尼可帅气地走上舞台为郁金香新品"大丰"揭幕，这是由荷兰皇家种球学会在国际注册登记的新品种。

"郁金香尼可"名声很响，许多地方慕名来邀请，甚至开出了很高的薪酬。尼可耸耸肩，微笑道："我是荷兰花海的人，让我到你们那儿去，要花海批准同意，我才能走的！"这大地、这花海注入了尼可的智慧与汗水，有着尼可太多的挂牵，这片土地上的郁金香如同尼可的孩子，尼可舍不得离开。

尼可的家在荷兰，但他一年却有8~9个月在花海工作。儿子艾力克理解父亲，如此眷念这片中国花海，父亲总有他的理由吧！艾力克在花海郁金香收种的季节先后来过六次，分享父亲收获的喜悦。面对美丽的花海、阔大的郁金香花田和热情好客的花海人，艾力克更加理解、支持父亲在中国的荷兰花海种植郁金香。

想家吗？真的很想！

尼可尤其想念美丽可爱的小孙女。闲暇之余，尼可常常打开手机相册看看小孙女甜美的笑脸，那笑容中溢满了甜蜜。尼可说："没有特殊情况，每年的8月15日我一定要回到荷兰的家，为我的小孙女过生日、切蛋糕。"

"为什么不在荷兰多待一些时间？"常有人这样问尼可。

"我要在花海研究郁金香，这里的学生和花农需要我，在这里我有许多好朋友！"尼可很适应中国的人文理念和生活方式，"中国的社会价值观很好，是向上的；家庭关系稳固，感情纽带紧密；朋友关系也好，可以说心里话。这些，我喜欢！"

"还有，荷兰没有鱼汤面，没有火锅！"尼可开心地笑了起来。鱼汤面、火锅都是尼可最喜欢的中国餐品。

舞者蒂娜，爱上这里的所有

"我喜欢花海，喜欢舞蹈，喜欢这里的所有！"蒂娜忽闪着长长的睫毛笑得很开心。

花海的美丽，令这位来自乌克兰的资深舞蹈演员将生命中的喜欢都安放在了花海。蒂娜全家在花海已生活了八年，孩子在花海中成长，从中学到大学，现在已是中国矿业大学计算机专业的硕士研究生。她的丈夫谢尔盖，瘦削英俊，也在花海演艺集团工作，主要负责外籍演员的管理、演员招募。蒂娜负责活动策划、节目编排。

每年的郁金香文化月、玫瑰花文化月、音乐啤酒节、百合花文化月、元旦、春节等重要节日演出以及日常景区内每天的演出，都由花海演艺集团承担。蒂娜很忙，忙得兴高采烈，成就感满满。眼前的蒂娜，头上簪着粉色的月季，配上白色的衣裙，明媚又青春。

谈起舞蹈，芭蕾舞演员出身的蒂娜眉飞色舞："我们团队演出的作品有俄罗斯舞蹈、荷兰舞蹈，有《弗朗明戈》《路灯下的小姑娘》《谁是我的新娘》等舞蹈；还有《无懈可击》《乘风破浪》《多幸运》《小情歌》《只有爱》等许多歌曲；我们还有双人杂技、魔术、萨克斯独奏等。"花海演艺团队的舞蹈和节目，全都是蒂娜编导的。

"蒂娜是乌克兰的杨丽萍。"演艺集团的负责人对蒂娜竖起了大拇指。有着18名外籍演员，十多位中国演员的演艺团队每天都要演出，参加花海的活动。

"排了这么多舞蹈，你最喜欢哪一种舞蹈？"

"我最喜欢中国舞中的那个大鼓舞！红红的大鼓，长长的红绸子，敲着、舞着，热闹，喜欢！"蒂娜回答出乎人意料，她说着笑着，修长的胳膊舞动着。"我马上要去学习，让大家都学起来！"

"面包好吃，还是这里的餐食好吃？"

"那当然是这儿的（餐食）好吃，海鲜、小笼包、鱼汤面，鱼汤奶白奶白的，我最喜欢，真的是鲜啊！这里的饭菜，精致、养胃！"蒂娜开心地说。

"我们喜欢这里的所有！"蒂娜笑得真诚和幸福。谢尔盖看着自己的妻子，也笑了。

很想看到蒂娜带着她的舞蹈团队挥动起系着长长红绸带的鼓槌，敲起大鼓舞，咚咚锵——咚咚锵——咚锵咚锵咚咚锵！这群美丽、优雅的高鼻子蓝眼睛的异国舞者，欢天喜地又神采飞扬地在花海中敲响起中国的大鼓，该是怎样的活力四射、和谐万方。

花艺师的天堂

有人赞：花海是天才画家浓墨重彩的绚丽油画；有人颂：花海是诗人、作家笔下恣意纵情的抒情诗章。

"花海是花艺师的天堂！"取得中国花艺决赛冠军、世界花艺总决赛第七名的花艺师姚伟这样说。

2019年4月，美国，费城，四年一次被称为全球花艺界的"奥运会"正在如火如荼地进行。

世界杯花艺大赛上，中国选手姚伟挺进10强，进入半决赛角逐。最终姚伟以总分第七名的成绩创造了中国选手在世界杯花艺大赛上的最好成绩！

每一份荣光后面都有着外人难以想象的艰辛。姚伟自2017年11月开始，一路过关斩将，经过不断努力，终于成为2019年世界杯花艺大赛中国区总冠军，赢得了2019年世界杯花艺大赛总决赛的入场券，并代表中国站在了世界最高水平的花艺竞技赛场。这是一份荣耀，更是一份沉甸甸的压力。

世界杯花艺大赛是目前世界花艺界最权威、最具影响力的花艺赛事，由世界上最大的鲜花速递组织——国际花商联组织，每四年举办一次。所有总决赛选手必须是各国选拔赛的冠军，正因为此，花艺世界杯被称为全球花艺界的"奥运会"。

"平衡、结构、色彩、中国元素。"姚伟一直在积极备战，想得很多也一直在寻找一个突破口。"我想通过自己的作品，让更多人看到中国传统插花的复兴与发展。"让世界听到中国的声音，看到中国的色彩，感受到中国传统插花的艺术生命力，这是姚伟的梦想，也是他的目标，更是他的使命。

鲜花是姚伟的毕生所爱。出生于安徽淮南花艺世家的姚伟，从孩童时代就钟情于鲜花，可以说是在鲜花丛中长大。兴趣是最好的老师，他将这种兴趣融入花艺设计师的职业中。姚伟曾在多家著名的花卉公司工作，主要从事花卉礼品设计和产品研究，这些花卉公司给了他学习设计与历练的机会。十九年的打磨与历练，使姚伟成长为了一名专业的花艺设计师。

结识荷兰花海时，姚伟正在全国最大的花艺连锁机构担任技术总监。因在花海举办大型活动，他常来做场地布置方面的技术指导。荷兰花海，被央视誉为中国"最美花园"，并深得荷兰国王、荷兰首相青睐，荷兰大使等荷兰官员多次莅临荷兰花海参加活动。这让姚伟对美丽的花海有了认识，有了喜欢，更有了眷念。2015年，姚伟成了花海的一员。

"这里是一个非常好的平台。"姚伟说，在花海，无论是造景，还是大型插花，都是锻炼的机会。花艺传递的是思想，让欣赏者对作品有自己的解读与感悟，是展示花艺创作者艺术功力的一种手段。当花艺遇上花海，姚伟对花艺有了更深的认知。

"插花是得意时灵感的涌动，忙碌中短暂的休憩，失意时的呐喊，闲暇时的补偿。"这种亲近自然的生活方式，姚伟很是享受。而"将花入心，以花为人"，则是他在荷兰花海的新领悟。"花艺已经深深扎根在我的生命中，与它度过一生，会让我幸福。"在姚伟的眼里，花艺就像他自己孕育、教育的孩子，看着亲生的宝贝苗壮成长，所有关于幸福的词句都显得那么苍白无力。

姚伟的作品，简约经典，优雅脱俗，繁茂丰盛，充满生命力，如静物油画。浓郁的色彩、优雅的构图，悬挂、镂空、雕刻等多种手法综合运用，作品令人震撼。

作为一名花艺师，不但要有色彩的敏感度、丰富的想象力和创造力，姚伟觉得更重要的还是要对花卉有一颗"敬重"之心，珍视大自然给予人类的这一礼物。他认为，纯熟的技法仅仅是花艺师最基本的素养，更重要的是用创意改变鲜花的意蕴，只有把商业化与审美性合二为一，才能实现花卉的最大价值。

花艺设计，特别是花艺工程，是一门综合性的艺术，对花艺师知识面、艺术水准要求较高。植物学、美学、建筑艺术、家居设计、环境设计以及园林景观设计等，花艺师都要有所涉猎，手绘能力也要强。想做一名合格的花艺师，必须不断丰富自己的知识结构和提高综合审美素质。为此，姚伟不断汲取时尚元素，看时装发布会了解流行色、流行趋势，乃至逛街时都在国际品牌橱窗前驻足，保证自己的作品能更好地与国际接轨。这些累积、沉淀，直接影响了他的创作风格，让他有源源不断的创意，设计出形式各异、用材广泛的花艺作品，也把他的花艺不断推向新的高度。成长为中国一流和世界知名的花艺大师，是姚伟的人生目标，他从没停止过前行的脚步。

姚伟感谢花海给了自己一片做喜欢之事的广阔平台，感谢身后有一个非常强大的花艺团队帮助自己一直走到了花艺世界杯总决赛的舞台。

面对浩瀚的花海，带动更多的人投身花艺，让更多的人来欣赏、感受花艺之美，是姚伟的职责与使命，这也是花海交给姚伟的一份信任与重托。

荷兰花海国际花艺学院成立了。花艺学院毗邻荷兰花海景区，坐落于具有异域特色的荷兰风情街，全校全职讲师十五人，外聘讲师八人，特聘讲师五人，常年开设基础花艺教学班、花艺创意培训班、休闲花艺沙龙等，为花艺爱好者们提供了一个一站式实用学习平台。

学校正全力打造一个有情感有温度的花艺教育品牌，让学员在有花的世界里感触最深的生命力，感受生命最重要的内容——爱。学校还定制了"花艺+旅游"的课程，游客在这里不仅能增加花艺知识，而且能动手体验，更快提高艺术品位。

绿化部的花境团队成立了。独立的花境团队，现拥有三名一级花境师，四名二级花境师。提升景区景观，丰富景区艺术色彩层次感；负责荷兰花海园区内的花境创意设计以及花卉种植和养护，是花境团队的职责。

辛勤付出，终于赢得了辉煌的荣耀。

花境作品《花海之舟》于2018年第二届中国花境大赛中荣获金奖。

花境作品《只有爱——云漫花溪》于2019年第三届中国花境大赛中获得金奖。

花境作品《岁月如歌》于2020年第四届中国花境大赛中获得金奖。

花境作品《海上明月升》于2020年"源怡杯"首届花境设计大赛中获得第二名。

2020年11月27日第七届中国花境论坛在荷兰花海盛大举行。

2020年这个春节，姚伟仍然没有回安徽淮南老家过年。元旦、春节，花海的花艺师及其团队都是很忙很忙的，要向花店开设年宵花植物组盆的课程，要在花市进行春节中式氛围的布置和传统中式插花花艺布置，还要进行喜庆氛围的设计和各种年宵花的制作……姚伟要设计要指挥更要亲力而为，让作品呈现出辞旧迎新日子中该有的喜庆元素与欢乐效果。

2020年的这个春节，姚伟也很幸福。当红灯笼喜气洋洋挂在景区高高低低的树梢上，红丝带飘拂在景点的花丛、屋顶，当几千种造型各异的年宵花在花市间蓬勃出满满的幸福与喜悦时，姚伟回到了新居。进了厨房，姚伟用长年累月与鲜花、树枝相伴，化植物为艺术、化平淡为神奇的巧手，下厨做了一桌菜，面对着家人笑意盈盈举起了酒杯。决定在这如画花海定居的姚伟，已在此买了新房，家人都来到了大丰过年，孩子也将在这儿上学。花海令家人怡心，江苏的教学质量令全家人放心、安心。

天高任鸟飞，海阔凭鱼跃。淡蓝色的天空中白云缥缈，翠绿的草地上奶牛悠闲，绚丽的花桥下水波荡漾。高大的风车在溪流边吱吱地转动，还有无数郁金香、虞美人、石竹、金鱼草的花朵在风中摇曳，红的、紫的、黄的、白的，似活泼翩舞的精灵。花的海洋，美的世界，荷兰元素满满，异国风情迎面扑来。饱满的线条色彩、具有超强立体感的光影画面，无不给花艺师们提供着极为丰富的素材，带来浩若花海的灵感与构想。

"真的，花海是花艺师的天堂！"姚伟对花海一往情深。

一个从郁金香开始的故事

◇ 冷清秋

这是一个从郁金香开始的故事。故事发生的时间是二十世纪初。故事的起点是荷兰，有一个碧眼金发的年轻人正在收拾行装，准备远渡万里之外。

那个时候，这样的远行仍然是一件颇为不易的事情。事实上在不远的数年前，号称"永不沉没"的当时世界上最大的钢铁巨轮泰坦尼克号就在初次航行中，触冰山折戟在大西洋海底，数千人因此丧生在深海之中，仅有几百人侥幸生还。数年过去了，报纸上仍然时不时会有关于这场海难的零星碎点。所以打点行装的这个年轻人，对远行中的风险当然不会不清楚，然而他去意已决。

年轻人之所以如此决绝，是因为前来相邀的人给他带来了一份特殊的礼物：一盆远渡重洋的郁金香。这盆郁金香静静绽放在他面前的桌子上，透着绵绵不绝的生命力。

荷兰是郁金香的国度，在这里，郁金香原本是寻常之物。青年人书房窗外的花坛里，此时就盛开着五颜六色的郁金香，还有蝴蝶和蜜蜂在花间飞来舞去。但是这盆作为礼物的郁金香大有不同，来人说："特莱克先生，这是一株生长在中国的郁金香……"

"中国？"这个叫作特莱克的青年，再次望向书房墙壁上的世界地图。

从荷兰鹿特丹港口出发，手指头划过英吉利海峡，自西班牙的下腹经直布罗陀海峡拐入地中海，过苏伊士运河，然后过红海沿岸的古埃及和古幼发拉底河，绕过阿拉伯半岛进入印度洋，接着出马六甲海峡，不久就到了长江出海口，你可以在宁波港或上海港上岸。这是一个横跨大半个世界，长达数月之久的远洋之旅。

然而这仅仅是开始，到了那里还有更多的事情要做。按照来人的说法，他们要在那里"围海造田，再造一个美丽的荷兰"。

那是一个叫大丰的地方，位于中国的黄海海岸。这些人作为当地的特使，千里迢迢来到了荷兰找上了特莱克，要请他一起来完成这一壮举。

应该说，他们来对了地方找对了人。荷兰是世界上围海造田改良盐土经验最丰富、技术最先进的国家，特莱克就是一位年轻有为的水利专家。此时他才二十四岁，正是充满想象和向往的时候。所以对方一提出这个庞大的设想，特莱克那年轻的心就不禁怦然而动。

看着书桌上远方客人留下的花开正艳的郁金香，特莱克不禁浮想联翩。来人的话句句落到了他的心里，对方说——

"送给您的郁金香种球来自荷兰，种于中国，当地的水土让这株郁金香苗壮而娇美。我相信当地的水土和荷兰的水土一样，能在荷兰发生的事情也一定能在中国发生。您在荷兰从事的事业在中国也依然能顺利开展。虽然我们文化不同风俗各异，但是花朵不会说谎……"

是呀，花朵不会说谎，从这株曾经远离故土的郁金香身上看不到丝毫抱怨和委屈，反而笑意盈盈，与窗外的荷兰郁金香争芳斗艳。

"如果说一株郁金香都能越过万里波涛在异乡发芽生长，我相信特莱克先生您也一定能在中国一展抱负。而且，经过您的亲手建设，即便是千里之外的异乡，也会变成您另外一个在之生活为之奋斗的家乡。"

没错，这正是特莱克内心所极其渴望的。在荷兰，水利专家的身份对于他只是一份体面的工作，他虽然已经获得了优越的生活，但是他更有一个年轻人的梦想。

世界之大，荷兰太小，就连欧洲也不够宽阔。那些前辈们，无论是西渡的哥伦布，还是环球的麦哲伦都那么让人痴迷。

世界那么大，我想去看看。也许当时的特莱克还说不出这样青春洋溢的话语，但是仅仅是想象一下那样的一个旅程，就已经足以让他这样的年轻人按捺不住狂跳的内心——从大西洋东岸出发，过地中海，经印度洋，到达太平洋西岸——终极一个航海者的一生，经历也不过如此了。

荷兰曾有"海上马车夫"之称，特莱克内心深处也有一种对于远方海岸线的渴望。所以，这株郁金香背后所蕴含的即将发生的诸多故事，都在年轻的特莱克内心里缓缓流淌。

到遥远的中国去，在波涛拍岸的土地上兴修水利，退盐还田，让更多的郁金香种在那片丰腴富饶的土地上……似乎有什么东西开始在特莱克眼前浮现，那是一个陌生而又熟悉的地方，就像他的家乡荷兰一样，那里有着一座座村镇和学校，有着数不清的和蔼的人们，他们老老少少都亲切地称呼他"特先生"，他好像变成了一个姓"特"名"莱克"的中国人。

他自如地游走在街道之间，转过了一个街角。

"那是什么？"他伸手指着远方，惊奇地问道，那里突然出现了一片郁金香之海，还有荷兰遍地可见的缓缓转动的风车。

"荷兰花海啊。那是中国大丰的荷兰花海。"有人回答道。

没错，这就是你来到中国后所留下的水利工程所孕育的成果。

后来的人们为纪念你将其命名为荷兰花海。那时的你还不知道后来的这些故事。

更没有想到所有的一切，都开始于一朵郁金香的故事。你没想到后来的大丰能变成千朵万朵万万朵的郁金香花海，并汇聚成这样的一座名叫大丰的郁金香之城。

但是，你却已经确定自己该做些什么了。

是一株郁金香告诉你的。

荷兰花海的前世今生

◇ 仇文倩

　　大丰之所以闻名全国，不仅是因为有中华麋鹿园、中华水浒园、浩瀚的恒北梨园等众多景点，还因为有以田园、河网、建筑、风车、鲜花为元素，打造的具有异国风情的旅游休闲地——荷兰花海！每当郁金香盛开的季节，中外游客纷纷赶到大丰，一睹郁金香的风采。他们徜徉在空气都甜丝丝的大花园里，被五彩斑斓的郁金香包围着，就像进入了一个美丽的童话世界。

　　可是，生长在这片土地上的大丰人不会忘记，繁花似锦的大丰，原先是寸草不生的盐碱地。那白花花的一望无际的碱土地，让多少老百姓生活在困苦中，衣不蔽体食不果腹啊！

　　故事发生在清朝末期。有一年长江发威，江水冲破入海口的北岸，瞬间淹没了良田、房屋。老百姓四处逃亡，他们在海门县常乐镇等地与从上海失业回家的人流汇成逃亡大军，他们满脸愁容携带着简陋的家当和行李，不知该到哪儿谋生。

　　张謇是民族资本家，他创办的大生纱厂在国家衰亡、军阀混战、官吏腐败、民不聊生的情况下生存艰难。张謇喜欢为老百姓谋取福祉，并投入大量的资金帮衬百姓。他见进口原料价格日益飙升，大生纱厂变得岌岌可危，同时那些失业返乡的和失去家园的百姓无事可做，便想去现今的大丰拓荒兴垦，为老百姓寻口饭吃。

　　大丰位于黄海之滨。当时的淮南盐业受海岸线东移的影响开始衰落，靠产盐为生的灶民由于盐产量越来越低，成本越来越高，生活变得捉襟见肘，促使白花花的盐碱地大量荒芜闲置。

　　张謇被人们亲昵地喊为四先生，落荒的百姓得知张謇要去开荒拓地，都想报名参加，又担心给他增添麻烦，影响他的事业。

张謇得知人们的想法后非常高兴，忙给大家沏茶、让座，向百姓详细介绍了他遭遇的困境和北上垦荒的计划。

张謇说："我认为把盐灶废除了，大量开垦盐田种植棉花是个不错的选择。这样不但能解决大家流离失所、无田可种的问题，又让失业的人有事可做。种植棉花的最大获益者还是我，我用咱们种植的棉花纺纱织布，就能降低成本，不害怕与外敌竞争，进而能拯救大生纱厂，不知道你们会不会怪罪我最后还是为自己着想？"

"哪里，哪里啊，四先生处处为我们着想，以后我们种出的棉花就不愁没人要了，多好！"百姓非常赞同张謇的拓荒计划，并纷纷表示："我们知道四先生资金周转有难度，如果需要募集资金，我们一定竭尽全力支持先生。"

张謇很激动，他接着说："废灶兴垦是个新鲜事物，没有现成的经验可供参考。我考虑了一下，要想干成这件事，可能需要借助西方的科技，据说他们有一套完善的改良土壤方法。所以我们除了筹集资金，还要引进科学技术和科学人才，这些都是大工程呀！"

"先生，我们都是小户人家，不懂得科学，也不懂得什么大道理，我们只能有钱出钱、有力出力，其他的事还劳驾四先生多操心。"大家纷纷说。

经过各方打听和引荐，1916年春，张謇认识了荷兰著名水利工程师奈格的儿子特莱克。特莱克随父来中国多年，对水利颇有研究。奈格去世后，特莱克回国就读于荷兰工程专科学校，擅长河海工程。毕业后，特莱克返回中国继承父业。张謇聘请特莱克为南通保坍会驻会工程师，负责保坍筑榍工程。

特莱克在签约时，知道了张謇为国利民的情怀，但当时资金短缺，这样的计划前途难测，于是主动减低薪水，以6400元年薪签约。

1917年，特莱克与第一批启海人推着独轮车，带着简单的家当，携老扶幼，跟着张謇去找"新家"。迁移途中，人们听说会有地种，纷纷加入其中，引起了又一轮的"移民潮流"，到达黄海之滨的大丰时，竟聚集了数万人的垦荒队伍。

经过数日的测量和勘察，特莱克说："盐碱地要想种庄稼，首先要稀释土壤的盐分，只有规划建设好农田水利系统，才能实现目标！"

张謇颔首赞同："谨遵先生意见。"

特莱克说："经过这段时间的勘察，我制定了区、匡、排、条四级排灌水系，请张先生定夺。"

张謇说："只要能把盐碱地改造成良田，花多少钱都值得。为了这一天，我从清末等到民国，在国破家亡之时，我寄希望于政府，又失望于政府的不作为。最后才下决心，通过自己和百姓的力量改造盐碱地。借此兴办实业、教育、医疗等，在拯救实业振兴民族经济的同时，改变家乡人的生活。"

特莱克对张謇由衷敬佩，竖起拇指说："能与先生并肩战斗，是学生的大幸，先生此举定当造福后代，名留千古！"

在张謇的倡导和组织下，勤劳的启海移民及其他们的后代与本场人一起，经过近百年的努力，终于将白花花的盐碱地变成了一望无际的肥田沃土。如今，人们在这片丰厚的土地上幸福地生活着，他们在追求物质享受的同时，更加注重美化家园。为了纪念张謇和特莱克先生，大丰人特意从荷兰引进了郁金香，让这些花中美丽的精灵，扎根在大丰的土地上，一代又一代地盛开下去。

爱在荷兰花海

◇ 陆梦

一

"姑娘，把这些化妆品拿进去，好好捯饬捯饬再出门。不是我说你，咱俩走出去，我都嫌你丢人，人家都说我是你姐。听到这样的话，我应该偷着乐，可是我乐不起来。你说你，一个大学毕业生，工作好，有房有车，咱家也不图人家啥万贯家财，为什么偏偏没人要，嫁不掉呢？"珂月的妈妈又开始了例行的唠叨。

珂月听话地走进房间，等妈妈晨练去后，做了个鬼脸，穿着一身运动服，悄悄地溜出了门。珂月喜欢运动，每天坚持跑一万步，她是荷兰花海的园艺师，每天跟花啊草的打交道，需要从运动中获取能量。

跑到迎宾大道1号时，一辆跑车缓缓地跟着她。"嗨，小姐姐，这附近有宾馆入住吗？"一个小伙子从车窗里探出头来。

哈，又是搭讪的，太扯了吧，明明就在郁金香客栈门口，还问路，哼！

她继续往前跑去，没有理会问路人。

跑了几分钟，她又跑回来，对着缓慢行驶的跑车，往郁金香客栈方向指指，又掉回头继续往前跑去。前面的郁金香开得正艳，凉爽的风迎面而来，带着郁金香特有的香味。珂月掏出手机，发现自己已跑了六千多步了，再跑回去就超过一万步了。这个时候，妈妈应该还在跳扇子舞或打太极拳，可以暂时避开她的唠叨。一想到那个唠叨的妈，珂月就想笑。妈妈大学没上几天，就被当班长的老爸给俘获了，花前月下谈起了恋爱。暑期到老爸的家乡新丰镇一看，妈妈对这里的自然环境和风土人情煞是喜欢，大学一毕业，就嫁到新丰来了。

一丢下早饭碗，珂月就来到了花海，来到黑色郁金香前。这是她培育的新品种，昨天观察时还是个花骨朵，今天就哗啦啦地开放了。她给郁金香拍了很多镜头，想到自己穿的白色运动服，如果和郁金香合个影，不就是完美的黑白配吗？她环顾四周，希望有路人给她拍几张照片。可四周静悄悄的，一个人也没有。也是，太阳还没出来呢，早知道把老妈拽过来了，那样不就可以在太阳跃出地平线时有人能给拍张倩影了吗？

终于，有人过来了，是两个帅哥。看到珂月，两人兴奋地喊道："嗨，小姐姐好，我们又见面了！"

原来是问路的那两个人，珂玥没有回应。

"我可以为您拍几张照片吗？多好的黑白配啊！"其中一位帅哥说。

珂月一下子高兴起来。她爽快地划亮手机，毫不犹豫地递给那人。

"啊哈，小姐姐，先自我介绍一下，我来自新疆，他也是。他叫亚森，我叫黎宁，我们自驾游到了这儿。没想到这儿这么美，有这么庞大的郁金香种植园，我还是第一次看到黑色郁金香呢！嗨，亚森，你呢？恐怕你也是第一次看到黑色的花吧！"名叫黎宁的小伙子很健谈，会调节气氛，不愧是跑江湖的，这么冷的场，他也救得起。

亚森没有说话，拿着自己的手机对着珂月，一会儿弓着腰，一会儿半跪，一会儿站得笔直，取了很多镜头。等珂月告别的时候，亚森开口了："小姐姐，我有几张拍得还挺满意，加你微信传给你可以吗？"

珂月微笑着点点头。

二

"妈，看，我和黑色郁金香的合影。"

"哟，怎么有大熊猫的感觉。嘿嘿，这一张好看，胸前一朵盛开的郁金香，谁想出来的，怎么，你竟然把郁金香掐掉了？"

"怎么可能？是你老乡给我拍的。"

"在哪儿？人在哪儿？我能见一见吗？很多年没听见乡音了，怪想的。"

"他们自驾游来的，住在郁金香客栈里，早上跑步偶遇的。"

"姑娘啊，不是我说你，多大的人了，看这照片，没有化妆，也没有穿连衣裙，看看，这运动鞋，土得掉渣，现成的高跟鞋，为什么不穿呢？看为娘走路，腰一扭，臀一甩，迷死个人啊！当然，这是我年轻时的事了。对了，我老乡是男是女？"

"老妈，什么意思啊？你住在这儿，想让我替你回故乡？"

"那一定是年轻男子了。太好了，这偶遇好，我得想法子见他一面，相一相亲。"

"妈，你要是这样，别怪我生气，小心我喊你花痴。我要是偶遇猫啊狗的，你也要相一相亲吗？"

三

"姑娘，明天我想和你一起跑步。"

"妈，你看你，穿着九寸的高跟鞋，怎么跑？"

"姑娘，我不那啥……那啥嘛，放心，我不会让你背的，我就想偶遇一下老乡。"

"哈哈，也许人家已回去了。"

第二天早晨，珂月刚出门，妈妈也跟了出来。

这次，珂月直接跑向了花海。远远地，看到两个人候在黑色郁金香旁，近前一看，果然是亚森和黎宁。两人相视一笑，笑嘻嘻地当起了珂月的陪练。不一会儿，珂月妈妈悄悄地跟了上来，一脸桃花地打着招呼："嗨，小老乡，我是伊犁的，你们是哪儿的？"

"小姐姐，我们是新疆塔城的，很高兴认识您。"黎宁讨好地回道。

"你们有对象没，多大了？"

"小姐姐，亚森二十九，我二十八，还没谈上对象呢，您有合适的吗？给我们介绍一个。"

"你们恶心不，小姐姐小姐姐的，那是我妈，真是！"珂月实在看不下去了，掉头往回跑。

四

"珂月，今晚咱们出去吃饭，地点在郁金香客栈郁金香厅，下班后直接去，别迟到啊！"

"爸，有什么喜事吗？说出来让我高兴高兴。"

"喜事自然有了，现在保密。"这个老爸，跟我还保密，珂月无声地笑了笑。

到了预订的包间，珂月听见了里面的欢声笑语，爸爸爽朗的笑声一波一波的，珂月急忙推开门，想快点分享爸爸的喜悦。

"珂月，来，坐。"亚森满脸阳光地站起来。

"小姐姐，你来了。"黎宁依然一副玩世不恭的样子。

"你们俩怎么在这儿？难道是我妈……"

"珂月，你就坐到他们中间吧。"

"对不起，我要陪我爸！"珂月瞪了妈妈一眼，转身坐到了爸爸的右手边。

"珂月，我和你妈妈的小老乡交流了很久，认为他们是有志青年，尤其是亚森，开了网店，还有自己的纯绿色果园。黎宁也不错，跑跑运输，脑子活泛，经常帮助亚森联系客户。他们和你妈一样，到了大丰，不愿意走了，想在这儿成个家。珂月，我是这样想的，你也老大不小了，也该从我们家搬出去了。要不然你妈整天唠唠叨叨的，快为你愁成黄脸婆了。"珂月的爸爸停顿一下，见珂月妈朝自己竖大拇指，信心百倍地接着说："我们的意见是这样的，近水楼台先得月，谁让咱们第一眼看到他们就喜欢上了呢？"亚森和黎宁不好意思地低下头，碰着脚尖。

珂月生气地对爸爸说："你也讨厌我了？告诉你们，我不会离开家的，你们谁也别想赶我走！"说完就跑了出去。亚森愣了一下，随即追了上去。

珂月看着郁金香组成的七色彩虹，平静了很多，她对亚森说："其实我也想找个人嫁了，可是一想到离开从小生活的地方，尤其是离开我爱的这些花儿，怎么也过不了心里这一关，你想啊，哪儿还有比这里更让人留恋难舍的地方呢？"

她缓了一下继续说道："大学毕业后，我本来可以留在城里工作的，可看到荷兰花海的招聘启事，就义无反顾地回来了。这些年，我的心思全在花海里，等意识到该成个家时，跟我一般大的小伙子早有了对象，到哪里找合适的呢？"

亚森开心地说："我啊，我比你大一岁啊，我不是刚刚好符合你的条件吗？"

"你？别开玩笑了，你是新疆的，那么远，才认识几天，不可能。"

"那天，你像阳光一样在我们车前跑，看到你的背影我就深深地喜欢上了你，你身上散发的活力击中了我的心脏。你知道吗，你是我等了二十九年的郁金香，为了和你搭讪，我们一直跟着你。"

珂月停下脚步，茫然地看着大风车，暗想，这难道就是一见钟情？

"珂月，我是这样计划的，你舍不得离开这儿，我也没有能力给你培养这么多郁金香，不如我嫁到你们家，反正我是开网店的，在哪儿都一样。家里的果园我爸妈可以帮我打理，你看怎么样？"

珂月羞涩地低下头："嗯。让我再想想，这事太突然了，不太习惯。"

五

一年之后，大肚子的珂月穿着运动鞋散着步，旁边跟着亚森。亚森说："听说，黎宁最近要结婚了。"

"对象是谁？"

"妈妈介绍的，二叔叔的女儿，你不知道？"

"知道，没想到发展得这么快。老妈生怕我们嫁不掉，这下好了，以后她再没有亲戚可以介绍了。"

"不见得吧，我的小兄弟库不齐，妈妈说准备介绍你远房姑妈家的女儿，他们已经相互加了微信，还打了视频电话。"

"天哪！她不会成人贩子吧？"

"妈妈说了，郁金香是爱情花，只要闻了它的香，就会中它的毒，妈妈说，那是爱情的毒。就如你，我的黑白配，见你第一眼，我就中了黑色爱情毒。"亚森每句话都像抹了十厘米厚的蜂蜜，甜到珂月的心里。

"是啊，我和妈都舍不得离开这儿，谢谢你亚森，让我在荷兰花海继续当长不大的公主。"

亚森抱起珂月，不顾游客惊异的目光，嘴里反复地念叨着："我的小公主，你是我生命中最美的那朵郁金香啊！不过不是黑色的，是红色的。"

珂月的笑声，顺着河水一路向东，潺潺流去。

花海，一卷风景醉大丰

◇ 晓宇

河水绿着绿着就溢出了嫩蓝，荷兰花海的春天就这样悄悄地来了。未见牧童，先闻笛声，笛声悠扬着。这天空的零星雨点，是牧童吹落的。布谷鸟唤来的，是下个不停的雨，时而噼噼啪啪，大似豆点，时而缠缠绵绵，细如牛毛。

这里是花的世界，花是荷兰花海四季的主角。春天的郁金香，初夏的石竹，盛夏的莲花，秋天的格桑花……花香影艳，水清风静，莺飞鱼醉。

春天，走入园区，首先映入眼帘的是雕刻在一方巨石上的"荷兰花海"四个遒劲有力的红色大字。道路两边的花圃里，一片片色彩绚丽的郁金香娇艳欲滴。玫瑰红郁金香红得鲜嫩，花叶宛若绸缎，闪着隐隐珠光。黄色郁金香可与园外的油菜花媲美，当金色的阳光洒在它们的身上时，黄得耀眼的花朵越发光彩夺目。

再往前行，是一片粉色的浪漫世界。粉色郁金香，宛如羞涩的花季少女，羞答答地随风舞动；黄红相间的郁金香，犹如一群美丽的小仙女，舞动着裙摆翩然起舞；深沉的紫色郁金香，就像一个个身着紫色裙裾的贵妇人，气宇轩昂，端雅庄重……亭亭玉立的花仙子们，吸引来四面八方的游客合影留念，让他们流连忘返。

盛夏时节，我来到荷兰花海。站在湖边一眼望去，水波潋滟，莲叶田田。圆润的露珠闪烁着光芒，阳光在上面舞蹈，微风在上面歌唱。清风徐来，荷香阵阵，满眼是绿，满眼是荷，满眼是景，我被这充满生机和情趣的美丽画面深深地吸引住了。

清冽的湖风，带着水汽的湿润，为人们拂去疲劳之感，送来舒爽温馨的空气。湖水边，微微转动的风车，使人仿若置身于异国他乡。也许，这种"马声回合青云外，人影动摇绿波里。绿波荡漾玉为砂，青云离披锦作霞"的曼妙意境，唯有驻足于此才能体会吧？

金秋时节，五彩缤纷的百日草和硫华菊、淡紫优雅的薰衣草、粉红的夏日海棠，分块种植。从空中看去，不同颜色的花朵形成了一幅美丽的画卷。花儿交织在一起，映衬着碧绿蜿蜒的河流，还有荷兰风格的木屋、风车、小桥……

沿小河一路向北，走进花厅。这里摩肩接踵、人流如潮，来自各地的游客，或赏花或购花。琳琅满目的花，紧紧地抓住人们的眼球。孩子捧着一盆太阳花，小心翼翼地跟在母亲的后面；漂亮的女郎，抱着一束百合一会儿亲亲，一会儿看看；老爷爷流连在一盆君子兰前，迟迟不肯离去；几个结伴而行的人，手拉着手流连其间，懂花的向不懂花的耐心介绍，我在一边静静地听着，居然也很有受益呢！

出了花厅，一股浓郁的花香扑面而来。迎着花香，我见到了百合庞大的家族：粉色的、紫色的、白色的、黄色的……花工们正按照花期，把不同品种的百合分别种植在造型各异的苗圃里。我像个孩子似的一会儿窜到这个花圃赏赏花，一会儿溜到那株花前留个影。漫步在百合花的海洋里，累了我的眼睛，喜悦了我的心。

极目远望，又一片黄色的海洋出现在我的眼前。近了近了，原来是一片向日葵，高的齐胸，矮的只有三四寸。盛开的向日葵上，一群采蜜的蜜蜂钻进钻出、忙碌不停。看着这些可爱的小生灵，我既赞赏侍弄花草的能工巧匠，更感叹昆虫顽强的生命力。

荷兰花海，一幅精心绘制的油画。在这幅精美的画卷上，蓝色的天空上白云缥缈，翠绿的草地上奶牛悠闲，各式桥梁千姿百态，转动的风车在吱吱歌唱，还有摇曳在风中的各色花儿，每一棵都娇艳无比、翠绿欲滴、芬芳扑鼻。

荷兰花海，一幅诗与画的写意。在花海里，处处是人们精心打造的美景，一草一木都让人陶醉。在花海里，处处是不一样的奇妙体验，一点一滴都让人惊叹。在荷兰花海绿色的草坪上，幽静的小路旁，弯弯的小溪边，到处是成群的游客。

　　三两朋友围坐桌前，泡一壶香茗，细细地品着、聊着，轻柔的音乐和着淡淡的花香，竟有一种置身于世外仙境的无限怡然之感，不知是天上人间，还是人间天堂……

陶醉在花的海洋

◇ 王光太

"五一"前夕，不少客户找我咨询旅游路线，说日照近郊的景点都玩遍了，能不能推荐一个距离合适又好玩的外省景点。我说当然有，江苏大丰的荷兰花海，再合适不过了，这里有满园的郁金香，精彩的演出互动，还有大型实景演出《只有爱·戏剧幻城》，绝对让你去了一次还想去第二次。

大丰区，隶属于江苏盐城市，是中国麋鹿之乡。它东临黄海，西连兴化市，南与东台市接壤，北与亭湖区交界，有112公里海岸线，海洋资源丰富，旅游景点众多。大丰，古盐之城，拥有四级盐运航道，也是大运河文化带的东部枢纽，自古舟楫往来，商贾云集，店铺林立，经济繁华。乘着旅游业发展的东风，该区斥巨资打造了具有异域风情的荷兰花海，以千亩花海、水上项目、互动演出、沉浸演出、花车巡游等一众亮点，每年吸引数百万游客前来游玩观光。

2021年，日照片区旅行社组织踩线活动。我们四十多人一早乘车从日照出发，赶到大丰时已经是晌午，景区市场营销经理季总热情接待了我们。午饭后，我们来到了朝思暮想的花海景区。

虽然不是节假日，景区门前依然人头攒动。季总告诉我们，景区很受全国各地团队的推崇，就算是平时，景区的人流量也很大。到了节假日，还要适当限流，采取错峰入园等措施。对比我们的莒县浮来山景区，我们不禁有些汗颜。因受地质遗迹保护区限制，浮来山景区已多年不再开发，景点数量进一步被压缩，很难吸引游客了。我们在花海的入口处拍了一张合影照，这么好的景致，哪能错过呢？

一进入景区，我们就赶上了歌舞杂技表演，演员们的精彩表演，让游客们的热情更加高涨。我反思，我们的景区怎么就没有这样的欢迎形式呢？让人尤为惊奇的是，表演者大多是外国人，他们带来的富有异域风情的歌舞表演，让人耳目一新。这种与游客近距离的互动表演，让游览者忍不住参与其中、一同起舞。我们立刻掏出手机，摄下这温馨感人的场景。

看完表演，我们沿着景区正中的道路继续前行。不多远又见一个舞台，可能还不到表演的时候，舞台上并没有演出，我们只得继续前行。据说这种定点演出是需要卡点的，需要提前看好时间，或者等待观赏下一场。

道路两侧栽植了许多金黄色、粉红色的郁金香，散发着浓郁的香气，犹如进入了花海一般让人心旷神怡。据了解，景区种植了三千多亩、三百多个品种、三千多万株色彩缤纷的郁金香。每到这个季节，郁金香便竞相绽放。美丽的花海，吸引了众多游客的目光。每到一处，大家都会摆出各种各样的姿势拍照留念。郁金香是荷兰的国花，象征着高贵、典雅、美丽、炽热，很受人们的喜爱。郁金香代表着热情与爱意，正如大丰的荷兰花海，带给人们的是满满的爱。

前面又是一个互动节目，六位妙龄女郎分别站在不同的展板里，有的撑着雨伞，有的手捧鲜花。在这个互动节目里，游人可以跟其中任何一位演员合影留念。这可都是外国美女啊，她们一个个高鼻梁、白皮肤，蓝宝石般的眼睛笑眯眯地望着游人。我们纷纷上前请求合影，在征得她们的同意后，也摆出各种各样的动作，咔咔地定格下难忘的瞬间。不得不说景区设计者匠心独运，若把照片传到朋友圈，肯定会赢得一片赞扬。

继续前行，我们来到了一座小桥上。桥下流水潺潺，清澈见底。我们登上一艘小船，轻轻划桨，水中荡起层层涟漪。小船慢慢地推开波浪，徐徐向进，船侧激起朵朵浪花，晶莹透亮。我忍不住捧起一朵浪花，手心里满是清凉。"清风拂绿柳，白水映红桃。舟行碧波上，人在画中游。"此情此景，不正是王维在《周庄河》里描绘的那样吗？小船驶到湖水深处，我们干脆停止划桨，任由船儿随波逐流。此刻，天地间忽然安静下来，让人感觉不到时光在游走，阳光照耀在如镜的水面上，如金色的精灵翩翩起舞，舞姿时而柔和、时而绚丽。晃动的金光，让人睁不开眼睛，却又舍不得转移视线。一群鲤鱼，队形齐整，彼此照应，像是去赶一场盛大的宴会。一只水鸟，倏忽从水面飞向高空。呱呱的叫声，把我们从仙境的幻想中拉回。

吱扭扭转动的大风车，白色的圆穹式宫殿，小黄人，功夫熊猫……这里一步一景，景景动人，美不胜收。景区通过精心设计和布局，不论是大人还是小孩儿，都能找到自己的最爱，拍照打卡，其乐融融，温馨和睦。

下午三点钟，我们排队等候观看大型沉浸式演出《只有爱·戏剧幻城》。第一幕是从人物起床开始的，生动演绎了几对年轻夫妻的日常，讲述在平凡生活里爱的浓烈和变化。爱是永恒的主题，从邂逅到进入热恋期，再到结婚生子，被日常琐碎羁绊，再到走岔路，直到繁华落幕。回首爱，反思爱，直至找回爱。人类不能没有爱，不管是热烈的爱还是平淡的爱，爱要永远驻扎在心中，让它成为我们生命中最美的那道风景。

与别处的演出不同，这里的每一个场景都是单独一出戏，互不关联。看完这一出就可以移动到下一个场景观看另一出。这种表演形式很有独创性和前瞻性，也让从事旅游行业的我大开了眼界。彼时的我，不单是旅行社负责人，还是景区的负责人。可以说荷兰花海的踩线之行，对我的影响是颇大的，对我宣传旅游路线，加强景区形象提升都极有裨益。

看完演出，正赶上下午的花车巡游，这又是景区的一大吸睛项目。只见表演人员身穿节日盛装，手擎代表景区主题的彩色旗帜，缓缓引导着整支队伍前行。紧跟在她后面的是八位青春靓丽的"花仙子"，她们边走边与身边的游客互动。她们身后是一辆辆装扮一新的不同造型的花车，有金黄色的大帆船，有火红色的玫瑰花，有金灿灿的郁金香……大家对花车的热情实在太高了，花车行进到哪里，游客就跟到哪里。人们不停地按手机快门，将精彩一一定格。看见同行的朋友露出的灿烂笑容，我心里比吃了蜜还要甜。在我看来，这里的花车巡游可与上海迪士尼的花车巡游相媲美，花车与景区主题契合，更能让游客产生共鸣。

　　郁金香飘醉田园，荷兰风情踏春归。短暂的荷兰花海之行，让我久久难以忘怀。在这里，人们留恋于花海，沉浸于爱情，感受生活的美好和幸福。这么美好的地方，怎能不让人陶醉，怎能不让人向往呢？

最美的风景在身边

◇ 李建霞

最美人间四月天，春风含笑柳如烟。在这赏花踏春的季节，我和九旬老妈行走在荷兰花海，这是我们母女俩与花海的第四次见面了。

走进花海，遥望那斗龙河畔花的海洋，仿佛依然可以听见潮起潮落、金戈铁马、红旗猎猎的声声回响，家乡母亲河流淌百年不息，承载着一代代大丰人对未来的无限遐想。

儿时，听父亲说，二百多年前新丰曾是一望无垠的大海，先民们以捕捞和煮盐为生。父亲自豪地说："新丰是个好地方，一百多年前，中国近代实业家和教育家张謇，在大丰围垦造田，废灶兴垦，种植棉花、粮食。当时的'大丰公司'规划建设了新丰镇，时称北镇，是大丰垦区第一个集镇。"

"新丰也是一块神奇的地方。民国时期的新丰镇，竟然与荷兰结下了渊源。荷兰水利专家特莱克受聘来到大丰，规划农田水利工程，建立了区、匡、排、条四级排灌水系，为大丰水利建设作出了巨大贡献。新丰在当年获得了'民国村镇规划第一镇'的美誉。"父亲津津乐道，我听得如痴如醉。

"新丰还是一块红色的土地。方强烈士带领新四军民运工作队在斗龙港沿岸开展工作。他播下革命种子，点燃革命烈火，领导民众坚持敌后抗日斗争。之后，不幸被捕，惨遭活埋。他牺牲时，年仅四十岁。"父亲的话，在我幼小的心灵里播下了热爱家乡的种子。

斗转星移，沧桑巨变。勤劳的大丰人民秉持立足盐城、承接上海、辐射长三角的功能定位，围绕地上长花、湖中生花、树上开花的整体规划，在这块红色的土地上，打造了中国连片种植郁金香面积最大、种类最多的"中国郁金香第一花海"。

荷兰花海不仅有独特的荷兰风情，也一直在大丰的土地上延续着中国与荷兰的不解之缘。百年后，荷兰人尼可来到大丰，他把所有的时间和精力都献给了荷兰花海，与花海共建了郁金香种球研究中心，努力实现了郁金香种球国产化。

春风拂面，游人如织。我和母亲置身花海，仿佛走进人间仙境。成片的红色、白色、黄色等各色的郁金香，像一道道彩虹散落在人间。四年来母女俩同游花海，尽情享受着在四季花海中穿梭的快乐，领略花香四溢的美丽意境。

春天是属于郁金香的季节。不论是品种、颜色或花型，荷兰花海栽种的郁金香都是精品，常见的有橙色国王、火焰鹦鹉等品种，还有冰激凌郁金香等一批珍稀品种，荷兰花海无愧于"世界郁金香最佳景区"称号。

丰富多彩的郁金香文化月，花海美景与百余种文旅"大餐"交相辉映，三百多个品种、三千多万株郁金香竞相绽放在三千多亩土地上，邂逅奇趣的"花梦奇旅"这些大巡游，看荷兰皇家小啤酒乐队、国风雅集戏曲表演，这些为游客带来无限的欢乐和快感，更让外国游客赞不绝口。

夏天，玫瑰花墙与绵延的薰衣草联袂，装点着荷兰花海。绣球花、蔷薇花、薰衣草、紫薇花，花开遍地。各色花朵，在花海中争奇斗艳，香气袭人。游客踏上花海的奇幻之旅，畅游在花海的美丽景致中。

秋天的荷兰花海，仿佛是童话世界。花海的百合花文化月会给游客带来全国规模最大、品种最丰富、花色最靓丽的百合花盛宴。景区反季节种植百合，花色艳丽的粉冠军、香气怡人的西湖红、造型奇特的鹦鹉百合，勾勒出一幅幅热烈活泼的梵高印象画。数百种颜色不一、造型多样的百合香气袭人，吸引了众多拍摄婚纱照的新人们。拍摄以百合为背景的婚纱照，寓意百年好合、钟爱一生，自然每个人的脸上都写满了幸福与喜悦。

花海的冬天，从不因严寒而单调，三色堇、金鱼草、龙翅海棠等，以傲然身姿装扮着冬日的荷兰花海，花市里云集的鲜花，有五千多个品种。此刻，我和母亲犹如走进了大观园，被同行的许老师拍的逛花市的视频，刷爆微信朋友圈，收到许多朋友的点赞和好评。大丰荷兰花海，盐城最大的赏花胜地。"花里大丰郁（遇）见美好"文化旅游季产品线路发布，"好看、好吃、好玩、好眠"的主题旅游线路，让游客"留下来""住下来"，享受大丰全域旅游的"诗与远方"。大丰这片神奇的土地，每天都在发生喜人的变化。

点开微信朋友圈，看大丰融媒体发布的央视《中国缘》聚焦大丰的视频，我被外国人打卡荷兰花海、领略大丰风情的盛况惊艳到了。春风吹过，随风摇曳的郁金香，像彩色的海浪一波一波地往前涌。从空中俯瞰，满屏的郁金香，肆意勾画出五彩斑斓的图案，各色花朵竞相绽放，冷暖色调交错呼应，春天的活泼跃然眼前，来自世界各地的游客纷纷来此观花赏景，体验花海的独特魅力。

最是春日好风景，花开时节又逢君。荷兰花海燃起了人们拥抱春天的热情，也唤醒了作家的创作激情。那天，荷兰花海文学总社在这里举办一场"花海焕发新质生产力　文学助推发展高质量"全国作家采风启动仪式，以花为媒、以文会友、以歌会友，歌声荡漾，颇具穿透力，游客们也都被歌声所吸引，引发共鸣，这是每个人发自内心的声音，爱大丰、爱家乡、爱我中国，大家各得其所，各爱所爱，享受着太平盛世的最美风景。

"大丰，让花海告诉世界""文旅融合家国友爱"……读着耳熟能详的广告语，追寻着花香扑鼻、沁人心扉的郁金香，我和母亲在家门口，品味国家全域旅游示范区一年四季的美丽风景，母女俩总是心花怒放，门外的花和心中的花融合在一起，是人世间无与伦比的幸福事！

邂逅花海的浪漫风情

◇ 应飞

这是什么神仙地方，让我心动不已，向往已久？这里是大丰荷兰花海。春天，荷兰花海，我来了！与你如愿相遇。清晨的朝霞拉开美妙的帷幕，我与荷兰花海相遇在这个春光烂漫的季节。

之前，我只是从网络、报刊以及朋友口中知道荷兰花海的风情，现在置身于郁金香花丛中，与花一同呼吸，聆听到花的故事，我才真正了解到花的前世今生，领略到花的魅力。

听闻每年3月底至5月初，是荷兰花海郁金香文化月。这时，三百多个品种、三千多万株的郁金香争奇斗艳、竞相开放。春天里，荷兰花海万千繁花为你开，铺展着乡村振兴新画卷，还多次"美"上央视新闻。那郁金香开在春天里，开在新丰这片热土上，也开在我们每一位游客的心田上。

几年前，我曾查阅荷兰花海相关资料，写过关于荷兰花海的文章。这里被称为国内连片种植郁金香面积最大、种类最多的"中国郁金香第一花海"，今天零距离赏游，果然名不虚传。

此刻，我沉浸式置身于花的海洋，游人如织，美醉了，恰如童话世界。红、粉、黄、橙、紫……浓郁的色彩在花海流淌。千姿百态的花儿拼成的图案各不相同，造型各异，别具一格，独一无二。我静心感受着神秘花语。这美，让我动情，眼一热，有泪涌出。感谢栽培花儿的人们！

置身花海的我，凝听灵魂深处的声音，激起一股诗情："行走在春天里的荷兰花海，凝听花开的声音，凝视花舞的律动，又是一年春光美，若问谁最美？荷兰花海郁金香你最美！郁金香，好想明天再来与你相逢。"

春风吹拂，花儿摇曳，鸟儿鸣唱，无与伦比的美。蝴蝶飞舞，蝴蝶，你是为花儿伴舞吗？我想是吧。花儿，你若盛开，蝴蝶自来。浪漫与温柔浸染着荷兰花海的每一寸肌肤。

我兴致勃勃地来到一座拱形木桥下，小河的水很清澈，照见蓝天白云。只见一对天鹅欢快地游来，它们欣悦地相互欣赏。此刻，河水显得更加灵动了。

我来到富有荷兰情调的木屋建筑，这里还有我喜欢的风车，风姿别具一格。加上超萌的动物雕塑，恍若来到童话王国。真是一个美妙的旅游风情小镇，令我心旷神怡。原来，荷兰花海的风情和气质，就藏在田园、建筑、风车、花海等这些元素里。

沿着生态游步道随心漫步，一天下来，我一点儿也不觉得累。快到傍晚，夕阳给天空披上绚丽的晚装，夕阳映衬下的荷兰花海，显现出一种特别的美。日出与晚霞一起在荷兰花海奏响交响曲。还有很多地方我还没有来得及去观赏亲近，如花海云无动力主题乐园、日岛、月岛等。

我要以怎样的深情、怎样的文字与笔墨，才能绘就这样一幅流动的春日画卷？荷兰花海，我心中美丽的诗与画！

夜幕降临，观赏夜景的游人如波浪涌来，游意未尽的我却要踏上归程，与其想念，不如再见。荷兰花海，我会再来！

荷兰花海

◇ 王步中

荷兰花海位于盐城市大丰区的新丰镇，紧邻高铁盐城大丰站和徐大、盐洛高速"大丰北"出口，是国家4A级旅游景区、江苏省旅游风情小镇、江苏省四星级乡村旅游点。

1917年，实业家张謇兄弟应草堰场大垣商周扶九、刘梯青等人倡议，组建了大丰盐垦股份有限公司，开启了大丰由"煮海为盐"向"废灶兴垦"的产业转型，奠定了新丰垦殖历史文化的基础。

荷兰花海深度挖掘"民国村镇规划第一镇"的历史底蕴，与城乡统筹发展、农民增收、农业结构调整相结合，秉持"立足盐城、承接上海、辐射长三角"的功能定位，依据原有地形，在不变动原有地貌的基础上加以修整，以"田园、河网、木质建筑、风车、花海"为设计元素，形成了中国连片种植面积最大、种类最多、具有荷兰风情的"中国郁金香第一花海"，成为集观光旅游、餐饮娱乐、种植研发于一体的盐城市文化旅游的一张亮丽名片。

每年花开时节，来到缤纷绚丽的荷兰花海，像是投身到花的海洋，连呼吸都变得愉悦和畅快。抬头望去，蓝蓝的天空，洁白的云朵，一片片色泽不同的鲜花在阳光下随风摇曳，犹如接受检阅的部队方阵。驻足细看，那一朵朵红的、橙的、黄的、蓝的、紫的、白的、黑的郁金香，像一个个活泼的精灵，时而与儿童少年嬉戏追逐，时而陪游客们漫步……翠绿的草地上肥硕的奶牛在悠闲地啃草，蜿蜒的河水在穹形木桥下静静流淌，四周几架高大的荷兰风车随风起舞，西欧风情尽收眼底，构成了一幅极具震撼力的立体画，为"麋鹿之乡"大丰增添了浓浓的异域情调。

除了大片的花卉种植基地，荷兰花海还拥有《只有爱·戏剧幻城》演出场地、圣劳伦斯文化中心、荷兰花市、荷兰羊角村餐厅等重要景点。

《只有爱·戏剧幻城》是王潮歌导演的"只有"系列戏剧幻城的第二部作品。剧目舞美设计从民国到当代跨越上百年，设计主题源于爱，形式母题源于花，"因花生爱"促成了戏剧幻城建筑群落的诞生。剧目创作从"戏剧+"的总体构想出发，将人世间不可或缺的爱情和花海巧妙地融为一体，为观众提供了更多精神世界的体验。

《只有爱·戏剧幻城》演出场地由"如月""如心""如花""如歌""如故""如意"六大剧场组成，占地面积超 200 万平方米。其中，主剧场"如月"占地 20600 平方米，外墙设计运用了共 13140 个幻彩金属板，构成了璀璨斑驳的独特景观。"如心"外形是一颗巨大的心，采用圆弧形的不锈钢镜面隔断，并配以紫色、蓝色、绿色、橙色等明亮色彩，组成了如梦如幻的场景。在这里，有 9 个精心设计的小剧场同时演出。"如意"剧场在景区外的荷兰风情小镇，是拥有 56 个房间场景的婚纱摄影基地，每当夜幕降临，这里便成了一个剧场，12 个因爱而生的微戏剧在这里上演。

圣劳伦斯文化中心按照荷兰最大的钟楼乌德勒支圣马丁钟楼 1:1 打造，建筑高 52 米，穹顶直径 13.14 米，上面遍布 999 块体现西方爱情故事的彩色艺术玻璃，寓意"我爱你一生一世"。周边 1000 米长的玫瑰生态游步道、绿意盎然的草坪、浪漫唯美的公主亭，共同将这里打造成举办西式婚礼的最佳场所。建筑内部采用独特的声学设计，是交响乐演奏的理想之地。

荷兰花市占地面积 200 多万平方米，借鉴荷兰库肯霍夫公园花市的模式设计建造而成，是江苏省首家集花卉展示销售、餐饮、娱乐于一体的综合性国际化园艺中心。花市内四季恒温，有千余种花卉、各种园艺产品以及品类多样的文创商品展示销售，配套的特色茶饮区可供游客休憩和品尝美食。

荷兰羊角村餐厅为国内首家中荷合作经营的餐厅。餐厅菜品由来自荷兰羊角村餐饮世家，同时也是米其林二星厨师的盖比女士研发制作。在这里，游客可品尝到来自荷兰的顶级厨师烹饪的荷兰炸肉丸、苹果派、荷氏煎饼等荷兰传统美食。

　　畅游荷兰花海，更要看看全新编排的花车、花船巡游以及以花为媒、多达数十场次的露天小剧场演出。我们整天生活在钢筋水泥丛林之中，不妨避开车水马龙的喧闹，远离嘈杂的都市人群，来中国"麋鹿之乡"大丰，开启一次花海度假之旅吧！

梦幻花海，一眼千年

◇ 杨龙美

那天，虽是最好的人间4月中旬，但没有太阳。春风带点微寒，在花海中快乐穿梭。

我们一群采风人随着游客慢慢地走，耳边不时传来一浪又一浪的笑语声，人们仿如争春的蝴蝶，在茫茫花田里窜来窜去。

文友建霞牵着自己九十岁老母的手，小心翼翼地走着，像移动的花朵，瞬间与满目的郁金香融在了一起。

花田被分成颜色相间的一块又一块，或笔直到底，或曲折蜿蜒，如彩色地毯，铺满整个田地。布局洒脱，细致妥帖，如精美的油画般，秀出一方天地里最动人的画卷。

郁金香兀自开放着，花色各异，姿态不同，仿佛都在以自己的方式，向如潮水般涌来的游客，尽情展示着各自与众不同的独特魅力。于是，我便依着花色，沉浸式细细领略它们富有个性的诗意内涵。

红色郁金香红得太浓烈了，它们像一群正值青春而又热情奔放的少女，如火山般喷涌释放着热烈情愫。这样热情似火的一颗心，是要献给谁呢？这浓得化不开的爱情告白，是要粘住哪一位俊郎呢？这份让太阳也要隐去光辉的炽热告白，世间又有几人能拒绝呢？

黄色郁金香开得意味深长。它们的花瓣似乎更加紧凑、细密，像一篇叙说细腻的文章，读来使人浑身舒畅，欢乐无比。当然，也有另一种黄色郁金香，五六片花瓣围在周围，像空着的碗一样，朝向天空静静张开着。我想，这应该是一首意境优美的诗歌了，那样的诗意情怀，会让人生起飞翔的心思。

紫色郁金香有一种含蓄的浓烈。花瓣与花瓣之间紧松有度，花香也淡而不浓，似乎能够带来微醉的美好体验，如同那种令彼此永远轻松、舒适的情意。爱情也好，友情也罢，一切都那么适度，值得永远珍惜与呵护。彼此静静地守望，可以朝夕相伴，也可以隔海相望。不需要过多的陈述，淡漠而从容，深厚而恒远，高贵而脱俗。

白色郁金香大概就如那腹有诗书气自华的女子吧。它们的纯净与仙态，总让人不忍触碰，我不由想起周敦颐的《爱莲说》里那句"可远观而不可亵玩焉"。它们开在尘世中，却给人以脱俗之感。它们是诗，是一首深情委婉的格律诗，多一字则累赘，少一字则寡淡。走近它们，你会顿生敬仰之心。

也有双色郁金香或花瓣如羽毛的郁金香，我想，它们应该是蝴蝶化生而来的吧，大概因为太羡慕美丽的花朵了，干脆自己就变成一朵郁金香好了。所以，它们的花瓣漂亮得像展开的小小翅膀，好像随时准备起飞，去完成属于它们的使命。

花田边的瑶池，烟雾缭绕，如梦如幻。几位衣袂飘飘的白衣女子坐在形态各异的石头上面撩水嬉戏，宛如仙子下凡，畅享人间美景。

几处花的隧道，总会吸引众多游客鱼贯而入。步子越走越慢，碰碰绿叶，沾沾花香，仿佛走出隧道，就能脱胎换骨。

而那座520桥呢，设计精巧浪漫，寓意明确。我想，那些曾经相拥走过这座桥的恋人们，他们一定会因为有过这样刻骨铭心的时刻，而在未来的日子里学会珍惜与坚守。

花田里的博物馆着实惊艳到了我。这是怎样用心良苦的设计啊！真的有一眼千年的透亮。我们赏花、漫游，尽情放松身心，表达爱与接受爱，享受惬意而温馨的悠闲时光。这是这个大好时代赐给我们的福泽，而古代的人们又是通过什么方式来表达他们醇厚的爱呢？原来那爱可以体现在这些锈迹斑斑的青铜、银或陶制的鼎、壶、簋、鬲、钟、铙等日常生活所需器具和娱乐、祭祀所用乐器上。小小的田间博物馆藏品穿越时间的长河，让我们在古今对比中，发出声声慨叹，从而生出感恩与惜福之心。沧海桑田之变迁，刻印在这些失去了光泽的器具中，也刻印在见证了这种浩大变迁的人们的心底。人们生生不息，在一草一木的枯荣中，活出属于自己的蓝天清水。

　　一直跟着我们作家采风队的，还有两位心连心团队的志愿者，他们像守护神，在我的心里留下了一个又一个暖心的画面。

　　走累了，我们去花田里的城堡坐坐吧，好好感受一下别样的异国风情。那里，还有浓香的咖啡与做工精美、含着花香的点心，正静静地等着你去心无旁骛地细细品味。那份美好，也许会一直延续到你的梦里……

920 街坊，烟火气扑面而来

◇ 韦国

著名作家冯骥才在《老街的意义》中说："城市是有生命的，所以我们结识了一个城市之后，总会问一问这城市的由来。有的城市没有留下童年的痕迹，它的历史仅存于空洞的文字记载中，有的却活生生地遗存至今——这便是城中的老街。"

没错，在很多人的记忆里，都有一条取代不了的老街，承载了童趣、承载了青春、承载了思念，承载了很多温暖美好的过往。

"一条麻石小径蜿蜒通幽，两厢青砖白墙错落有致。"新丰920街坊，便是这样的一条老街。

爱你没商量！在浪漫的情怀中，920街坊充满了许多趣意盎然的故事，让人忍不住去一探究竟。

一

这条街对于我来说并不陌生。其实不止不陌生，这里也有我的故事。

小时候，我们头脑里的"上街"，就是从乡村老家到新丰小镇上来。虽然条条道路通新丰，但其中最近的一条便是走过一段路之后再从西向东穿越的这条和平街。

不过，虽然曾经无数次走过这条路，但那时，我并不知道"和平街"这个名字。

有一次，我跟着父亲乘船来镇上卖猪，行船最后经过的，是和平街南侧河道的"三卯酉河口"。和与其相通而河面宽阔的"一条大河"斗龙港相比，这条河只能算一条小河了。

那次"上街"令我记忆深刻。不是因为和平街或其他什么小镇美景，而是因为在穿越马路时，我的一只脚，套进了人家自行车的方脚撑里，结果，我被拖得摔了个跟头。

事后想想，我用脚"套圈"的精准程度，堪比杂技演员了。就我此事，我还写过一篇小文《请叫我"猪坚强"》，这里不再赘述。

在新丰中学读高中时，偶尔会到新丰剧院看场电影或戏剧，与和平街的接触也多了起来。剧院位于人民路与和平街的交叉口。

在那个时期看过的电影中，我对一部并不出名的影片《苦果》记忆犹新。内容是说失去父母的姐弟俩中，姐姐溺爱弟弟，最终弟弟走上了犯罪道路，姐姐却悄悄吞下弟弟在犯罪现场落下的一粒纽扣。这粒纽扣的寓意，是姐姐种下的一枚"苦果"。

高中时期，学校组织我们在剧院排练和演出过一些节目，同样令人难忘。特别是上高二时，从全校师生中选拔出来的人员共同演唱《在希望的田野上》，我感觉那场面是"盛况空前""精彩纷呈"。

我在合唱中被分在了男声和声部，合唱时要"衬在里面"唱，当时感觉很新鲜、很有意思。

老师编排时用了大量的和声，唱起来也有一定难度。举个例子吧，比如此歌唱到最后的副歌部分，由女声领唱"哎嘿哟荷呀儿依儿哟"时，我们男声和声就衬在里面唱"呀儿依儿哟，呀儿依儿哟，呀儿依嘿哟荷荷"。

那可不是一般地有气势，也不是一般地好听。

好听的歌曲是由人唱出来的，喜欢歌也会因此喜欢人。我们班共有四名选手参加大合唱，两男两女，不用介绍，我是两男之一。

说老实话，当时我的注意力倒没被比我高一个年级、扎着一条粗大辫子、担任领唱的女生所吸引，我比较喜欢听我们班一位女生的声音，虽然她只唱女声合唱部分。而且，我也喜欢看她小马驹似的长腿和穿上收腰西服后显得比较丰满的身材。

每到排练的时候，现场有那么多人的声音和那么多人的身影，而我，几乎不用侧耳就能听出她的声音，不用寻找，就能看见她的身影。

和平街，新丰剧院，有我童年的足印，是我懵懂的青春日记。

走出大专校门之后，我被分配到新丰镇政府院子里的财政所工作。正巧，一位副所长家就住在和平街。因此，不仅到街道旁边的企业干工作时要到和平街来，有时副所长请我们到他家里吃饭，我们也会走进这条街里。

当然，在工作之余到剧院看电影、看戏，同样会利用开场前或散场后的时间往西到老街走一走。

我与和平街有着不解之缘，无论到什么时候，我都会发自肺腑地说："新丰和平街，920街坊，与我有割不去的情缘！"

二

说了这么多，还没正式介绍新丰镇与和平街呢。

新丰镇，位于江苏省盐城市大丰区北部，当地人习惯称之为"北镇"，与县城大中集"南镇"相呼应。

这里的人们曾经煮海为盐，后来张謇率启东、海门移民来此兴垦植棉。

最近十多年，新丰镇（以后称"小镇"）着力发展旅游产业，先后打造出荷兰花海、阳光城市森林公园以及大龙岛度假村等热门景区。

和平街西邻花海景区，东连小镇中心，位于小镇与旅游组团的过渡地带，像一条纽带将市井生活与旅游发展联结起来。

这条街于二十世纪初期建成，迄今已有百年历史。

老街之所以被命名为"920街坊"，除了因全长1920米之外，也是与荷兰花海"520"相呼应，体现"爱"的元素。

你知道吗？荷兰花海内不仅一年四季有郁金香、百合花、薰衣草、玫瑰及荷花等鲜花，而且有华东地区最大的婚纱摄影基地、大丰婚姻登记中心，更有著名导演王潮歌率团队倾力打造的《只有爱·戏剧幻城》。可以说，整个景区处处充满了爱的元素、处处弥漫着爱的气息。

当然，现在展现在我们眼前的新丰920街坊，是最近几年重新改造的。

改造时，本着"老街道、新生活、原生态、烟火气"的理念，既保留了二十世纪四五十年代的供销社、紧固件厂门头等老建筑，也保留了二十世纪六七十年代的麻切店、杂货铺、梅花糕摊点等传统美食小店和手工作坊，原汁原味地再现了老街日常生产生活的场景。

三分之一左右的老街居民自愿留在这里，他们是老街发展变迁的见证者，也是小街的灵魂所在。

走在老街上，仿佛穿越到了曾经的那个年代。沉重的历史感渗透全身，浓浓的烟火气扑面而来。从门外看过去，可能是一间店铺，里面有琳琅满目的小商品；也可能是一户居民，有老人正坐在摇椅上悠然自得地"慢慢摇"。

"从前的日色变得慢，车，马，邮件都慢。一生只够爱一个人。从前的锁也好看，钥匙精美有样子……"

你能想到的"最浪漫的事"，在老街，随时可能遇见。

同时，老街将以上海垦区劳动生产管理局旧址、蚕桑文化馆、北镇印象等为代表的传统业态纳入其中，在此基础上植入时尚新业态，开启新生活、满足新需求。

虽然改造后的老街我已去过几次，也品尝过不少特色小吃，但新冠疫情之后，我还没去过呢。

三

今天是周末，爱人一早乘高铁去外地看孩子了。我决定中午开车到新丰920街坊游玩，不受时间限制，自由自在地感受慢生活。

没过多久，我就开车来到了920街坊。车辆不少，而道路两旁的车位仍很宽裕。

天气不错，抬头看，天高云淡，令人心旷神怡；外面气温较高，赶紧脱下沉重的外套，感觉更加神清气爽。

游客好多啊，到处是大人带着孩子一家同游的。听他们说话，大部分操着外地口音或者讲着普通话。嗯，不错，说明这个街坊有一定知名度，应该有部分游客是从荷兰花海景区一路游玩过来的。

新丰剧院，青砖青瓦上渗出些斑驳的盐霜，让这座经过改造的建筑显得很有年代感，似乎在告诉人们，这里曾是整个淮南地区最大的盐业公司所在地。

站在剧院小广场上，我仿佛听到了《马铃儿响来玉鸟儿唱》《赠塔》等动听的歌曲与戏曲唱段。当年，坐在剧院看电影、看戏的时候，我才十五六岁。而今，三四十年过去了，同班那位与我一起合唱《在希望的田野上》的女生，你在他乡一定安好吧？

快来看这面墙，红砖块，白石灰，将人们一下子拉回二十世纪六七十年代。绿色邮筒、邮递员骑的二八大杠自行车，还有"224171"，这是新丰镇的邮政编码；由一扇木门做成的"明信片"，上面写着"见字如晤""车马很慢，一生只够爱一个人"等字样；墙头那盏圆形的老式路灯，到晚上发出的灯光可能有些昏黄……

面对老街、老物件，怎能不想起过去的旧时光？怎能不想起曾在生命中出现过的那些人和那些事？

"老街咖啡"是一家连锁店，在老街入口特别应景。挂在青砖墙上的圆形标识下面，是这样一段文字："老街是一首流淌的诗，慢慢读给你听……"

突然想起了在"盐城广播882"中听到的一句导语："时光永不老，生活仍新鲜！"

是啊，"老街咖啡"是古典与新潮的碰撞。老街，让人们在体验中穿越怀旧、在怀旧中感受时尚。

赶紧去体验一下，我走进了咖啡屋。还没点单，就被咖啡屋的后门所吸引，这是一扇对开的木门，中间插着一根粗大的门闩，门的款式正是我们小时候家里用的那种。

小时候，我们还在木门背后的横档上爬上爬下，玩捉迷藏的游戏。

再抬头看，屋顶、屋梁，都和过去的老屋极其相仿。

"来一杯咖啡，品质好一点儿的。"在这么有亲切感的咖啡屋里，必须坐下来感受一下。

"您选一下品种。有两种拿铁咖啡比较畅销，在我们店属于比较好的。"服务员微笑着告诉我。

"我要不怎么甜的，热的。"

"那，燕麦拿铁吧。"

一会儿工夫，一杯热咖啡做好了。当然，这么快，肯定不是现磨的。

喝完咖啡往街里走。

"觅姐麻辣烫"招牌上写着"汤可以喝的麻辣烫"，附房还开设了"麻辣烫研究院"。这个招牌有点儿大，应该可以称作"幌子"，我心想。自己不太习惯吃麻辣风味的，就不进去打扰人家了。

且慢，这幢青砖青瓦、红木门窗的二层小楼是什么？禧春茶楼中间长长一排红灯笼真是喜庆极了。看了灯笼上的字可以知道，茶楼不仅可以喝茶，还供应"苏式早点""典藏私房菜"等。

我一个人，若是来喝茶，恐怕人家都不肯接待，不凑热闹了。

白墙上绘着梅花、屋檐下挂着一块块精致的小木牌和红红的中国结，我知道这小房子里面是卖什么的。

上次我们民进大丰支部来视察调研时吃过这里面的小玩意儿，梅花糕、海棠糕、油墩子、青团、米团和藕饼之类，它们有各种馅，有豆沙馅、紫薯馅、芋泥馅、萝卜馅、蛋黄馅以及肉馅等。

刚刚做出来时，冒着热气，那个香甜，让等候的人止不住流口水。

我要买两个现场吃，再带上十来个回去。

一个肉馅、一个萝卜馅的，站在这儿一口一口慢慢吃了，香喷喷的，好像一下子回到了学生时代。

另外各种馅的又各买了两个。

有一种叫做"麻切"的糕点，你熟悉吗？

早听说老街的"吴记"麻切馓子店每天顾客盈门。这里手工麻切、麻饼、馓子、糖果子、脆饼、鸡蛋糕等老大丰糕点一应俱全，优质的食材、传统的口味、整洁的环境，为店铺赢得了良好的口碑。

好多人不知道麻切是什么东西，告诉你吧，这是一种老糕点，长方形的，油炸而成，外面粘着一粒粒的芝麻，口味有点儿类似于桃酥。

在我们小的时候，小商店里基本都有得卖。麻切，说它饱含着童年的味道、家的味道，一点儿不夸张。

刚刚吃了海棠糕，不能再吃麻切了，但可以买了带回去。

我跟做糕点的师傅聊了聊，主要是想了解清楚，为什么麻切的味道特别香。原来，它是"熟做"的，有别于一般糕点。所谓熟做，就是将米粉或者面粉先炒熟了，然后再做成一定的形状，再用油炸或者上锅蒸。复杂的程序背后，必然是更多的原料和人工投入。

"其实卖麻切基本不赚钱，但不少顾客喜欢。当然，他们在买麻切的同时，也会买上其他一些糕点。"师傅坦诚地告诉我。

"哦，那我秤上一斤麻切，再称二斤馓子。用袋子给我装起来，先放这儿，我回头时拿。"我要体谅别人，不赚钱的少买点儿。馓子体积大，拎在手上不方便。

"蜜菓现磨咖啡""卜卜炸串""型男美蛙""南京鸭血粉丝汤"……我边走边看，有疑问的就到店里问问。

比如什么是"型男美蛙"我就问清楚了，是烤整只牛蛙。年轻的店主介绍说，口味绝对不错，大众都能接受，一点儿都不"异怪"。

上海市人民政府垦区劳动生产管理局旧址，位于内街（里面）的一个小院子里。静静地停在它门口的一辆拖拉机，早已锈迹斑斑；被风雨侵蚀得变了形的木制老式脱粒机，显得粗糙而古朴……这些仿佛在告诉人们那段垦荒生产的光荣历史。

眼前这几幢低矮的红砖青瓦的建筑群好有沧桑感啊！木窗以下的红砖已经风化，屋顶的苔藓让青瓦显得更加厚重。细读墙上的简介，原来是垦北区机关暨新丰供销社门市旧址，始建于1949年11月，主要经营棉布、粮食、食品等，1957年以后，改做新丰供销社生产资料门市部。

新中国成立初期物质条件那么差，也许，那时候当地有"砖墙瓦盖"的房子，就显得鹤立鸡群了。

记得我小的时候，家里住房全是泥墙草盖。不过那也有它的好处，就是冬暖夏凉。到了夏天，泥墙的洞洞眼眼里藏着很多蜜蜂，掏蜜蜂是我们男孩子乐此不疲的一项娱乐活动。

几十年沧桑巨变，如今中华大地繁荣似锦，新丰小镇也处处高楼林立。

"请党放心，强国有我。"不仅青少年，我们每个人都应该有神圣的使命感和责任感，为中华民族的复兴贡献自己的力量。

兀时光书局，不仅出售图书，也为广大读者提供洁净、宁静的读书空间。

进来之后才发现，房屋的进深很大，里面图书品种丰富，陈列得整齐而美观。

我在一套毕飞宇文集前停留下来。翻开其中一本《小说课》，从作者的自序中可以知道，这是他最新出版的文集，共九卷。其中述道："递进的数据附带着也说明了一件事，我是努力的。"平实的语言，给了我们爱好写作的人一种前进的力量。

毕飞宇是兴化人。兴化与我们大丰地缘相近、人文相亲，他的文字读来感觉熟悉而亲切。《苏北少年"堂吉诃德"》我曾读了一遍又一遍。

我将他的文集中自己没读过的几卷买了下来。

可还记得70后、80后熟悉的汽水、萝卜丝、干脆面、大白兔奶糖、辣条、麦乳精等脍炙人口的食品？这些，在"汽水门市"都能找到，还有蛤蜊油、百雀羚、友谊雪花膏等早时期的生活用品，琳琅满目。

我兴冲冲地买了一瓶"北冰洋"汽水，八块钱。再也不是当年的五毛、一块钱了。

"要不要吸管？"服务员问。

"不要，大口喝才能找到当年的感觉。"说完，我仰头喝上一大口，啊！一股气从鼻孔里钻了出来，完全是当年那个味道，真爽！

"大丰县新丰镇紧固件厂"，这个门楼是以原貌完整保存下来的，老新丰人都会记得这个厂及新丰镇标准件厂。作为在新丰工作过的人，我还能说出几位老厂长的名字，只是有的人已经故去了。

"大馄饨、小馄饨，现包现做的馄饨；香干、臭干，闻着臭，吃着香的臭干。"这样的叫卖声，相信大部分人都熟悉。

臭干，在路边摊点一般我还真不太敢吃，在这条老街的店铺里，我倒要尝尝，何况这店铺开在了"大丰县新丰镇紧固件厂"的"厂房"里。

果然，一进门就看见一位中年妇女在麻利地包着馄饨。

"您想吃点什么？"她抬头问。

"馄饨是下现包的吗？"我反问。

"当然！要最新鲜的，就从我手上这一只开始，以下26只就是您的。"她还挺风趣。

"臭干是从长沙空运过来的吗？"因为在街头听多了此类虚假宣传，我故意这样问。

"不是，是从东台托运来的。大丰的臭干也不错，不过人们普遍更喜欢东台的口味，外脆里嫩，闻着臭、吃着香。但我是大丰人。您是大丰人吗？"她又抬头看了看我，"要不要各来一碗？"

"我是大丰人，老家就在西面不远的地方。好的，各下一碗，只怕吃不了这么多。"我笑了笑。

"往老街里面走，还有不少好玩儿的地方，您慢慢逛，不会吃撑着的。"她还真会说话。

一会儿，馄饨的味道、臭干的味道，在屋子里弥散开来。"人间烟火味，最抚凡人心"，还没吃上一口，我就被这浓浓的烟火气所感染、所陶醉了。

我不着急，一只一只、一块一块、一口一口地慢慢吃。

吃饱喝足了，到"北镇印象"展馆慢走细看。

展馆一楼是以童年记忆为主题的沉浸式互动体验空间，"跳方格""推铁环""掼烟壳板""斗鸡"……那些过去的小游戏，几乎没有我不会玩的。

只是，现在的孩子们手机不离手，那些简单的游戏在他们眼里可能没有任何吸引力了。

二楼主要从"地与业""物与俗""人与事"以及"心与忆"等角度，讲述小镇的历史文化与百年记忆。

古色古香的戏台，今天没有什么演出，有工人在维护、打扫。

"新丰蚕桑"展馆，正在建设之中。其实新丰镇的蚕桑，无论蚕的养殖，还是丝绸、桑叶等相关产品，并不逊于"丝绸之乡"东台富安，只是过去开发、宣传得不够充分。

接下来有两个网红店，是老街上生意最火的两家。

"人生营家"，以露营为主格调，特别受年轻人和孩子们的喜爱。我进去看了看，像个植物园，又像是露营地，特别是那些大帐篷，可真让人"想着玩"。

"酉禧柿"，是"有喜事"的谐音，主要承办青年人求婚、单位团建等活动。精致而时尚的现场布置，别出心裁、出其不意的环节设计，是他们有别于一般酒店的竞争力。据说开业不到一年时间，投资成本已基本收回。年轻的女老板还是兼营这家店，主业是搞房屋装修设计与施工。

没料到，这里还有一家规模较大的酱油坊养在"深闺"里。我是被那一排排酱缸、一顶顶盖酱缸的"斗笠"吸引过来的。

"大丰老字号""红酱油、白酱油，酱园里面有好酱油""古法酿造，零添加，味香鲜，色泽美"，这些，就是这家酱油坊的特色……

仅听介绍你不一定会相信，但现场看了制作流程后你就信了，这里的酱油不一般——选豆、清洗、润水、浸泡、蒸豆、下缸发酵、制曲、接种、日晒夜露、淋卤、生成酱油。

谁知一瓶酱油，酿造如此辛苦！

"您看这色泽，您看漂浮在上面的黄豆，保证零添加。这边有水龙头，您洗一下手，用指头蘸点儿尝尝，这味道不正是小时家里做的酱油味道吗？"一位中等身材、老板模样的人热情地向我介绍。

"我是被你这一溜大缸、一顶顶'斗笠'给迷住了。"我笑着说。

"带两斤回去吧？听您口音是本地人。这酱油，不来我这儿，您在市面上肯定找不到。我们这品种还是'非遗'呢。"老板抬手指了指。

我顺着他指向的墙上看过去，果然有一排铜牌。

"可是，酱油不好拿啊。"我说的是实话。

"这都不是事。壶子，袋子，我为您包装好，跟商场里的包装一个样，保证好拎，就是一不小心掉到地上都没问题。"

"好的，来两小壶吧。既然是小时候家里做的酱油的味道，我得送一壶给父母品尝一下。"

四

生活，总是一半诗意、一半烟火。

每条老街，都有一段故事。人们在寻觅一段旧时光的那刻，总喜欢尝一口故乡的老味道……

在经历了紧张忙碌的三年之后，这个春天终于可以放松身心、放慢脚步，尽情沐浴着这明媚的春光，尽情享受这人间春色！

来新丰920街坊走一走吧，一起感受这里的慢生活。

这里既能体验旧时烟花雨巷的风情，也能感受到寻常百姓家浓浓的烟火气。

有朋自远方来，我一定在这里等你！

情满梅花湾

◇ 徐应葵

有个美丽的地方，它叫梅花湾，位于江苏盐城大丰区西郊。

斗龙港弯弯绕绕，给它裁弯取直，留下了一片洼地，充满智慧的大丰人在这片洼地上填土造型，种植梅花。于是，梅花湾诞生了。

梅花湾好像是个巨人，占地三千亩，梅花植株和品种繁多，内有亭台楼阁、小桥流水等景观，一切景区应有的设置与布局皆完备齐全，是国家4A级景区。

阳春三月前后，是梅花盛开时节，梅花湾迎客最多。远方之客慕名而来，近处游人百赏不厌，以至来游者络绎不绝。我呢，心愿赏梅，只是来迟了，时值四月底。来迟了，并不遗憾，因为迟有迟的收获。

不见了梅花怒放，但见到落英之美；不见了五彩缤纷，但见满地梅瓣的鲜活容颜。无论是梅花开还是梅花落，都是梅的生命。生命，这个经久不衰的话题，我愿意说道说道。如果说花开是梅生命的开始，那花落绝不是梅生命的结束，而是继续，因为明春花再开，年复一年，周而复始。因此，梅花湾年年梅花开，年年有客来。"落红不是无情物，化作春泥更护花。"眼前的满地梅瓣，滋养明年梅花再度开放，这是梅生命的一种花精神，落英们度着关爱梅后代的美好岁月，代代传承。

赏梅，首先赏它的香。

"不要人夸好颜色，只留清气满乾坤。"（王冕《墨梅》）

诗人写的是墨梅，墨梅与真实梅花相比在色彩上有所逊色。梅花湾园中的梅可是五彩缤纷的，但它们也不要求游人夸其颜色有多么好看，而是自己把香气流溢得满天满地。若不是，哪有阵阵梅香袭来？

"忽然一夜清香发，散作乾坤万里春。"（王冕《白梅》）

诗人说，一夜之间，白梅花竞放，香气四溢，给大地铺满春色。我面前的四月梅，已经花谢落英飞。春已去，但未走远，梅花已落，但香气犹存。微风徐徐，梅香留园，弥久不散。

赏梅，避不开它的形与色。

王诗人说梅"不要人夸好颜色"，但我太想夸夸梅花湾里梅花的容颜与色彩了。特别是那绿萼梅，虽然梅容已辞，然色彩仍存。注目绿萼落英的色彩，我问自己："绿萼之绿是什么样的绿？"一时答不出来。是湖水之绿？不是。是翡翠之绿？不是。想了许久，有了答案：是柔情之绿，是甜美之绿，是梦幻之绿。

当然，我亦爱梅花湾中的朱砂梅、美人梅、粉梅、宫梅等的色彩。低头沉思，不待沉思，梅之落英映满眼帘。弯腰捡拾几瓣，轻如雪片，绵如薄纱，夹在我的笔记本里，做个花签，喜作留念。

每年花期，梅树经历复苏、蓓蕾、开花、落花，最后只留下自己，犹如母亲，辛辛苦苦繁衍生息。此时，它并不寂寞，也不落寞，因为此处仍旧游人如织，它的绿叶，也是独特一景。只见梅枝挑着的一担担绿叶，长得越发带劲。在梅枝绿叶中拍照、摄影的人不在少数，她们穿着红衣，背景是一片绿色，也好似绿叶扶红花。

想起了中学时代语文课本上龚自珍的《病梅馆记》一文，所写梅株被人为扭曲，失去本来面貌，因而称其为"病梅"，作者借此寄寓了多种哲理。当时读到，很为梅株哀伤叹息。如今，我眼前的梅株，生动活泼，充满生机，自己要怎么生长就怎么生长，无矫揉造作之态，完全是自由自在之形。它们是天作成的花树宠儿，是人类的花树朋友，人们尊重它们的个性特征，赏识它们自然美的形象。

那边，一株绿萼梅枝头，一个小蓓蕾招惹游人。梅花湾的这个小儿女，与我一样，来迟了。怎么就让我见到了？我未遵守"爱花不该把花采"的约定，轻轻把它摘下，攥在左手掌心，给它温暖，催它开放。二十分钟后展开手掌，蓓蕾已开，绿意盎然。我把春寻回，绿萼蓓蕾在掌心绽放，我激动得心跳加快。

赏梅，难免会有所感悟。

站在梅树前，我思考"变化"二字的力量。梅花盛开，缀满枝头，香溢四方。当花精灵离枝，叶的碧翠便跃上树梢，梅开梅落在这变化中交融更替、一年一次，不人为、天作为，这是梅生命的变化。梅树在这变化中永生永美，天长地久。

站在梅树前，我还想起"过程"二字的含义。过程，就是事物进展的程序。梅花开了，热情又热烈，迎来游客，为人类奉献美丽；梅花落了，冷静又严肃，香归故里，回到大地母亲的怀里。梅开梅落，是一个完整的过程。在这个过程中，梅生命体现着自身的价值。人们青睐梅花的美丽，欣赏、作画、咏唱、写诗写文，经久不衰。若不美好，人们何必来游？若不美好，大丰区何必打造这个闻名遐迩的梅花湾？

变化和过程密切相连，过程由变化达成。因为变化，人们才能欣赏到花开花落的美景；因为过程，人们才得以悟出生命的价值。梅花湾里不仅美景满园，而且哲理万千。

凡生命，总有惊人的相似之处，人的生命与梅的生命有相似之处吗？有。首先，多数人的一生就是为社会作贡献的一生，奋斗拼搏，不惜牺牲，创造物质财富与精神财富，努力把最好的留给子孙后代，犹如梅，把一生的美丽献给人间。其次，人也在生命的变化与过程中美好地生活着。我们曾经年少，曾经青春，那是人花开了。开花时，我们亦开心快乐，骄傲自豪，光鲜亮丽。我们亦会逐渐老去，夕阳西下了，为天空铺满彩霞，给大地投下光芒。这就是人花落了，犹如梅花落，花英虽落，芳香仍弥。珍惜人花开，坦然面对人花落，这是我们积极的人生观。愿做梅花，认真开花；愿做梅花，严肃落英。

梅的性格外柔内刚，刚柔并济。毛主席在《卜算子·咏梅》中写道："已是悬崖百丈冰，犹有花枝俏。"说的是梅坚韧的性格与不屈不挠的精神。"待到山花烂漫时，她在丛中笑。"说的是梅的大度、从容、谦虚与自信。大丰人民一路走来，历尽艰辛，一路风雨一路歌。从煮海为盐的贫苦与落后到今天的富裕与前卫，大丰人的生活发生了翻天覆地的变化。在这片热土上，大丰人民艰苦卓绝地奋斗，顽强不屈地拼搏，开拓进取地建设，不断创造奇迹。这就构成了梅花对大丰人的象征意义。为大丰人骄傲吧！

大丰是个好地方。除了梅花湾，还有异域风格的荷兰花海，有前卫的大丰港，有全球最大的珍稀动物麋鹿保护区，有施耐庵纪念馆和公园，有带着点原始气息的斗龙港，还有那海边的"红绿地毯"蒿子地等，哪一处都意蕴丰富，都值得观光游览。

远方的朋友，请到大丰来！

梅携暗香入画来

◇夏钰苏

　　斜风细雨，越过唐韵中的箬笠蓑衣，穿过悠长的江南雨巷，在承载神话的斗龙港湾停歇，化作九曲十八弯的晓岸清风，凝成梅花湾的枝头春水。千亩水系是梅花湾的灵气所在，泛舟赏梅别有意境。

　　早春的午后，还带着些许寒意，空气中氤氲着幽淡的冷香。游船在古老悠远的河湾里前行，九孔白玉桥在身后渐行渐远，风格迥异的仿古木屋接踵而至。河畔垂柳细眉舒展，临水鸢尾清秀挺拔，几只水鸟在近旁啄食嬉戏。沿岸的浅草和梅树上，不时传来鹊鸲清亮的鸟语。花影婆娑的梅树上，万千花苞如玉蝶破茧而出，若彤云片片驱散料峭春寒。此处不是西子湖畔，我也未束发纶巾，更无素衣青衫，恍惚间已辗转千年来到孤山北麓，与棹舟归来的隐逸诗人不期而遇。

　　三千亩梅园里，万株梅树次第绽放，暗香似无形弦，牵引探春的脚步。随着人流上岸，走过月影桥，梅香便越发浓烈。精品梅苑外，波浪形云墙若梅瓣连缀，墙设五瓣梅形漏窗，颇具江南古典特色。步入梅苑，粉墙黛瓦的景墙前，一株骨里红梅清香袭人。此树年逾四百岁，一半枯桩透骨，一半健壮如青龙腾空，故名枯梅逢春。行至咏梅亭，此处梅树甚密，远观花开满枝，如蝶翩跹，似从唐诗宋词的字里行间飘然而至；近看疏影横斜，铁干虬枝，若从丹青妙手的淡墨浅痕中拂面而来。

　　伫立在沁香园外的玉潭边，苏州评弹的雅韵传来，悠扬温润的曲调，仿佛穿越百年重温明清繁梦。我忆起梅园南门的五百岁明梅，花若冷雪，萼如翡翠，如飘逸的隐士，一身傲骨，透着淡淡书香。而眼前的镇园之宝八百岁宋梅，则苍劲古拙，一树繁花，似静默的先知，凭栏望水，透出几许恬淡闲情。沁香园庭院中两株宫粉梅是群芳之王者，梅王俊秀伟岸、枝干遒劲，梅后娉婷婀娜、俏丽优雅，两树相伴相生五百余年。在茶楼小憩，听一曲古琴，赏一场茶艺，品一壶香茗，四周皆是风景。东窗外，四君子小景清新雅致；西窗下，锦鲤畅游七彩池；廊道间，手执书卷的素装女子在取景留影。

沿着长廊行走，廊下与轩内的灯谜，平添了赏梅途中的雅兴。在静雅轩举目远眺，潭面两只黑天鹅如影随形，清音阁如画映水。曲廊亲水平台上，身姿飘逸的梅花仙子正翩翩起舞，演绎柳宗元笔下赵师雄遇梅仙的奇缘。

拾级而上，在望梅亭俯瞰，喜鹊栖梅树，溪流入深潭，好一幅动静相融的天然画卷。一路回顾所见之梅：美人梅，娇羞冷艳，摇曳众芳独秀之姿；江梅，疏瘦清淡，带着苦寒清绝之韵；绿萼梅，翠萼托雪，婉约亦如绛珠仙草；垂枝梅，扶柳含烟，恬淡宛若临江仙子……思忖间，来到茅草亭，此处幽静旷远，梅也开得晚些，满枝的花骨朵，如胭脂粒一般。一群飞鸟从头顶掠过，向湿地生态岛飞去。

夕晖倾泻在咏梅阁的翘檐飞脊上，阁下的梅树也多了几分朦胧与诗意。立于阁上，桃、梅二岛，似彤云与瑞雪漂浮在碧水之上，我想起年初在园中赏梅时，见到的傲雪独放的蜡梅。晚风轻拂，阁檐下的铜铃声不绝于耳，雅致的诗句便在心里盘桓。梅花幽冷绝尘，从古老的《诗经》中走来，婉转了鲍照《梅花落》的横笛，在林逋的诗中疏影横斜，暗香浮动；从张僧繇的《咏梅图》起笔，落在王冕的《墨梅》中，花开淡痕，无色生香。人生多坎坷艰辛，当生如寒梅，用严寒练就铁干铜枝，用风雪塑成玉骨冰肌。无论是驿外断桥，还是峭壁悬崖，一旦生根，即使无人赏识，也依旧傲对凌寒苦作花。

鹊戏雪枝衔春到，梅携暗香入画来。梅园在我的记忆里停泊、依洄。在回首的那一瞬，我仿佛已停驻在枝头，化作了一剪疏梅。

感受大丰梅园风情

◇ 季大相

盐城市大丰西郊，有梅园名曰梅花湾。梅园赏梅是雅事，雅在自然、闲适。今年3月初，应朋友之邀，我欣然前往大丰，慕名至梅花湾赏梅，领略梅园风情，感受在心，至今难忘。

来得早不如赶得巧。此行恰逢梅园赏梅季。梅园坐落大丰，当是梅花幸事。因得大丰"大"字之宽广，大丰梅花湾不但梅花品种繁多、档次高，而且规模为苏北地区最大，占地浩大，令人咋舌。陆地景点、水上景点、游乐设施三分天下，以梅入景，彰显无穷魅力。

梅树先绽绿，绿是情调，穿梭梅园间，那粉红色、大红色、金黄色等多种色彩的花朵竞相开放，把枝干装扮得五颜六色。春在梅树枝梢头。此刻的绿叶，倒真的成了陪衬。"万花丛中一点绿"，漫步在梅园，人、花、蓝天、碧水，那娉娉婷婷的女子款步而行其间，靓丽如花，把梅园点缀得风情万种惹人醉。

梅园称园，园自独有特色。友人自豪地介绍，园内的梅花有二百多个品种，红梅、蜡梅、美人梅、朱砂梅……他掰着手指头一个接一个地数着，数着数着，打住了话头，品种之丰富让他的思维"断路"，便来了句："品种太多，报出来你也记不住。"他笑了，我也笑了，即使脸颊上露出红晕，我想，那也是红色花蕊映出的色调，素描个淡妆，与春风约会，人在梅园，也成了季节里的风景。

万余株梅树，四季常绿，季季有花，百花齐放的盛况在梅园呈现，大气、恢宏……一时竟无法找到合适的字眼来形容这景象。置身梅园，如坠花海，远观景致，近嗅清香，心神合一，犹如误入仙境，如梦似幻，唯有叹为观止。

拍梅、咏梅、写梅、画梅、唱梅，大丰人赋予梅花文化的含义，脱俗清新，净化人的灵魂。亭、廊、架、阁、轩、溪、桥等既是个体景观，更与梅园浑然一体，珠联璧合，具有别样的风骚情韵。微风拂面，耳畔传来沙沙的声响，梅树枝叶化作琴、化作笛，或是化作一把呜呜叫的二胡，花儿朵朵在曼舞，它们莫非正在合奏一曲《高山流水》，或是《迎宾曲》？

美哉！大丰梅花湾。大丰人有福，生活中融入梅的元素，便多了一个雅逸成趣的支点，也多了一张闪亮的名片。人到大丰，不去梅园必成遗憾。

梅园在大丰，只是浩瀚星空中的一个耀眼的点。旅游业在大丰，绝对可以用"响""大""旺"三个字来形容，再通俗一点地说，群星荟萃，处处是景，景景如画，画里大丰，美不胜收。

响。大丰的"中国优秀旅游城市""长三角最佳慢生活旅游名城"等一串串殊荣，早已在外叫响。

大。盐城唯一入选"国家全域旅游示范区"创建单位的大丰，拥有国家5A级旅游景区一个，4A级旅游景区六个，省五星级乡村旅游区两个、省级旅游度假区一个。旅游产业蛋糕大，大丰和谐发展动力足。

旺。大丰人气旺。朋友点击微信信息，跳出一组数字：仅2024年梅花文化节期间，景区就接待游客11万多人次，旅游综合收入216.6万元。

"享受健康，收获财富。"朋友的朋友是一位落户大丰的外来投资客商，他如是评价自己的选择。我是这么诠释这句话的："享受健康"，就是认可这里的生态环境良好；"收获财富"，也就是认可这里的投资环境，大丰人是热情的、包容的。

奔波一天，我带着沐浴海滨风光的兴奋，浸染过梅的馨香入睡。朦朦胧胧中，我再次进入梅花湾，白云缭绕，恍若仙境。突然，梅花仙子款步盈盈地向我走来，似腾云驾雾，又似挥袖曼舞，她说天上的奇幻妙境，我讲人间的创造故事，虽是邂逅，却一见如故。不知这算不算是一次约会？梅仙子很盛情，她邀请我今后多来梅园做客，把梅园和大丰的景致介绍给更多的亲朋好友，共享大丰的风情美景和丰富的创造力结出的硕果。

我睁开眼睛，是朋友捣醒的，他问我做了什么美梦，自个儿咯咯地笑个不停。我笑了笑，侧身继续睡觉，因为，我不愿让美梦走开呀。抽抽鼻翼，竟闻到一股淡淡的梅香，我抬头循香望去，发现头枕的竟然是自己白天穿的羽绒服，那只咖啡色枕头早已被冷落在一旁，梅香就是从衣服上面散发出来的，衣领间插着一朵梅花。殊不知这个"恶作剧"，竟让我在大丰，真实体验到了诗里的头枕梅香入梦之雅事。

　　世界很大，魅力大丰精彩无限。大丰好玩呢，真的。

东方古湿地，水韵梅花湾

◇ 蔡阳宏

梅绽高枝听鹊唱，雪融厚土唤春生。春天已来，正是赏梅好季节！

盐城大丰梅花湾景区，国家4A级旅游景区，位于盐城市大丰区西郊，是一座集生态园林、旅游观光、健身休闲为一体的综合性旅游景区。

梅花湾是目前全国面积最大的以梅花为主题的赏梅胜地，总面积三千多亩，景区种植梅树近两万株，共有二百多个品种。其中陆地面积、水域面积、其他景点设施各占约一千亩。景区依托老斗龙港河的生态水景和沿线自然风光，以大面积花草树木和斗龙港河分支湖泊为主体，利用斗龙港裁湾进行生态修复开挖的土方堆坡造型，种植香樟、桂花、广玉兰等苗木和梅花、樱花、海棠等不同花季的花灌木，良好的生态环境吸引了白鹭、啄木鸟等数十种鸟栖息。景区内有梅苑、梅文化坊、三十二舫、西湖、咏梅阁、颂梅阁、儿童乐园、假日饭店、露营地等景点，体现了人与自然的融合。

说起梅花湾，不能不说范仲淹修建的范公堤和他的梅花岭。

梅花湾所在地，是南宋时期范公堤下的宋氏八灶盐场旧址。当时的八灶盐场汇聚了全国各地的盐灶，可谓南宋时期的盐灶博物馆。此盐场为铭记范仲淹筑捍海长堤、福泽万代的不朽功绩，在盐灶上印刻了范公钟爱的梅花图案，梅花不仅是古盐灶上的凿凿印记，更是范公心忧天下的精神图腾。

范仲淹任兴化县令时，还把自己的情操融进了他亲自设计的两座园林中。这就是兴化著名的"沧浪亭馆"和"梅花岭"。梅花岭建有梅亭，范仲淹手植梅花一株，还题咏梅诗一首：

萧条腊后复春前，雪压霜欺未放妍。

昨日倚阑枝上看，似留春意入新年。

梅花令诗人倾倒的气质，是寂寞中的自足，"凌寒独自开"的孤傲。它甘于寂寞，清雅脱俗，不因没有彩蝶缠绕而失落，亦不为没有蜜蜂追随而沮丧，更不似那柳絮随风舞，也不学那桃花逐水流，而是无私无怨无悔地默默绽放于严寒之中，给人们的生活带来美的享受。这种无私奉献精神正是范仲淹坚守的"先忧后乐"之精髓。

说起梅花湾，不能不说斗龙港湾的今昔。

斗龙河，芦荻摇曳，历史悠久。六百多年前，张士诚兵败灭亡，一大批"吴王"子民被明朝政府从苏州发配到范公堤以东这片不毛之地。其时，范公堤已失去阻挡海水的功能，因为海水逐年东迁，潮水能够达到的地方，已经距离范公堤三十多里。从范公堤向东北，海滩上有一条潮水涨落的自然通道，弯弯曲曲，绵延百十里而入海，名曰斗龙港。其关于神牛和恶龙搏斗的故事，隐约地揭示出先辈们在这片土地上遭受海水肆虐时艰难的生存状态。

斗龙港当初是因内洪泄海和海潮回流自然形成的潮水垭子。而在清代，由于近岸沙洲涨大，与陆地之间的水道缩窄，进而形成了斗龙港。

斗龙河原系自然河道，故河形迂回曲折。从兴化流入大丰境内入海已为下游，流经西团、大龙、大中、新团共长52公里，称老斗龙港；再往东依次流经三圩、龙堤、新丰、金墩、三龙、斗龙等地，入海段称斗龙港。此河是里下河地区排涝入海的干河之一。

多年前，这里地势低洼，是一片淤泥堆积的荒草滩。在景区建设过程中，河道也经过疏浚清理，成为水清鱼繁、植被丰茂的生态湿地。随着大丰文旅事业的高质量发展，昔日荒滩变身"最美水韵梅园"。大丰这座城市的精魂在梅花湾的清流里激荡，这座城市的品格在梅花湾的梅枝间绽放。而范公精神似乎在这里也得到了延续与升华，那就是我们新大丰精神——开放、创新、实干、担当。

东方古湿地，水韵梅花湾；范公品质高，湾里梅花香！

走进大龙岛

◇ 周建芳

　　大龙岛是盐城市大丰区荷兰花海拓展的一个新的旅游景点，全称大龙岛度假村。

　　这个景点位于226省道133路段西侧，疏港河北侧的新丰镇境内，是大丰人民的母亲河斗龙港河畔的一个自然岛屿。岛屿面积四百五十亩，四面环水，形似一条头西尾东的巨型鲤鱼。二十世纪七十年代，岛屿上曾建有机砖窑厂，后停办废弃多年，直到前几年才被开发建设。

　　大龙岛建设遵循"绿水青山就是金山银山"的发展理念设计，以生态性、文化性、艺术性和地方性为基本原则，借鉴荷兰羊角村建筑风格，融入郁金香文化主题，与荷兰花海、天沐温泉和水韵龙湾景点互补融合，形成了一道靓丽的旅游风景线。

　　大龙岛建成后，形成了"721"布局，即七分水、两分绿、一分地。

　　现在，就让我们走进大龙岛，一起来看看这座刚刚崛起的旅游景点吧。

　　白色吊桥。大龙岛的唯一进出口，是一座白色吊桥。吊桥可以灵活升降，既能保证游客的自由来往，又能保证岛上的安全与静谧。桥下的水路直通荷兰花海，水上配有专属游船，可随时畅游整个景点。

　　两片湖泊。岛上的莫伦湖和无忧湖均为人工湖，两湖相连，水体面积达三百亩。湖面开阔气派，湖水清澈透明，湖边生态驳岸，岸边垂钓、观光、休闲等设施应有尽有，水中鱼虾、河蚌、螺丝、蚬子等资源丰富，水面上黑天鹅、小水鸭自由出没，湖边垂钓者络绎不绝。在莫伦湖和无忧湖上，可尽情体验水上自行车、桨板、皮划艇、平底船和独具特色的威尼斯尖船——贡多拉（贡多拉轻盈纤细，造型别致，两头翘，底部平，船身狭长）等水上项目。湖中有一座下沉在水中的桥，叫摩西桥，将湖泊截然一分为二，使水面错落有致，十分神奇。平静开阔、美丽醉人的湖泊，尽显其大气、秀气与灵气。

绿色岛屿。绿树成荫，绿草遍地，绿带环绕，满眼绿色，是大龙岛给人的第一印象。这里近百亩的树木花草，乔灌搭配，层次分明，四季常青，五彩缤纷。这里还有成片的郁金香、百日菊、百合花等花田，还有供度假游客种植的小菜园。这里的绿化培植、修剪、养护等细致入微，到处都飘着清香的气息，让人心旷神怡。绿色让大龙岛的"容颜"更加美丽动人。

特色别墅。大龙岛不仅仅是一个新的旅游景点，更是一个名副其实的旅游度假村。岛上建成的37幢别墅，将欧式田园风光与慢生活理念巧妙结合，把有舒缓身心作用的木质元素，运用到室内每一个角落，处处体现欧式田园的舒适与闲静。

别墅中有25栋为民宿。每栋民宿的名称都以不同的郁金香花来命名，如15号民宿被命名为"清水"，清水郁金香洁白如雪，给人一种纯净的感觉，象征着纯情、纯洁。民宿共有客房101间，各民宿以2间到5间为主，最大的20号民宿有7间客房，游客可按需求入住。民宿清洁明亮、环境优雅，设施高档齐全，家庭旅游入住更佳。如26、27号两栋别墅都设有独立的户外无边游泳池，可自由自在地亲水嬉戏，沐浴阳光。每栋民宿傍水而落，民宿背面都有一个亲水平台，开门即达户内私家水域，可闲坐品茶，欣赏湖景。大龙岛水系相通，船只可以通往每一栋别墅。

另外12栋别墅为服务用房。服务用房的名称同样用郁金香花命名。如2号酒店被命名为"蓝钻石"，蓝钻石郁金香，花瓣呈蓝紫色，营造出一种至精至雅的氛围。其中9栋为乡村风格，分别为国泰城市客厅（一楼为大丰土特产展销中心，二楼为30人小型会议室）、金色旋律接待中心、荣耀餐厅、夜皇后酒吧、白色梦幻码头服务中心、蓝眼睛垂钓中心和三个酒店（斑雅酒店、日出酒店、阿拉丁酒店）；轻奢风格的英豪酒店一栋；法式高级风格的酒店两栋（皇冠酒店和凯旋酒店）。岛上旅游服务周到贴心，如垂钓，可预约，有专车接送，有专门垂钓区域，有专人指导；再如餐饮服务，可预约上门直接服务，也可在酒店包厢为你提供优质服务。风格优雅的特色别墅群，是大龙岛度假村对外开放的窗口和眼睛，以多彩多姿的风格和精心的优质服务，笑迎天下客。

大龙岛景区还建有儿童乐园，拥有滑梯、秋千、蹦床等设施；真草坪打造而成的五人制足球场，可玩飞盘；红砖音乐广场保留加固了原机砖厂的大烟囱，这里可露宿烧烤，晚上有灯光秀、篝火晚会等娱乐活动。

大龙岛，一个环境幽雅舒适，让人心旷神怡的旅游景点！一个清静、平静、安静，让人可以闲庭信步的度假村！一座生态、大气、秀气，充满生机的美丽岛屿！

暖暖的午后，用思绪结成藤
蔓，让人们攀缘着曲折的河流，
回到心灵深处的天堂……

串场河人文景观带

建秋 摄

草堰古镇览胜

◇ 朱国平

那天梓林先生招聚，我、正宏先生之外，新添他老家草堰的两位朋友，其中一位和我毗邻而坐。朋友之友，往往多习性相近，席间，我们语多投机。聊草堰的历史，说到永宁桥和夹沟，我说虽多次到过草堰，却没有好好看过那里的夹沟和古街。邻座当即邀请：什么时候再来，到了草堰找我，街上随便遇个人问王大，都能告诉你我在哪里。我们当即加了微信。

隔了一天，真想去草堰了，便给王大发了一条消息：明天去玩。他回：欢迎！因为知道梓林先生白天走不开，我便和正宏先生联系，约好一同前往，正好顺道吃顿盛名在外的白驹早餐。

第二天，我们的白驹早餐还在进行中时，王大就来信息了：你们何时到？我已在等你们了。我把消息给正宏先生看了后，我们相视一笑。路上，正宏先生说，人家或许只是说个客气话，我们就真来了。我说王大不像那种不靠谱儿的人。如果他有事忙，我们就自己玩。我们都见过那种不靠谱儿的人，热情相邀，当真的准备赴约的时候，准东道主却日理万机，忙得无法脱身，又打招呼约下次了。

到了古镇十字街口，我正在犹豫朝哪个方向走时，王大的位置信息就发来了。按照导航，三四分钟后，我们便到了王大工厂的门前，他正在大门外等着我们。

我们随他来到办公室。这是一间约有一百平方米的多功能办公室。进得门来，右侧一溜三张当下常见的那种办公桌，最后一张是他自己的，前面两张的主人应该是他的副手或助手。左侧离墙不远，是一张可围坐十五六人的长方形会议桌。我到过不少企业，不管规模和经营情况如何，老板都有自己的豪华办公室、老板桌、高背椅，这是最基本的"面子工程"。但王大似乎不看重这些。

王大和我们聊起了他的企业的发展。二十世纪八十年代，初中毕业的他，被招进了这家集体性质的印刷厂。先做印刷工、业务员，后来因为工作表现好，业绩显著，竟从班长、车间主任，做到了副厂长。1989年，成为掌管帅印的一把手。因为企业效益好，先后有好几位村支部书记，被镇上照顾安排来这里做副厂长，拿一份工资。

1993年企业改制，公退民进。这个厂作为全县集体企业转为股份制企业的试点单位，在全县率先完成转制。经过资产评估、竞标等一系列程序，王大以近三十万元的价格买下了这个厂，持有股份99%（还有1%的股份为他爱人所有）。之所以出现这种情况，是因为当时无人肯参与竞争，亦无人愿意花钱买股。他推不掉，只得以这样的方式把原来的摊子全部收下。就这样，原来的"大丰县草堰印刷厂"，改制成了"盐城市大丰王大印刷有限公司"。在全县企业改制工作大会上，他的一边坐着县委书记，一边坐着县长。满大会堂的人，听他介绍工厂改制的做法与体会。一时风光，但后来的日子，并不好过。停了停，王大说："不说这些了，我们出去看夹沟和古街。"

从厂里出来，拐了个弯，就到了永宁桥。这桥，"文革"期间曾被拆除，后来地方政府出于保护古迹的需要，又利用老桥幸而未损的石料，在离老桥遗址一段距离的地方重新建桥。踏着斑驳的石阶，走过永宁桥，我们从夹沟西街，一路向南。夹沟正在清淤，两边都是新驳的石岸。估计用不了多久，夹沟就又会焕发青春。流水载画舫，廊道尽行人，应该为期不远，只是沿河缺了临水人家。隔着路道和河坎有一段距离处，是农庄式的新民居；河西隔着河坎和路道的房子，虽然还面河而建，但大多已是重建的。

向南走了一段，有临水而建的草堰名人墙。所谓草堰名人，并非尽如高谷、张士诚那样从草堰走出、彪炳史册、荣耀一方的乡贤，亦有和草堰有所交结或牵连的过境人物。这自有道理，只是既被视为本地名人，总要能展示出一些与之相关的东西，否则，就缺少了历史的质感和可信度。倒是袁家巷，还保留有不少原来的老房子，虽已破败，但尚可修复。这或许是古镇往后开发的重点之一了。

从夹沟西街继续南行，有一处被列为文保单位的地方，是当年粟裕工作过的新四军指挥所。最南端的洋桥（因为德国人修建，故名），也有近百年的历史。登洋桥南眺，平时不太起眼的串场河，此刻尽显开阔气势。

从夹沟东，我们沿着太平巷北行。这是一条保存较好的古街。窄窄的街道，尚存原貌的老房子、宋代义井，氤氲着淡淡的历史遗韵。

午餐被安排在新204国道边的一家颇具名气的酒店，气派不凡，设施豪华。王大特地带了买来的特级龙虾。他说，这饭店"面子"可以，但"里子"一般，下次来，挑个"里子"好的地方。喝的白酒酒香四溢，可惜我开车，客人中只能由正宏先生担纲"主饮"了。正宏先生，王老板，请来陪我们的导游——我的本家学根先生，三个人干掉一瓶。

说一下学根。我们上午一到，王大就告诉我们，他虽然家住夹沟边上，但要讲述夹沟及草堰的历史，讷于言辞，所以请了个文化比他高的人来。文化高的来了，王大介绍说学根是他小学同学。一瞧，我们却彼此面熟，原来曾一起吃过饭。学根土生土长，知识面宽。他的陪同和介绍，确实加深了我们对古镇的了解。这会儿，他们老同学喝酒。王大说，他们两个，小学同班，都是第一名。我以为同列前茅，不分伯仲。王大解释道："学根是正数第一，我是倒数第一。"学根说："你说的是事实。但小时候上学成绩好坏，真无所谓，你看你，老板做得这么好！"

我和正宏先生一直惦记着上午没聊完的话题——关注厂子后来的发展。正好接着学根的话，我问王老板："那么风光——后来怎么不好了？"

王大说，厂被买下后，印刷行业越来越不景气。他经过考察论证，决定转型生产编织袋，为当时形势较好的水泥厂提供包装配套。由于实力不够，他便和也是他的朋友的一个村里的领导商量，决定合资经营，村里提供厂房和流动资金，他提供设备和技术。各项准备就绪，即将投产之际，村里却打起了退堂鼓，说镇领导认为这个项目不合适。有约在先，中途反悔，任王大如何陈述利害关系，合资之事，终于夭折。为追回损失，他和村里打了一场马拉松式的官司，最后的结果是不了了之，二十多万投资打了水漂儿。

后来，他便进入人生中一段最灰暗的时期。一天晚上，他到厂外面小商店买烟，在身上掏来掏去，竟然只掏出三枚一元硬币。当时最低档的香烟都是五元一包。他没有买成香烟，转身走了。那一夜，他几乎没有睡着。

隔了几天，他乘汽车去了南京，找到了原来的一家合作单位，和他们洽谈，以最优惠的条件，为他们印制服装上的标签。该生产设备是一台一万元的印刷机。这钱，还是凑出来的。从1996年到1997年两年的时间里，就是这台简单的标签印刷机，帮王大度过了最困难的时期，为后来的发展打下了基础。

1997年，王大注意到了热升华转移印花技术的市场潜力。经过半年多的调查研究和准备，他几次奔赴山东，完成了和青岛一家德国企业的业务对接，为其进行产品配套。到2004年，他开始独立地把该技术运用于自己厂里的生产。他开始转运。十多年来，"王大印花工艺品厂"向财政交纳税金一千多万元。去年年底，还荣获镇上颁发的"纳税贡献奖"。现在，企业业务分了几个板块，共有员工两百余人。用他自己的话说，现在日子好过了。

饭后，王大安排我们去宾馆休息，我们辞谢作别。我的车子丢在了他的厂里，得先到厂里开车。王大的驾驶员把"路虎"开到了路边，让我们先上车。我提议再一起走走。王大便让驾驶员把车开走，我们朝着王大厂里，边走边聊。

这回聊的是他的"坐骑"。我问，草堰老板中目前最好的是什么车？王大笑笑说："不谦虚了，目前就是我这辆"。我又问："名车和普通车，开起来有什么不同？"他说："就是宽敞点，其实都一样，摆甩啊！朋友是卖汽车的，他一劝，我就买这种了。"其实，无论安全性和舒适度，名车，当是实至名归。我从他对办公室的不讲究上，猜测他图的是实惠，"摆甩"或许只是调侃。

我把车从厂里开出，左拐，北行二百余米，就驶上了新204国道。从王大厂里出来走过的这一段路，特地赶来一走都很值得。老204国道，是历史悠久、声名远播的范公堤的一段，是近三百千米范公堤得以保留的一段珍贵的历史标本。

时光荏苒，岁月留痕。我们今天未及拜访的，尚有建于明代的义阡禅寺，张士诚首义之地的北极殿，建于北宋的鸳鸯闸，建于南宋的庆丰古桥。它们，这些历史留给古镇的瑰宝，有的因重修而再放光芒，有的历经沧桑而矍铄依然。

那么王大呢？他是古镇众生之一员，是古镇老树上抽出的一根新枝。他和他的企业，是连接古镇昨天和明天的今天的故事。这，难道不是一道独特的风景吗？

盐韵古镇的流年岁月

◇ 葛顺明

　　秋日的一个下午，我踏进草堰的竹溪盐街。但见红灯笼、雕花窗、马头墙、堂前檐呈现街头，玉带巷、义井巷、文庙巷、太平巷等古老的门头被一一修复。作为建设人的我亦被当地"仿古像古、修旧如旧"的匠心之作所折服。

　　草堰被称为"盐韵古镇"，享有"露天海盐博物馆"的美誉，是一个充满传奇历史的小镇，位于江苏省盐城市大丰区的西南部。草堰历史悠久，距今已有一千八百多年历史，东汉始产盐，唐宋时趋于兴旺，宋代名臣范仲淹在此修筑海堤，拒潮汐于堤外，民获安居，耕种、产盐均受其利。元代草堰境内设有草堰、小海、丁溪三场盐课司署。这里曾盛产海盐，一度畅销海内外。小镇因盐而闻名与繁华，直至今天，我们仍可以看到那斑驳厚重的旧居古巷和流年岁月的古风盐韵。

　　行走在古镇的小巷中，心也会跟着柔软起来，顿觉那么纯净，那么空灵。此时真的感到生活是如此单纯，单纯到似乎可以任凭自己的感觉天马行空……在文物古迹中追寻古镇的风起云涌或平静舒坦，感受古镇的韵律风情，触摸古镇的沧桑印迹。

　　很难想象在快速发展的城市化进程中，还有这样一座保存如此完好的古镇。草堰是中国盐文化的发祥地之一，早在2001年江苏省政府就称草堰为"古盐运集散地保护区"。为此，当地加速了以海盐文化为内涵的历史文化保护利用，草堰古街才得以成为活着的历史，古盐文化才得以更好地传承光大，也才成为当下稀有的旅游资源。

　　草堰历史遗存丰富。古镇保护区十八万平方米，清代以前的建筑群总面积十二万平方米，现存较完整的历史街道有龙溪古街、丁溪古街、古巷道，各具特色的明代建筑、清代建筑数十处。江苏省文保单位有草堰石闸，盐城市级文保单位有钱氏卷瓦楼、粟裕指挥部等。草堰拥有省、市、区级文保单位二十三处，非物质文化遗产七个。

徜徉在古街，品味着古街。房子是古老的，生活是慢节奏的。走过小桥、流水、人家，陶醉在古镇梦乡里，它美得幽雅，美得宁静，美得安详，美得让人不忍去打扰……紧靠古盐运河的茶食铺子是草堰饮食文化的积淀。"两岸人家尽枕河"的古盐运河畔，一座集茶之道、文之气、墨之香、书之彩、乐之调、禅之韵的茶食铺子融于古桥古巷古居之中，彰显历史悠久的老草堰茶食文化。茶食铺子内设有茶食楼、茶食展示区和土特产展示区，可供游客品茗休闲，展示桃酥、麻饼、洋糖果子、麻油月饼、茶徽等二十余种茶食和豆腐花、鱼汤面、小笼包等各类特色小吃。茶楼还有专门的才艺表演，让游人和街坊在享受传统美食的同时，也能享受到传统文化的熏陶。

古镇在流年岁月中向人们诉说一段段光阴荏苒的故事，陪伴一代又一代的古镇人和外来游客。然而，古镇最能吸引我的还是元末盐民"十八条扁担起义"的故事。

元至正十三年（1353）春的一天，夜空昏暗，路上不见行人。张士诚与兄弟张士义、张士德、张士信以及壮士李伯升、潘原明、吕珍等十八人头裹一色素巾，每人扛一根扁担，又在扁担头上绑好事先从海中捞来的带鱼，在朦胧的月色下，鳞光闪闪，远远望去，恰似一支杀气腾腾的大刀队。张士诚领着众兄弟，直奔白驹场附近的草堰盐场，杀死盐警邱义和平日里跟民众作对的恶霸，为民除害。随后十八好汉又冲进当地富户家中，打开仓库，把粮食和钱财分给当地老百姓。同时，召集一批盐民，起兵反元。张士诚最后虽被朱元璋所擒，自缢而死。但他带领盐民起义，反对元朝腐朽统治的壮举具有积极的历史意义。

走进草堰踏今访古，既为传奇而来，也为寻梦而来。不知不觉，夜幕已悄然降临，欣赏着古镇无边的夜色，霓虹灯和传统灯笼之光交相辉映，如梦如幻，散发着迷人的光彩，留给我无尽的遐思，古镇似乎又在诉说着一个美丽的传说……

梦里浮沉一场空

◇ 吴瑛

古代造一座桥，得动用很多人力物力财力，七乡八野的有力出力，有钱出钱，建新桥还得祭桥。祭桥很血腥，据说第一个路过这座桥的人，木匠喊他一声，他如果应答，就成了祭桥的人。会有人随着他回家，给他棺木钱，给他衣布钱，打发他动身，差不多三天的样子，祭桥的人就会去世，从此永保一方平安。倘若有禽畜，比如一只鸡刚好路过，一锤子下去，鸡祭了桥，算是皆大欢喜。据说有个新娘路过新桥，桥下小木匠喊："新人祭新桥，新人桥上过。"迎亲的领队脸色煞白，叫苦不迭，这可是人命关天的事。新娘却不紧不慢除下手上戒指往桥下一扔："新人过新桥，拿钱买桥过。"这下轮到小木匠脸煞白了，据说后来小木匠一命呜呼了。这些传说都足够证明，大家对新桥的重视，所以新桥取名多半是：万寿、永济、安济、永宁……

草堰的这座桥叫永宁桥，明代就有了。儿子六七岁时，我带他来过一趟。桥在那时就被废弃了，看得出远久时代的石块。据说因为这座桥太老，周围人把石块搬回家做水码头。二十世纪八十年代开始保护文物，又把石块搜集过来重新修补了一番。桥的中央是很高的拱形，古代是要行船的，两边用小青砖垒起台阶。永宁桥作为桥的作用，逐渐退去，离它不远的地方，一座更宽、更长、更平坦的桥代替了它。它是那个饱经风霜的老人，佝偻着身子，静静地待在河面，沉默不语，不时地倾听来来往往的人声。年轻人都去了外地发展，桥的两边多数是老房子、老年人。一个大叔拿着一把蒜薹，坐在台阶上整理着，和我们搭着腔。一座桥，四百年历史，走过这座桥的人，一代一代到了地下，一代一代又成长起来。

江畔何人初见月？江月何年初照人？人生代代无穷已，江月年年望相似。

这座桥也是，桥永宁，人常在，一代又一代。

上次来时我三十岁出头，正是最好的年纪，这会儿半百了，无限感慨。我说，给大伙唱首歌吧。桥边高大的梧桐开着紫色的花朵，又有不知名的树绿荫如盖，我站在择蒜薹的大叔旁边，唱那首《明月夜》：

等待我的人是否还坐在窗前
带几行清泪迎接晨昏
是否还依然在门前挂一盏小灯
牵引我回到你身边
明明是一场空在梦里浮沉
不敢问当年是假是真
流水不管年华任它去
悠悠我心无处寻觅……

大叔停下手里的活儿，侧耳听。他们的青壮年时期，他们的爱情，他们的梦想，在桥上走过，遗落在桥下，无处寻觅。我们也是，匆匆过客，那些走过的爱和喜欢，都成了过去。桥比人久远，它可以屹立几百年不倒，人又比桥长久，没有桥的时候就有了人，而人还将永远繁衍，桥最终有一天会坍塌。桥面中央多了一个小庙，香火很旺。那就当一座庙吧，永保一方安宁。这让我想起了我的祖母，她生了八个孩子，一一成家立业，最后几年，跟着我妈妈还能做些轻活儿带带我儿子，再老一点儿什么也做不了了，坐门前晒太阳，有一天拉着我的手："小瑛，我不得了了，得了肺炎了。"我乐道："奶奶，肺炎小菜一碟。"可是没几天，奶奶就走了。

老和死最接近，可是新的生命又会延续，就像永宁桥旁边的新桥，等新桥破落了，又有新桥诞生。而我，也会有自己的孙辈，孙孙辈，那时还会来这座桥看看，再给老桥唱歌，不枉我们相遇、相见、相知、相识一场。

王姑墓

◇ 卢 群

　　落英缤纷中，一声啼哭在农家小院响起，拂去了父母脸上的乌云。

　　大哥找来一串鞭炮，挂在树上燃放起来。腾飞的烟花，伴随着震落的枝叶，纷纷扬扬铺满小院。大哥灵光一闪："小妹就叫英子吧。"

　　"英子，英子。"父亲抱着女儿亲了又亲，母亲的喜泪流了又流，哥哥们高兴得嘿嘿直笑。穷人家的爱，简单又直白。

　　百般宠爱中，英子到了读书的年龄。隔壁私塾里的琅琅书声，"吵"得英子魂不守舍。可读书于英子来说，隔着千山万水，是不可想象的，因为英子是盐丁的女儿。"白头灶户低草房，六月煎盐烈火旁。"盐丁的苦，即便倾尽黄海之水，也是写不完的。

　　读书不成就习武吧。那时，英子的几位哥哥，恋上了剑戟刀枪。英子也抱起一根木棍，兴致勃勃地钻进哥哥们的行列。母亲吓得大叫："快回来，女孩子哪有舞刀弄棍的？"

　　大哥说："让她练吧，妹妹这么好看，会点功夫可以防身。"

　　四个哥哥中，大哥最疼英子。英子的要求，只要力所能及，无不一一满足。见妹妹喜爱上刀枪，大哥立马去了趟铁匠铺，为妹妹量身定制了一套"行头"。从此，英子的飒爽英姿，成了草堰场最美的一道风景。

　　十二岁那年，刘进走进了英子的生活。大哥说："小妹，刘进是我的结拜兄弟，他是个文化人，可以教你读书识字。"

　　英子开心极了，读书可是她做梦都想的事情哩。

　　刘进家境好，父亲做大买卖，家里有房子有地，因歹人陷害，一夜变成赤贫，无依无靠的他，投奔了英子的大哥。大哥乐于助人，在盐民中享有很高的威信。他听说英子想学文化，忙翻出自己念过的书本，一字一句教起来。于是两人的恋情，便在陶渊明的"悠然见南山"里，在李清照的"一种相思，两处闲愁"中，慢慢地滋长起来。

大哥与父母商量："咱就一个妹妹，婚礼必须隆重，所有开销，我想办法。"英子连忙阻拦。大哥的所谓办法，无非是偷运私盐。几个哥哥的结婚费用，都是这般来的。可偷运私盐，是脑袋提在手上的事情啊，怎么能让大哥再冒风险？

可大哥还是去了。大哥拍着英子的肩膀说："放心吧小妹，大哥这一身肉疙瘩，不是谁想拿就能拿去的！"

然而，英子担心的事还是出现了。那日，大哥的货船刚刚离开码头，就被官差邱义逮个正着。大哥忙递上一个小包："邱大人，一点儿小意思。"

邱义将包裹打开数了数，见只有区区十几粒碎银，脸色顿时阴沉下来："大胆刁民，竟敢夹带私盐，来人……"

新仇旧恨瞬间爆发，大哥骂道："邱义，你这头喂不饱的狼，老子早想修理你了！"一拳飞出，出了人命。这就是死罪了，不上梁山又能如何？于是一场啸聚水乡、威震淮南的十八好汉揭竿起义，就此拉开序幕。

打仗亲兄弟，上阵父子兵。起义军中，英子的几个哥哥，是当然的急先锋。英子坐不住了，毫不犹豫紧跟上去。杀富济贫，开仓放粮，盐民们的壮举，极大地鼓舞了当地百姓。只一个月时间，大哥领导的盐民起义军就壮大到万余人了。

恶霸刘子仁的庄园，是块难啃的骨头，起义军攻打了几次，都无功而返。英子听说刘子仁正是祸害刘进父母的元凶，连忙找到刘进说："哥，你父母的仇，我帮你报！"

随即，英子又对大哥说："大哥，刘贼装备精良，须智取才行，让我去吧。"言罢不顾大哥阻拦，执意装扮成渔婆，混进了戒备森严的刘府。在英子的里应外合下，刘府终于被攻破了。这次战斗，英子身负重伤，是暗中保护她的刘进，舍命将她救出来的。

战斗结束后，刘进将英子护送回草堰，安顿在北极殿养伤。因为部队要进攻高邮，两个人不得不挥泪惜别。看着心上人一步三回头地离开，英子难受极了，暗暗在心里发誓："山无棱，天地合，才敢与君绝！"

此后的每一天，英子都早早来到窗前，极目眺望远方的亲人，思念的泪水，沿着窗台蜿蜒而下，久而久之，竟长出两行青绿。大哥知道后，立刻派出信使，搭起通信的桥梁，攻克泰州，拿下苏州，好消息一个接着一个。当然，还有一个人也是每次必报的内容，他就是刘进。英子的脸火辣辣的，前方在浴血奋战，自己却儿女情长，多不好意思。可一觉醒来，心心念念的，依然是刘郎。

这天，英子一早心就慌慌的，做什么事都提不起神。望穿秋水中，信使终于出现了。大哥的宏伟大业，自然是英子关注的重点。可是今天，英子只想知道刘进哥哥怎么样了。信使却一反常态，报完了战果竟拔腿走人。英子一把拉住了他："刘进呢，刘进怎么样？"信使实在瞒不下去了，只好哽咽着说："刘将军他，他……"

英子的天空，瞬间坍塌。

"可怜无定河边骨，犹是深闺梦里人。"醒来后，英子不吃也不喝，一任双泪默默长流。大哥抱着英子痛哭失声："小妹啊小妹，你怎么这么倔？哥已当上吴王，咱们的好日子就要到了。"英子惨然一笑："我的命是刘郎抢出来的，刘郎既已不在，我活着还有何意义？"

英子被埋葬于草堰场北闸口，那是刘郎出征起航的地方。墓碑上，"王姑墓"三个字熠熠闪光，那是大哥成了吴王后对英子的追赏。这大哥就是张士诚，小妹就是张士英。

丁溪的玉石神龟

◇ 仓显

徜徉在丁溪古镇（丁溪在历史上一直是镇，近年来撤县并乡后才变为村）的青砖小街上，仿佛走进了历史长廊。那一百零八口古井使你眼花缭乱，三十六座寺庙遗址使你目不暇接；那过街楼的断垣残壁，会引起你无穷的遐想；玉带河的红花翠柳，更会使你流连忘返；在宋代建筑庆丰古桥上拍一帧玉照，将给你留下永恒的纪念。

有人说，庆丰古桥历八百年沧桑，雄姿不减，与其侧的精灵之物——玉石神龟有着密切的关系。

关于玉石神龟，丁溪一带流传着一个美丽传说。

说的是，明代景泰年间内阁重臣高谷，永乐十三年（1415）进士，累官为少保东阁大学士、谨身殿大学士之职。而他故居丁溪头灶，其家有良田百亩，牛羊成群，是丁溪的大户。但在高谷做了京官之后，就有人说，堂堂的官宦之家怎么能长期居住在东夷渔村呢？应该搬到城里去。那时东台、大丰的城镇还未兴起，到处是茫茫海滩，要就近"农转非"，只有去兴化县城了。

于是，高家就变卖田产，携带细软之物举家搬迁。其时，高家有两个石龟，乃是精灵之物、镇家之宝。据说，早在远古时代二龟随大禹治水，探测水路，遍行九州，历时十三年，大功告成，二龟受命在丁溪镇守海口。数千年的沧桑岁月，二龟收天地之瑞气，吸日月之光华，灵气益发成熟，每年除夕子夜时分，二龟驾云详察人间善恶，遍播幸福良种，成为保佑一方之神灵。

在高家乔迁之际，二龟驾起祥云，自东南丁溪头灶缓缓向西北兴化县城方向飞翔。飞到丁溪上空，正是四更天。一般人都还在甜蜜的梦乡，可是勤劳的丁溪人，特别是妇女有早起习惯，每天天不亮就起身或处理家务，或为丈夫收拾渔具，准备晒盐的家什等。二龟飞临时，恰巧渔民刘柱的媳妇去倒马桶，她看见飞行的石龟满身霞光，瑞气千条，大惑不解，就用刷马桶的把子朝天一指，大喊："刘柱，刘柱，你看这是什么？"刷马桶的把子乃污秽之物，石龟被它一指，顿时失去灵性。同时，她大喊"刘柱（留住）、刘柱（留住）"，二龟便从云霄中跌落下来。大凡世间，都是一物降一物：将军忌地名，《三国演义》中刘备军师凤雏先生，深谋韬略，但他无法逃过"落凤坡"的诅咒；神龟犯人名，刘柱者，留住也，二龟能不跌入尘世吗？

二龟跌落丁溪之后，高谷也由京官贬谪故里。其时乡人纷纷传说，糕（高）在灶上，越蒸越高，高家自然官运亨通；兴化乃水乡泽国，糕（高）入水中岂有不溶化之理。这两个石龟乃是高家的精灵，犹如《红楼梦》中的"通灵宝玉"一般，它是高家的命根子，高家失去这两个精灵的护佑，家道自然衰败了。

这只是民间的传说而已。

再说，二龟在丁溪安家落户，转眼就是二三百年。直到明末清初时期，南京栖霞山一名叫碧空的游方道人云游丁溪时，听说石龟来历后，便每天子夜都来观察这对石龟。结果连续观察了七七四十九天，做出了令人惊奇的结论：这对石龟，外面是一层石壳，石壳厚一寸八分，石壳之内乃是碧玉。从此之后，丁溪把这对石龟称之为"玉石神龟"。

其时，丁溪河西有一财主，宗姓。宗财主获悉玉石神龟的秘密之后，用重金买通里长，想把神龟拉回家中。他使两头公牛驾起牛车，结果拉断了四根麻绳，神龟岿然不动；第二次驾起四头公牛结果拉断了八根麻绳；第三次驾起了八头公牛，结果拉断了十六根麻绳。玉石神龟仿佛一座大山，寸步不移。

可是，宗财主并不死心，一计不成，又生一计。既然玉石神龟无法拉动，何不雇些石匠，把龟凿成一块一块的拿回家。于是他雇用了二十四个石匠，轮流地凿，凿去一层表皮之后，显露出来的果然是青光闪烁的碧玉，宗财主喜出望外，催促工匠们快凿。

然而，明明是碧玉，凿下之后立即变成石头，再凿一块，又变成了石头，天意不可违。宗财主这时也像泄了气的皮球，再也鼓不起劲来。所以，现在庆丰桥侧"玉石神龟"似龟非龟的外形，就是当年宗财主使人砍凿所致。

　　传说丁溪玉石神龟还有灵性，如果去观赏玉石神龟，你一定要摸摸它的头。因为人们都说："摸摸丁溪神龟头，归来万事不用愁。"

串场河草堰段内有"四多"

◇朱子丰

串场河是盐城的母亲河，相传北宋时为贯穿沿海各盐场而辟，亦称串场盐河。其在大丰境内的这段，南从草堰丁溪流入，北至龙堤出境，长约42.5千米。由于历史悠久，商贸繁华，文化遗存甚多，如草堰境内遍布古闸、古桥、古井、古迹。

古闸多。为了排泄里下河的洪水，历代政府在河堤（串场河东）各海口兴建了许多挡潮排洪闸，草堰境内历史上就有丁溪闸、小海正闸、小海越闸、草堰正闸、草堰越闸等。其中丁溪闸建于明万历十一年（1583），两孔，重修于清康熙三十一年（1692）。清乾隆十二年（1747），改建5孔4矶心，计石11层高，深1.44丈，孔宽1.6丈，矶心各宽1.25丈，5孔用10槽相对启闭，东御海潮，西、南泄相连之河水，入丁溪灶河归海，引河长度90千米。1958年重建，改为4孔闸。

小海正闸（草堰南闸），建于明万历十九年（1591），清雍正七年（1729）改建，闸高深1.44丈，孔心宽1.2丈，孔宽1.6丈，用板4槽，相对启闭，东御海潮，西泄相连之河水，经小海灶河入王港河口归海，引河长度75千米。1958年重修。草堰正闸，建于明万历十九年（1591），清雍正七年（1729）改建，2孔1矶心，计石14层，高深1.47丈，孔宽1.6丈，矶心各宽1.25丈，用板4槽，相对启闭，东御海潮，西泄相连之河水，经北新河入斗龙港归海，引河长度105千米，1963年拆除。

古桥多。仅草堰境内沿串场河边就有永宁桥、庆丰桥、北关桥，还有好几座无名桥。其中庆丰、永宁两座古桥久负盛名。草堰镇内迄今保存完好的庆丰桥（又名丁溪桥、广丰桥），位于丁溪村西侧，东西向，跨丁溪夹沟河，长25

米，宽7米，为砖石结构单曲拱桥。初建于宋淳熙年间（1174—1189），清道光十六年（1836）重修，距今已有800多年历史。桥西两边有砖石结构扶栏，两边扶栏正中各有"古庆丰桥"四个石刻大字，另有长65厘米、高43.5厘米的石刻碑文，为庆丰桥碑志。

另一座古桥为草堰古街上的永宁桥（又名新颜桥、草堰桥），长7米，宽5米，建于明万历三十六年（1608），义民邵子正募建。1977年因街道拓宽拆除重建（现为混凝土梁式大桥），更名为新颜桥，由于其在草堰集镇内，亦称草堰桥。

古井多。古时，草堰集镇（含丁溪小街）水井颇多（共有108口），后因战乱、拆建等原因，尚存60口。其中双凤井、义井等较有名气。双凤井（又称通圣泉、便民泉），原址位于丁溪庆丰桥东三贤祠左，东西两井相距仅数米远，后毁于民房建筑。草堰街内义井（又称公用井），位于原玉虚观前（今草堰小学西院墙边），建于明万历年间（1573—1620），保存一直完好，二十世纪八十年代仍为周边群众提供生活用水。草堰的古井水清纯可口，甘甜解渴，1940年10月，新四军北上与八路军会师途中，草堰居民曾争先恐后地挑取井水慰劳子弟兵，这军民鱼水之情在当地及新四军二纵六团等一时传为佳话。

古迹多。草堰有不少历史文化遗迹，除前述之古闸、古桥、古井外，尚有几处古迹，如朱恕墓、王姑墓、北极殿遗址等。其中朱恕墓位于草堰新街口东150米处，金水门公园内南侧，占地约100平方米，封土已夷平。朱恕又名朱光信，为明代著名的王艮哲学派的重要成员之一。王姑墓，位于草堰中学西侧，是吴王张士诚妹妹之墓，占地600多平方米，1960年曾挖到墓穴石封，后复封闭，至今未开，原有封土现已夷平。北极殿遗址，位于草堰塑料厂、橡胶厂之间，为元末盐民起义领袖张士诚起义时聚会议事之处，后毁于抗日战争期间（后又在原址附近建二层楼殿）。

串场河承载着盐阜大地丰富的历史文化，其在大丰草堰段内所串联起来的大批不可移动的文物，后人应当好好保存利用，充分发挥它们在新时代的独特作用。

岁月含情，初心不变

◇ 曹玲玲

> 惊鸿，一眼千年。我愿化身庆丰桥，受五百年风吹，五百年日晒，五百年雨打，但求七彩从桥上走过……
>
> ——楔子

草堰镇的北极殿旁，有个俊朗的男子，名叫庆丰，出身富贵的盐商人家，博古通今。到了婚娶的年龄，他却没有中意的女子。

有一天，庆丰去庙会散心，在万头攒动的人群中，见到了七彩姑娘。七彩姑娘淡眉如秋水，玉肌伴轻风。那一刻，他清晰地听见了自己的心跳。

庆丰对七彩一见倾心，确定她就是自己唯一的爱。然而，人潮拥挤，庆丰无法靠近七彩，最后眼睁睁地看着心上人消失在人群中。之后，庆丰四处寻找七彩，但七彩却像是人间蒸发一样，再也没有出现过。落寞的他，每日晨昏到北极殿对着天尊祈祷，希望再见那个姑娘。没有人可以拒绝美好，也没有人可以拒绝心动，更没有人可以拒绝那颗萌动的心。他的至诚，感动了真武大帝，于是现身遂其所愿。

天尊问："你想再看到那个姑娘吗？"

"是的，哪怕再见一眼也行！"

"若要你放弃现有的一切，包括家人和财富呢？"

"我愿放弃！"

"你必须修炼五百年，才能见她一面，你能做到吗？"

"我一定能！"

于是庆丰变成一块青石，躺在荒郊野外，四百九十九年的风吹雨打日晒，庆丰都不以为苦，难受的却是这四百多年都没看到她。最后一年，一个工匠来了，相中了他，把他凿成一块条石，运进草堰镇。原来，草堰镇丁溪村正在建造石桥，由宋淳熙年间（1174—1189）杨大成倡议捐资独修。于是，庆丰变成了石桥的护栏。就在他成为护栏的第一天，看见了那个等了五百年的姑娘！她盈盈浅笑，步履翩然，很快地走过石桥。当然，女孩不会发觉庆丰正目不转睛地望着她。女孩又一次消失了。

天尊音："满意了吗？"

"不！为什么我是桥的护栏？如果我被铺在桥的正中，就能感受到她从我身上经过了！"

"想让她从你身上过？那你还得修炼六百年！"

"我愿意！"

"风吹雨打日晒，你不后悔？"

"绝不后悔！"

因连年大水，桥基淹没，桥有点儿破损了。道光十六年（1836），衿士耆老请堰上袁可亭先生倡议重建石桥，庆丰变成了桥面，每天都有很多人从他身上踩过。庆丰每天观望，但这更难受，因为无数次希望却换来了无数次的失望。日子一天天过去，庆丰的心逐渐平静了，他开始爱上这里的人们了，他知道，七彩一定会出现的。

六百年啊，最后一天，她终于来了！穿着他最喜欢的青色长裙，手如柔荑，肤如凝脂，颈如蝤蛴，齿如瓠犀，蝤首蛾眉，巧笑倩兮，美目盼兮。庆丰激动地等待着她从自己身上踩过。这一次，他真切地感受到了她的一切，纤纤作细步，精妙世无双。但是，庆丰无法向七彩倾诉这千年的相思。当女孩逐渐消失的那一刻，天尊又出现了。

"还想再见她吗？"

庆丰平静地说："很想，但是不必了。"

"哦？"

"这样已经很好了，爱她，并不一定要让她知道。我在草堰镇丁溪村已经有一千多年了，我想继续留在这里，守护这里勤劳善良的人们。"

天尊说："你会变成整座庆丰桥，女孩每一世都会从桥上经过。此后的人们会修葺你，好好守护这里吧！百年之后，七彩姑娘会化身七彩花田，你和她永世对望，望你初心不变。"

后记：庆丰桥位于江苏省盐城市大丰区草堰镇丁溪村，东西朝向，横跨丁溪夹河，沟通东西小街。砖石混砌，一孔。拱石无铰，桥长31.8米，坡底宽5米，桥中宽4.1米，桥面到天盘石3.3米，金门6.3米，拱门两边260厘米×29厘米黄麻石刻对联。朝南石刻阴文上联"丁像水形玉带千寻环海甸"，下联为"溪涌虹影金鳌百尺架云衢"，朝北拱门两边为石刻阳文"路接东亭砥柱双擎临凤井，水通北堰文澜一曲赴龙门"，龙门石上刻有"古庆丰桥"的匾额。

一蓑烟雨永宁桥

◇ 朱国平

　　串场河和范公堤像是老式婚姻的标本，它们既磕磕碰碰，又不离不弃。这不，走着走着，串场河便丢下范公堤，向西绕一个或深或浅的弯，走一段后，又回到范公堤身边，继续前行。由此形成的这种以河作弓、以路为弦的地段，形成了许多千年小镇，仅在大丰境内就有三处。草堰，是其中之一。

　　草堰和我知道的其他几个古镇一样，都有一条与范公堤平行的夹沟，两端都连着串场河。时光流逝带来的变迁与冷落，并不能完全湮没在悠久岁月中，我们仍能看到沿河人家相挨，酒肆茶坊等各种店面应有尽有的繁华旧迹。位于草堰老街夹沟中段的永宁桥，便是古镇旧日繁华的历史见证。

　　永宁桥建于明万历三十六年（1608）。估计所有街市的兴起都一样，先有河，后有沿河人家，再有居民的不断集中，最后商贾云集，市镇渐成。草堰古镇形成之初相当长一段时间内，夹沟中段并无桥梁，只有南北端各有一座窄窄的木桥，提供两岸交通。冬季里，河水冰封，常有人踏冰而过；夏日里，有些人图方便，蹚水而过的，也大有人在。据传，曾有一个十五六岁的少年，涉水到对岸玩耍，不慎淹死。

　　这一年，住在河东岸义阡禅寺旁的一个老太太，在家里和一位来串门的邻居唠嗑时，突然昏厥倒地。好在邻居沉着，按其人中，老太太很快醒来。但从此精神萎靡，卧床不起。老太太在泰州做生意的儿子得信后匆匆赶回。正巧，有一位路过此地的"仙家"来义阡禅寺敬香，老太太的儿子求其为母亲治病。"仙家"为老太太在义阡禅寺求得一碗"仙方"，对老太太的儿子说，喝下去，包好，但要及时"了愿"。问如何"了愿"，仙家在纸上写出一个"桥"字，便扬长而去。

喝了"仙方"，老太太的病果然好了。但对如何"了愿"，儿子苦思冥想，仍不得要领。一日，儿子上街经过夹沟边，顿然开悟。回家后，儿子辞别母亲，去了泰州，变卖了店铺及所有家当。回到草堰，儿子便用这笔钱在夹沟的中段，修建石桥，但桥建到中途，钱已用完。他正一筹莫展之时，镇上居民纷纷解囊赞助，终于将桥建成。后来，那位老太太——这位孝子的母亲，活了103岁。当地居民为表彰老太太儿子的造桥之功，要以老太太儿子的名字作为桥名——老太太的儿子叫邵子正，这座桥便叫作子正桥。邵子正坚决不允，他说：承蒙乡亲美意，但在下无德无能，恐被折煞，不如以永宁名之，以期一方平安。于是，这桥便被叫作永宁桥了。

后来，在太平天国时期和二十世纪四十年代，这座桥两遇战火，几近倾颓，幸得乡民两次襄助而得以修复。

二十世纪七十年代初，一个下着小雨的秋日，我来到草堰，随朋友一起登上这座古老的石桥。那时，已有了另辟的东西向的新街。我登桥远眺，可见白墙灰瓦、青砖小道，夹沟绿波荡漾，有船穿行其中，有浆洗者在码头忙碌。细雨蒙蒙中，还真感受到来自历史深处的心灵撩拨。

这一次再来，历史又走过了四十余年。永宁桥还在，但它已经挪了位置。夹沟大部分地段已经干涸，沿街的老屋，有些关门落锁，有些门庭大开，空落落的，还有一些已经被挂上了当地市、区政府颁发的文物保护单位的牌子。永宁桥在1978年被拆掉，原址上新建了一座便于汽车通行的水泥桥。所幸的是，当地政府听取民众意见，于1987年收集原来拆下的石料，在原址附近，又按原貌将永宁桥重新建起。粗一看，和原来的还真没有什么两样。

也巧了，还是秋天，来的时候，还只是多云。当我再次登上永宁桥的时候，竟然也飘起了雨丝，而且渐渐下大。离开时，我又一次细看桥东端一侧的桥联：

路接东亭，日康日庄占利济

桥成北堰，乃文乃武际风云

这是古人对未来的寄怀与祝福。对古人，我们是未来；对未来，我们终是古人。所以，如何承前启后、不辱先祖、不负后代，这，该是我们经常思考的问题。

心里梦里

◇ 吴瑛

我想先说重逢。我在十九岁那年，每天跑到邻居家玩，他们家有个收录机，里面能放张强演唱的歌曲《烛光里的妈妈》，初听有被击中的感觉，听了几遍之后就会了。回到师范学校，欢迎晚会上直接高歌一曲，艳惊四座。有个同学每天跟在我后面学唱。毕业后我虽然教过唱歌，这首歌却再没有唱过，难度大，且容易神伤。后来自己有了音响之后，也没和过伴奏。前天偶然碰到按钮，是这首歌，青春的记忆一下子回来了，那段天真无邪的时光，那段年少轻狂的岁月，那场无忧无虑的宣泄，三十多年没唱过，再唱居然一个字不错。一首歌我重复了一小时，快到家时，脚撑在花池边上，录了两遍，心情无法平息。那不是歌，那是知己，那是老友，那是丢在长长岁月里的自己，是一把藏在鞘里的剑，只要拔起，寒光依旧。

看过这段文字，你应该能读懂我以下的文字了。

车子把我们带到一个破旧的院子里，是竹溪碑廊。第一次见，说实话，不震撼，没人带，自己根本摸不到这里。

可是，当你用手抚摸上去时，感觉就像我在半百之后重唱那首《烛光里的妈妈》一样。西安碑林去过三趟，第一趟先生真用手逐个抚摸过去。第二次去时，儿子已经学书法了，父子俩在每一块碑前交谈。想抚摸已经不方便了，名帖都被玻璃保护了起来。儿子刚刚学到点精髓，在碑林门口买了大批拓片，还带了两幅《兰亭序》拓片给他的小伙伴。

我那时还没学书法，在里面转得乏味，我们在字帖上看到的眉清目秀的曹全碑，两个感觉，碑上字小，蚕头雁尾也不很明显。我认为碑和真正的帖之间差距还是很大的。

竹溪碑廊在大丰草堰老文化站里，文化站废弃了，小院十来平方米的样子，碑廊很小，藏碑也少，可是已经很难得了。大丰靠盐缴纳赋税，晒盐产盐大抵相当于种田。草堰是当时非常重要的盐运集散地，所以这里还保存着诸如碑廊这样重要的文物。

碑不是很多，可以辨认的更不多。向导在解释着每块碑石的背景。这种碑石在当年实用价值更大一点儿。古代用碑石记载大事，可随日月同辉。

儿子的老师李一先生，爱写山，硕大无朋的山石上，先写上字，再由石刻师傅刻出来，再涂上红色，工程巨大惊心动魄。

碑廊里，得以保存的多半是墓志铭、地方志等，实用性很强，没有很出名的名家写的，王羲之、苏东坡、智永那些人跑不到我们这种小地方来。但碑石上写字，初衷就是流芳百世，所以，请的一定是当地的名流，或者大师。我发现了一个极好的办法，拿着手机拍下来，反而清晰很多。人多，时间短，浅拍了几张，虽然不是大家写的，但都很精致，极规范，也很好辨认。

一边的小宝塔上文字应该是后来写的，风吹日晒，手一摸，尘土飞扬，上面的字几乎没了。看来石头要坚强很多。

抖音上有人骂我们，拍了一片油油的荷兰花海绿，问我们，花呢？说好的花海呢？我回复，这不科学，花海不可能一年四季花都开，花也不可能一辈子绽放如春。花开花落总是诗，我们爱花开更要爱繁华落尽的悲凉。

好比这片碑廊，颓败，破旧，寂静，却不屈，不迎合，不叫嚷，可以来，可以去，可以歌，可以诉，碑廊无声。有紫藤悄悄爬到最高处，挥舞着紫色小花，为碑廊摇旗呐喊。碑廊宽容地看着紫藤肆意地喧哗，看着她眼前的游人，换了一茬，又一茬。

雨很大，我想了想，还是骑车吧，唱起了《心里梦里》："心里，我问自己，是否能忘记你，梦里再见到你，我告诉自己，不能没有你……"我早晨五点起来写字，被一股神秘的力量牵着，不肯停步。

把竹溪碑廊和西安碑林对比着写，是不是有点儿不自量力？不不不，苔花如米小，也学牡丹开。

　　对了，把碑廊搬到花海，估计游客就不会骂了吧，毕竟你来与不来，我都在等你，等你和我去看刀飞凿舞。五百年一瞬，碑石却鲜活，既然两情相悦，为何不能见面？既然朝夕想念，为何你避而不见？我许石碑一场相恋，以后会常来看它。

古镇踏歌行

◇ 徐友权

盛夏，在古镇白驹的老街上边走边听著名歌唱家阎维文演唱的《古镇白驹是我家》，乡愁似清风扑面而来，把我的思绪拉得很长很长。

歌声里，我在泛黄的史书中寻找白驹的名字。追溯往昔的日子，白驹曾热闹繁华，富甲一方。宋朝以来，这里以产盐闻名全国，元朝在此设白驹场专管盐务，曾有过商铺云集、舟车络绎的盛况。串场河和范公堤穿镇而过，使它成为水陆交通的要冲，经济文化发展的枢纽。

元朝末年，石破天惊，这里出了一文一武两大人物：一个是啸聚水乡、威震江淮的农民起义领袖张士诚；一个是不朽名著《水浒传》的作者施耐庵。明朝这里又爆发了以陈平夫为首领的轰动全国的抗倭战争。这是块英雄的土地，也是人文荟萃的地方，正如《大丰县志》所云"外人羡作桃花源，万钱争租一间屋"。

宋朝宰相范仲淹为白驹关帝庙写过碑记，《镜花缘》的作者李汝珍，《桃花扇》的作者孔尚任，《夜雨秋灯录》的作者宣瘦梅，扬州八怪之首的郑板桥，以及吴嘉纪、陈翼等都曾在此流连忘返，留下了珍贵的诗文书画。孔尚任在他的《夜宿白驹场》中写道："海雾暮皆连，海风春更急。维舟在白驹，聊以永今昔。"

1940年10月，陈毅和黄克诚、粟裕等老一辈革命家率领的新四军和八路军在白驹狮子口胜利会师。为此，陈毅写下了"十年征战几人回，又见同侪并马归。江淮河汉今谁属？红旗十月满天飞"的壮丽诗篇。

歌声里，我在中华水浒园的城楼上眺望。城脚下便是当年北宝寺遗址。这是一座正宗禅林，始建于宋朝，毁于1938年日本侵略者战火。寺院坐落在串场河、三十里河的交汇处，三面环水，景色宜人。山门前有高大的八字照壁，雕花磨砖，十分壮观。不知从何年起，方丈开始请一些先生来此坐馆教书，让贫寒人家的孩子有了识字习文的去处。施耐庵、郑板桥等都曾在此坐馆教书。

那座临串场河而建的深宅大院，是坐落于花家垛上的施耐庵纪念馆和施耐庵书院。门前先生高大肃穆的雕像，似乎在寻找隐身于水泊芦丛中的梁山好汉。这个迷离水域中的小土岛，方圆近三十亩，四面环水。风起处，芦笛响，偶有一两只白色的水鸟掠过水面，悠悠然一派水泊梁山的意境。相传当年花家垛上住着一位艄公花老爹，他为人豪爽健谈，常绘声绘色地给人们讲述宋江等三十六人被逼上梁山的故事。施耐庵先生对他很敬重，每每过河常与其攀谈，还请他摇着小船，同去港汊深处察看"纵横河港一千条，四方周围八百里"的水域地形，为创作《水浒传》体验生活。

歌声里，我在水浒街徜徉。快活林客栈、水浒烧饼铺等店铺一字排开，仿佛穿越回了宋朝。透过老街曲里拐弯儿的小巷，只见青砖灰瓦的屋面上爬满绿油油的丝瓜藤，墙壁上的苔藓和屋顶上的瓦楞草，让沧桑的老宅有了无限生机。

当年郑板桥在北宝寺坐馆教书时常来小巷里串门，和街坊们成了朋友。常一起喝酒品茶，吟诗作对，他一生中许多诗词书画都和白驹有关，比如大家耳熟能详的"白菜青盐糙米饭，瓦壶天水菊花茶""老屋挂藤连豆架，破瓢舀水带鲦鱼"等。他为白驹浴室题写下了"兰玉池"匾额，并配了对联"涤浣尘襟兰可佩，熏蒸和气玉为仪"。这副对联巧妙地将浴室的名头"兰玉"二字嵌于其中，字词俱佳，对仗工整。

歌声里，我在寻找演唱大戏的关帝庙。小巷里传来一声抑扬顿挫的京剧韵白，拉开了关帝庙大戏的时空帷幕。曾经的关帝庙巍峨壮美，庙内的古银杏树，五个人才能合抱树身。庙后的画齿塘清澈见底，文昌宫、凤凰桥相映生辉。山门后是一座凌空而立的戏楼，青砖灰瓦，雕梁画栋。戏楼两侧有一副抱柱楹联："庙镇白驹瞻圣象无双礼拜千秋逢竹醉，楼非黄鹂听众音迭奏依稀五月落梅花。"每年的农历五月十三是关公诞辰日，镇上的行会都要请京剧戏班演戏祭神。庙会大戏能吸引方圆百里的老百姓前来观看，盛况空前。

　　歌声里，我看到了古镇旅游观光者摩肩接踵的场景。台湾地区著名影视制作人凌峰和著名导演夏振亚，先后带着摄制组来这里拍摄，把白驹的风光摄入了《八千里路云和月》《话说苏北大平原》两部纪录片。原国家邮电部曾三次在这里发行《水浒传》特种纪念邮票。中央电视台拍摄的纪录片《施耐庵与白驹》，在该台《走遍中国》栏目中对全球播放。

　　"明宋遗迹随处见，一眼望去尽入画。我的朋友您常常来，古镇白驹是我家……"古镇踏歌行，声声入心扉。这歌声穿过斑驳的花墙，在幽深的小巷里久久回响。

水浒传奇白驹场

◇ 范申

　　遥远的从前，一匹白色的小马驹，驾着五色的祥云，嘶鸣着降临在水草丰美的串场河畔。从此，这里便诞生了一座盐运小镇——白驹。悠悠的串场河以水的柔情挽住小小的古镇，一挽便是上千年；芬芳的白驹以本性的厚重拥住清亮的串场河，这一拥也是上千年。古镇风光秀美，老街古巷有说不尽的水乡韵味；古镇地灵人杰，几多传奇演绎了几多风华故事。

　　公元1353年，在白驹古镇的南首界牌头发生了一件石破天惊的大事，一个叫张士诚的盐民在一座破庙里揭竿而起，十八条盐民的扁担演绎了一段风风火火的硝烟故事，张士诚继而在苏州称了王。其间，白驹一位当朝进士施耐庵在追随张士诚后，因谋事不合弃军而去，一路辗转后又回到了白驹场，在花家垛上设馆教徒、著书立说。冬去春来、寒来暑往，那些寻常的日子里，施耐庵或驻足思索，或探访市民，一个个的民间故事被先生仔细揣摩，那些生动传神的乡间俚语也被先生一一记在心里，谈笑交流之间，先生替天行道、革故鼎新思想在酝酿升华，先生虽身在河网之中的白驹小镇，然胸中有丘壑，腕底起云烟，一代文学巨匠最终也在这里成就了中国古代四大名著之一的《水浒传》。

　　如今的中华水浒园就建立在当年施耐庵读书写作之地——花家垛。花家垛环垛皆水，水让人宁静和安逸，中华水浒园的确是一处可以安放心灵的地方。这里的亭台楼榭有徽派的黑白和古意，这里的花木园林有江南的灵秀和风情，你即使不写诗，把自己放逐在这儿的水里，你就成了一尾自由快活的游鱼，尽可享受这里的恬淡自然气息。

　　春天的时候，串场河的河水已经苏醒滋润了起来，轻拂的杨柳最先舞起了春天的诗行，和煦的春风吹满了垛上河下。炎炎夏季到来了，园区绿树浓荫，鸟雀啁啾，此时的中华水浒园恰似一叶漂浮于水面的巨大绿荷，浸满了浓浓的清凉，人在园内不觉暑气全消，神清气爽。秋水无痕，秋叶斑斓，当水浒园内的古银杏染起了金黄，当银色的芦花如支支点亮空际的火炬，中华水浒园的秋天又成了一幅最美古镇图画。雪是洁白的天使，初冬的第一朵雪花悄然地飘落在了花家垛上，水泊桥边那棵粗大挺直的雪松已经等待它许久了。雪落青松，青松屹立，每一根松针都透出倔强的表情，中华大地上永远铸就着不屈不挠的意志和精神。

六百多年前的那些日子里，踌躇满志、心怀天下的施耐庵先生的目光总是凝望着漾动着清清柔波的串场河，先生的脚步总是徘徊在草木葱茏的花家垛河岸。"落尽丹枫，莽莽长江烟水空。别情一种，江郎作赋赋难工，柳丝不为系萍踪。"那个月明星稀的秋夜，施耐庵与好友鲁渊、刘亮三人在花家垛秉烛把酒，留下了《秋江送别》这脍炙人口的词曲，他的心中总是难掩那份壮志未酬的豪情。流水不舍，岁月留痕。施耐庵发愤著书，中国古典文学名著《水浒传》最终就在白驹这个千年的古镇诞生。

战火已经远去，白驹更是繁华，中华水浒园所在的花家垛一如从前的幽静与安然。漫步景区青砖小径，这里有修竹婆娑之影，有玉兰清雅之象，更有老桂馥郁之香，还有蜡梅傲雪之景……你可执一管洞箫或抚起一架古琴，让箫音与琴声伴着茫茫烟波在垛上浮游，撒落一地落花般的沉思与冥想。这里，远离小镇街区的喧嚣，自然拢合着一缕清虚之气，让人心无旁骛、物我相忘，这里更是一个礼学读书的好地方，中华水浒园里的施耐庵书院就坐落于花家垛。

"一部野史识得此中滋味，千秋文心觅来无上清凉。"迎着施耐庵书院的一副楹联，六百多年前的古朴典雅气息扑面而来。施耐庵书院是中华水浒园的核心建筑之一，书院祭祀堂内，万世师表孔子的雕塑神情静穆，颜回、曾子、子思、孟子、董仲舒、程颢、程颐、朱熹、陆九渊等先贤高士的画像端正传神，尽显书院尊师重道、崇贤尚礼之学风。

尽管穿越了久远的时空，但而今的人们在此驻足，仍可以呼吸到彼时书院里安静肃严的气息，聆听到稚嫩的童音诵读《诗经》《论语》的绕梁之声，这声音一丝一缕地直抵人们的灵魂深处，让大家心怀坦荡、敬意盈怀。祭祀堂的对面是飞檐翘角、古意盎然的藏书楼，藏书楼的大门楹联道："草木百年新雨露水浒寨中屯侠客，车书万里旧江山梁山泊内聚英雄。"这是对施耐庵隐居白驹潜心写作《水浒传》的高度评价和精神概括。藏书楼前，一方浅浅的墨池还在，经年的雨雪风霜，旧时的石栏已经斑驳，但耐庵先生的一管羊毫留在这里的墨香似犹浮漾着从前的芬芳。

　　漫步中华水浒园，但见海沟河、串场河、三十里河并汇于此，这里的每一寸土地都滋润着丰沛的水乡情愫，天罡桥、施公桥、古城楼、文化广场等让人移步换景，这里的每一处景点都充满着浓郁的水浒气息。"借得故乡一瓢水，写成水浒万家书。"水是白驹的血脉，它流淌了白驹的沧桑岁月；水是白驹的灵魂，它成就了一部灿然生辉的巨著《水浒传》；水是白驹的画笔，它描绘了中华水浒园的风韵诗意。

　　水茫茫，桥弯弯，细雨斜，莲花自在碧水间。春来绿柳桃花，秋阑芦荻含露，花家垛上韵味长。时光在花家垛写下了婉约的诗词琴曲，流水在花家垛刻画了非凡的经典故事，这里寄托过多少家国情怀，引发过多少人生思考，又留下了怎样的书香气韵？抚过串场河的那缕轻风知道，飘过范公堤上的那朵祥云知道，来过中华水浒园的每一个人都知道。

情寄花家垛

◇ 董绍华

　　清晨，一缕阳光刚洒向串场河柔静的水面，坐落在白驹镇花家垛上的中华水浒园，早已疏影婆娑、百鸟欢鸣。晨练的人们，有的在跳舞，有的在打拳，有的在练功。

　　演艺场上悠扬着一波波优雅动听、轻盈欢快的音乐旋律，一会儿是《梁祝》，一会儿是《春江花月夜》，一会儿是《二月映月》，一会儿又是《苗岭的早晨》……随着优美的旋律，空中翻舞着、跳跃着一只只色彩斑斓、造型各异、发出嗡嗡声响的"彩碟"，那操纵着"彩碟"翻舞、跳跃着身段的艺人身着绸缎服饰，系着锦丝飘带，随着优美的节奏，扭动着优雅的舞姿，跳跃着欢快的舞步……

　　原来这里正活跃着一群抖空竹的健身爱好者们。这里就是国家4A级人文景观旅游点、白驹施耐庵纪念馆所在地——花家垛。

　　位于盐城市大丰区白驹镇花家垛的施耐庵纪念馆，占地2815平方米，其中建筑面积1478平方米。施耐庵书院有藏书楼、回檐廊，东西檐廊壁上有石刻浮雕，院内有汉白玉人物群雕，有水浒故事演示厅、演示屏。你从闪烁荧光的水浒演示屏便知，曾在那八百里水泊上发生的惊天地泣鬼神的故事："百零八将聚英雄，身手不凡鏖战隆。侠胆义肝皆好汉，替天行道济世穷。只缘浮浅遮望眼，受命招安入瓮中。官逼民反遗教训，梁山兴败警世同。"

　　六百多年来，施耐庵的为人、才学，被人们传颂，植根在白驹人的心中，似甘霖雨露给白驹的子孙后代以潜移默化的滋润和熏陶。施耐庵逝世后，由他的十二世孙施奠邦发起，于乾隆四十三年（1778）将其在白驹镇的故居捐出，在白驹镇北市街（今白驹粮管所东院南侧）建成施氏祠堂。咸丰二年（1852）后数度修缮，遂成前后穿堂三进，旁有偏殿之礼堂。第一进为门厅，内设茶坊；第二进为书坊，供艺人说《水浒传》；第三进为福荫堂，供奉迁兴始祖施耐庵及其后裔的灵牌，供后人每年春秋二季在此祭祖。其祭祀活动一直延续到1946年秋。白驹人为纪念这位为农民起义树碑立传的文学巨匠，也曾多次修缮施家祠，为施公塑像、立牌位。可惜后来整个祠宇被侵华日军的大火烧成了灰烬，仅剩下大厅旁的残垣断壁，还有就是施耐庵亲手种植的一片竹林。

为纪念这位文坛巨星，白驹镇于二十世纪八十年代末规划，九十年代初实施，在施耐庵曾经设馆教书的北宝禅寺附近，风景秀丽、临水观渔的花家垛上，重建施氏宗祠，兴建施耐庵纪念馆。建筑古色古香，风格各异，自成体系。

施耐庵出生于元成宗元贞二年（1296）初春的一个夜晚，彦端为名，耐庵为号。施耐庵系孔子七十二弟子之一施之常的后裔。施耐庵之父名施元德，是位靠操舟为生的苦力，家境贫寒。母亲卞氏，与盐城县便仓镇的苏州枫桥卞氏同为一族。当施耐庵出生刚两个月时，其母就去世了，苦命的施耐庵靠百家奶水度过了艰辛的幼年。他自小聪明好学，才气过人，十三岁读私塾，十九岁中秀才，娶季氏为妻，事亲至孝，为人仗义。二十八岁中举，三十五岁与刘伯温同榜中进士，后在钱塘（今杭州）为官三年，因不满官场黑暗，不愿逢迎权贵，愤而辞官归里，设帐授徒。

施耐庵退隐白驹场著《水浒传》，得益于他与张士诚的交往，同时也与其好友、曾任松江同知和嘉兴路同知的兴化人顾逊，有着密切的关系。施耐庵曾屡次谏阻张士诚降元，但张不肯采纳。施耐庵弃官来到江阴祝塘东林庵坐馆。在朱元璋发兵围攻苏州张士诚，战乱波及江阴时，覆巢之下无完卵，施耐庵觉得江阴非久留之地，想起了家住兴化的好友顾逊。

兴化地处偏僻，一片泽国，故有"自古昭阳（兴化别称）好避兵"之说。施耐庵特意给顾逊送去一封信。顾逊立刻回信欢迎施耐庵。施耐庵带上续娶妻子申氏、二弟彦才及门生罗贯中，冒着战火烽烟渡江北上，先在兴化顾逊家中暂住，后在顾逊的相助下，来到兴化以东人烟稀少的白驹场。看到白驹水天一色、满目芦荡，施耐庵激动不已，顿生"蓝天白云映碧波，绿树丛中是故乡"的情愫，在此购置了田地房产，隐居下来。

在白驹场，他广交朋友，结识了许多农夫、灶丁，从盐民、渔民的生活现状，特别是从张士诚揭竿起义的许多鲜活的故事中，吸取创作《水浒传》的宝贵素材。他以超凡的创造力和艺术才能，将以宋江为首的梁山一百零八将的豪侠形象刻画得淋漓尽致、栩栩如生。纵观施耐庵写作《水浒传》的整个过程，无论是从全篇的构思布局，还是人物刻画、细节挖掘乃至方言俚语的运用上，白驹，无疑是这位文学巨匠的艺术成就达到其巅峰境界的"源头活水"。

1992年8月20日，国家文物局下拨专款，在花家垛上建馆，后又扩建了施耐庵书院、中华水浒园。该岛相传为施耐庵当年著书之地。环视小岛，只见清流环抱，满目青翠，渔港萧萧，芦苇森森，渔舟荡漾，沙鸟低翔，极具浓郁的"水浒"气息和韵味。游人到此，情景交融，往往在不经意间产生亲临梁山水泊的联想。弘扬水浒文化，凸显水乡风情，展示的遗存文物和史料再现了曾经的施氏宗祠的辉煌。

纪念馆位于岛的中央，有着浓郁的水浒气息，游人到此往往会置身于水泊梁山的意境之中。从水泊桥步入小岛花家垛，向东便是施耐庵纪念馆，走进上方嵌刻着启功先生题写的"施耐庵纪念馆"匾额的正门，你就可看到一尊高3.8米的大理石施耐庵雕像（为雕塑家叶宗镐所作）。

施耐庵纪念馆馆藏丰富、史料翔实，有费孝通、启功、冯其庸、峻青、武中奇等名人的题词和各种名人字画一千四百余件；有各种《水浒传》版本一百余种；有被评为国家二级文物的"施氏家谱"。在陈列厅内展出《施氏长门谱》《故处士施公让墓志》《施让地照》《施廷佐墓志铭》等数以百计的珍贵文物史料，可为游客解开数百年的"施耐庵之谜"。

本馆共五个展览厅，展览的内容以施耐庵相关遗迹、遗存为本，经过长期广泛深入地征集，使沉埋于土和流散于民间的文物史料得以展示。各展厅采用脉络化艺术、个性化展示手段、历史对话的载体形式，演绎了施公生平及水浒故事。成为江苏省爱国主义教育基地、江苏省学校德育基地，成为非物质文化遗产保护单位，成为研究施耐庵和《水浒传》的重要基地。

若有人知春去处，唤取归来同住

◇ 吴瑛

　　施耐庵纪念馆里一棵红花檵木，有三百年历史了，每年三月会开花，一棵树上，有浅绿色的花，还有深红色的花，花极细长，又极密匝，我去过纪念馆无数趟，只见过一次开花，当然，你来与不来，花都绽放，我们只是去的时机不对罢了。

　　继续说红花檵木，一棵树可以经历三百年不死，其中艰辛不可言状。历经战乱杀伐、朝代更迭、园圃易主以及大自然的雷霆风雪、洪涝干旱，它的身上千疮百孔，没有主干，主干底部甚至中空，树皮更是斑斑驳驳。更像那些百岁老人，饱经风霜的脸让你不忍直视。可是，我们的身体，远比我们更爱自己，哪怕经历了无数个你以为活不下去的瞬间，睡一觉后，就觉得信心十足，变得信心满满。那根能压死骆驼的稻草，不过是根稻草，吹一口气，就滚得无影无踪。

　　这棵几百年的红花檵木，又称阴阳树。因为能开两种完全不同颜色的花，大伙儿围在树旁讨论，是不是嫁接上去的，有些人甚至敢肯定，百分百嫁接。都不重要，人活着，借力也是一种生存智慧。比如人们常讨论的每个家庭的相处模式，先生认识我时，我的家境很好，但没有自己的一技之长，于是全身心相夫教子，包揽一切人间琐事，他可以专注书法。后十年，我又在他的庇护之下走上了研究书法的路子。我们就很像这棵红花檵木，一棵树，开出了两种截然不同颜色的花朵，虽然过程艰辛，但嫁接也是一种重生，活过来就风景旖旎。

　　去旅行，看风景，也是一种人生。人生会有无数大风大浪、大起大伏，更有无数次大来大去。看过茫茫草原的辽阔旷远，看过名山大川的巍峨雄伟，看过小桥流水的诗意盎然后，你会发现更多的是一日三餐的平平无奇。我恋家，闲绕花枝便当游，一月会数次来白驹小镇，看红花檵木，沾施耐庵泼天的才气。

归来读诗。"春归何处？寂寞无行路。若有人知春去处，唤取归来同住。"说的是春天回家了，它回到哪儿了？你们哪个要是看到它了，喊住它，就说我想它了，让它回来和我一起，一起吃住一起玩乐。我跟闲步老师相约，等我啊，等我把歌学成了，您再听，听有没有进步。闲步老师说，那时我不知道在不在了。瞎说，他才七十二岁而已，几年后他肯定还很硬朗。人生和春天一样，时光悄悄流转，春光总在不经意间溜走，我们命运的齿轮从来不会停止转动。那就好好珍惜吧，每一个春天，每一次相见。

千年古镇——刘庄

◇ 袁红

大刘路尽头的刘庄，这座千年古镇一直牵绊着我的脚步。要问我这是什么感情，我也说不出，只是喜欢它的青砖小巷。每到春来，这里的砖缝里会探出碧绿的小草，墙角会有湿润的苔藓，墙头上会挂下来一枝枝嫩黄的迎春花。小巷安静悠长，即使到盛夏酷暑，都有一种静谧阴凉的安宁。遇到人家墙角里、小花坛中的肥硕如意开出金黄的小花，伴着路边的万年青，只觉得现世安好，时光静止。

顺着小巷慢悠悠地一路行来，一堵墙连着一堵墙，开着木窗的玻璃窗阻隔了一扇扇秘密。巷子里没有一个行人，绕过一个青砖砌的小花园，女贞树立出的篱笆上开出一丛丛粉色的野蔷薇，虞美人抖擞丝绸般的花瓣。去得巧了，还能闻到玉簪沁雅的幽香。青砖地上爬满了石竹，红色的花瓣写满了季节的情思。抵挡不住那种悠然安逸的吸引，除了鞋袜，抱膝静坐，思绪飘飞中物我归一，陷入万花魂中。

慢慢品出了刘庄幽静的好，这里就成了我的世外桃源。悠闲了去，烦心了去，委屈了去，不能言说时还去。

不断地踏进小巷，又从新的小巷踏出，直到驻足在贞节院肃穆宁静的院子里。穿过香雾萦绕的天王殿，静静的院子演绎了绵长的光阴岁月，青花瓷里的剑兰写意柔韧的笔触，石榴树挂满玲珑的果实，一瓮浅水静待倒映亭亭荷花或者曼妙睡莲，墙角的万竿修竹，摇曳青翠的叶片，高大的松树毗邻屋宇翘立的飞檐，一切端庄静穆，只因那是心的虔诚居所。

大雄宝殿巍峨肃穆，静静时光里有着沉香木如屑的缠绵。磬鼓铙钹，木鱼声声，早课的唱诵、刚刚散入尘世的藩篱、宝殿的肃静带了出世的仙化。更有厚重雄伟沉淀后的寂寥，一如盘膝端坐蒲团上，放空思绪后，有无人挂碍的寂寞，如智者入定。

大雄宝殿的清冷在夏日里带来彻骨的凉爽，坐得久了，静寂里有些想念尘世的喧闹。步出层层落寞的台阶，转入高鹤年故居。小院里的花木寂寥地开着，似乎主人入山刚刚离去。少人行走的青砖地面阴暗潮湿，墙角里滑腻的苔痕和落满尘灰的《名山游访记》又在显示主人离开的日子很遥远了。散尽万贯家财的高鹤年居士，遍访名山大庙和高僧大德，结茅棚常住深山，苦心修行，参透佛理，毅然从世外的名山大川返回尘世，只为了救助无依无靠、饥寒交迫的妇孺，又创建了贞节院为众女修持安养，贞节院成为国内外有名的女众净土道场。

高鹤年的心志，延续了刘庄的清净。烦嚣的现世，清幽的小巷，温和的行人，轮椅里风烛残年的老人，写意人世的禅意。

在这样的古镇里，往往能遇到一位见证历史、熟悉掌故的老人。贞节院后的小巷里住着姚老，斑驳的铁门关着他家美丽的院子。石井栏边花木扶疏，我每次路过都会扒着铁门，看一看烂漫的芍药、清幽的一枝荷或者垂丝吊兰，浓荫遮蔽下的小院就是我的理想之园。姚老的书斋临巷坐落，从打开的小轩窗里就见老人端正身姿，面容冷峻，正在泼墨挥毫。直到某一日，看到小院倾颓，草木凋零，石井栏现了陈迹，小花坛被杂草遮盖，临街的小轩窗紧紧关闭，才知道这里的主人已经驾鹤西归。

刘庄北首地势趋高，刘庄中学校园里至今还保留着紫云山过去繁茂昌盛的掠影，彼时商贾名士捐资兴筑的万寿桥正对曾经热闹的串场河，古人移步桥上，在晨钟暮鼓中看水流月涌，万帆点点。

乾隆年间兴化知县郭崇规《赋紫云山诗》云：

鸣鸠声送片帆闲，蟹螯渔村耄画间。

一夜雨晴春水活，菜花黄遍紫云山。

至如今，过去热闹的道场少人问津，一切陈迹都成了洗涤浮躁的静心佛咒。

隐没在凡尘的一方净土

◇ 陈晓春

在"桃花已谢春辞去，燕草如碧柳丝长"的暮春季节，跟随大丰区作协采风团，前往范公堤边的刘庄古镇，探寻隐没在凡尘俗世的一方净土——刘庄净土院。

来到刘庄古镇，踩着青砖铺就的小路，循着耳边传来的悠悠梵呗之音，穿过古镇狭长的小巷，远远便见到了净土院修葺一新的山门。进入山门，在住持的引导下，来到正殿门前，正殿的正中上方，是诗人、书法家、护法居士赵朴初先生题写的"净土院"三个鎏金大字，朱红色的大门，黄墙黛瓦。殿脊的正中央是由莲花、香炉、葫芦构成的图案，向两端延伸的是仙人骑凤凰的走兽造型，殿门两侧的红色立柱上镌刻着一副楹联："高老创祇园施金舍宅给孤独，赵公题净院万众同心建道场"，道出了净土院的由来。

刘庄净土院，俗名刘庄贞节院(又名贞节妇女净土安老院)，在新中国第一届佛教协会理事高鹤年居士捐赠的自家房产基础上，在各方信士资助之下建设而成。

高鹤年，名恒松，号隐尘，又字野人，别号云山道人、终南侍者、云溪道人，生于1872年9月14日，祖籍安徽贵池，迁居兴化，后移至刘庄定居。他是近代著名居士，一生以皈依正觉和普度众生为己任。新中国成立后，他任中国佛教协会第一届理事，江苏省第一届人大代表。1962年1月2日圆寂，享年91岁。

高鹤年酷爱祖国大好河山，数次远行游历。他脚穿芒鞋、手持竹杖、头戴草帽、身着缁衣，冒寒暑、忍饥渴，北上幽燕，南走滇黔，朝山访道，参寻佛理，一钵千家饭，孤身万里程。历时三十五年，足迹遍布一百一十六座名山，对所到之处的宗教文化、风土人情、山川地貌一一作录，并写下了无数警世名言。他一路前行，一路播撒善心，传经布道，广施恩德，呕心沥血著成《名山游访记》。因其叙述翔实，图文并茂，成为研究祖国山川地理、风俗民情和宗教文化的宝贵资料，高老因此有"徐霞客第二"之称。

高鹤年毕生致力于慈善事业，连续从事救灾工作长达四十六年之久。他参加过山西、平津、徐淮以及川、陕、豫、甘等地的救灾，为灾民奔走呼号，饱尝风霜之苦。1931年，淮水泛滥，河堤崩溃，里下河地区尽成泽国。刘庄、白驹等地平地行舟，房倒屋毁，人畜漂流，男女老少哀号乞命于洪涛巨浪之中。彼时已近花甲之年的高鹤年，抱着病弱之躯，夜以继日地往返于大江南北，呼吁各界人士、慈善团体捐助救灾。他与赵一襄共建救命团，与周梦白联办收容所，与石金声同创救生会，开办赈粥厂，使刘庄、白驹一带数万灾民得到救济，积下了大功德，后百姓送"万家生佛"匾额以感念其恩德。

关于净土院的由来，《江苏兴化刘庄场贞节净土院碑记》有准确记载："……鹤年居士高恒松者，江苏兴化人也。宿植德本，笃信佛乘。年当弱冠，即慕真修。弃俗世之缠缚，事选佛之宏猷。于是遍历丛林，咨参宗匠。冀其顿明自性，彻悟唯心。报答四恩，济度群品。高堂奉养，托之夫人。数月一归，以修定省。而夫人某氏，赋性贤淑，恪尽孝道。虽复于归，志慕清修。以故居士无失养之忧，高堂得底豫之乐。若非夙愿所结，其能如是也耶……民国十年，自鸡足归，回家祭扫。见夫人已老，孤身无依。念其代己奉亲之劳，悯其守节清修之志。因将本宅，改为贞节净土院。以其令贞女节妇居之，专修净业，求生净土，而立名焉。"

1991年，时任全国政协副主席、中国佛教协会会长赵朴初为"净土院"题名。1994年12月12日，刘庄净土院举行修复奠基典礼。诸山长老、护法居士以及海内外各界人士、善男信女，发菩提心，行布施度，广种福田，随缘乐助，玉成此项善事。刘庄净土院在慈舟法师的亲自筹划下，现已建成山门殿、天王殿、大雄宝殿、玉佛殿、三圣堂、斋堂、寮房、高鹤年纪念馆八大区域。目前，该院已成为全国著名女众净土道场，香火旺盛，声名远播。

进入天王殿，正中佛台端坐着弥勒佛像，笑面朝南，正是"大肚能容容天下难容之事，开口常笑笑世间可笑之人"。护法韦驮与其背向而立，手持金刚降魔杵，以如来金刚智，破除愚痴妄想之内魔与外道诸魔障。殿的东西两侧供奉四大天王，手持法器，横眉怒目，镇压诸邪。

天王殿与大雄宝殿之间，耸立着四米多高的"功德宝鼎"，鼎身镌刻着为重建净土院布施功德信众的姓名，鼎中青烟袅袅，檀香浮动，鼎的上方是两层向八方伸出的龙首，口衔梵钟，一阵微风吹过，发出叮叮的梵音，和着大殿中传出的深禅浅唱，瞬间净化众生的心灵。

净土院大雄宝殿供奉的不是其他寺院常见的释迦牟尼佛，佛像同样结跏趺坐于莲花宝座之上，双手结印，宝相庄严，佛光四射。参拜时虔诚之心不减，参拜后请教院内的居士，才知道殿内供奉的乃是毗卢遮那佛，是华严经十种佛中第九身性佛的其中一个功德名号，在密宗法系中是最高身位如来，密宗称之为大日如来。

随后又参拜了西厢三圣堂和东厢玉佛殿，参观了斋堂和寮房，最后来到了高鹤年居士故居。居士故居是三间青灰色的小砖小瓦房，低矮窄小，木质门窗历经风雨，已斑驳腐朽，屋旁的一丛青竹却苍翠欲滴，劲节昂然。室内只有一些纺车、土灶等简陋的陈设，一幅微微泛黄的"居士行脚图"描画着居士栉风沐雨、积善行德的行脚生涯。室内正对大门设立"功德堂"，供奉着居士的画像，两侧一副对联："芒鞋踏破名山志在参禅悟道，法雨渗滋净土心存赈灾恤民。"对联客观公正地评价了居士潜心悟道、广施恩德的一生。堂上高悬的"万家生佛"匾额虽历经时间的洗礼，依然熠熠生辉，人性的光辉如佛光普照，伴随着院内清冽悠扬的钟声，照亮小屋的每一个角落，为众生开启心灯，洗涤心灵的尘埃。

　　跨出净土院山门的刹那，耳边悠悠传来院内居士的偈语："愿以此功德，庄严佛净土。上报四重恩，下济三涂苦。若有见闻者，悉发菩提心。尽此一报身，同生极乐国。"瞬间，时间仿佛静止，心灵的窗户豁然打开，历史的脚步似乎在我的心中放缓了节奏，让我细思人生，参悟菩提。

万寿桥

◇陈德兰

　　都说盐城无大山，可偏偏刘庄镇因紫云山而闻名。紫云山四周铺绿叠翠，山上的紫云禅寺梵呗声声，香烟袅袅。寺庙之下，有一座万寿桥。传说万寿桥有灵，只要在桥上走一走，诚心祷告，就能有求必应。

　　故老相传，这座桥和寺庙都是凭空出现的，也有人说这座桥和寺庙，是海龙王变的。和万寿桥同时出现的还有一户人家，那户人家有一个叫海明的后生，自小身体单薄，弱不禁风。后来海明天天从桥南到桥北的寺庙里静坐，听寺庙里的僧人诵经，久而久之，居然变成一副仙风道骨的样子。方圆几里内的人家看到这种情况，就把家里身体不好的老人和小孩送到万寿桥上，让他们天天经桥而过，到寺庙里敬香听经。

　　住在海边的长林老人，因长年下海打鱼，湿气浸骨，每逢阴天下雨就浑身疼痛难忍，严重时都不能下床走路。长林的儿子是一个非常孝顺的孩子，看着父亲如此疼痛，就天天背着父亲到万寿桥上敬香。起初，长林的儿子背长林还觉得十分吃力，但是随着时间的推移，他的身体变得越来越强壮，长林老人也逐渐能下地行走，后来健步如飞，又能下海打鱼了。

　　刘庄南边很远的一个村子里，住着一位名叫凤来的穷书生。凤来家境贫寒，但是他十分好学，立志将来有一日能考取功名，造福一方百姓。可是连考几次都名落孙山，便有人指点，让他到万寿桥上走一走，许个愿。

　　转眼又到一年赶考之时，凤来真的来到了万寿桥。他买不起香烛，便撮土为炉，折柴为香，在桥头很是虔诚地三跪九拜。就在凤来行完大礼准备站起身时，因为连日攻读疲劳加上饿着肚子赶路，感到一阵眩晕昏倒在了桥头。此时，恰好山东行省左丞顾原父女因到此寻找风水宝地修建陵墓来到万寿桥上。

顾原父女见一年轻书生晕倒在地，就请人帮忙带回客栈救醒。经一番询问交谈，顾原见凤来勤奋好学，又谈吐不凡，立志高远，就出资助他进京赶考。那年凤来不仅考取了功名，还抱得美人归。

凤来结婚后，到万寿桥还愿，并立志在此修建学堂，造福乡里，让更多的人能通过万寿桥走出去，成为一个有用的人。如今，凤来的故事也成为人们口耳相传的佳话，激励着一代一代的年轻人勇敢去追求梦想和爱情。

如今，这座结构精巧、造型独特、建筑艺术十分精湛的桥，依旧牢牢飞跨在夹沟之上，两边三十六个栏杆上刻着各种图腾，图腾上写满了风雨的痕迹。桥的东西两侧各有一对石雕龙头从桥底伸出，龙头口含玉珠，吞云吐雾。四个龙头下面有两副石刻对联。东边一副是："万福来朝天台有路，胞舆为怀众生普渡。"西边一副是："山寺云停傍三元而赐福，水流月涌证万象之皆空。"

现在这座用来渡人的万寿桥已经完成了历史使命，成了人们的精神信仰。那些身体不适的、想求功名的，都会到万寿桥走一走转一转。桥北的寺庙依旧，寺庙旁边的刘庄中学校址依旧，记录着万寿桥畔曾经的繁华。

紫云山的传说

◇ 蔡阳宏

紫云山是人们对刘庄古镇一处佛教圣地的俗称，该佛教圣地的真正名称是"紫云禅林"。这里原本是元末山东行省左丞顾原的陵墓，明万历二十五年（1597）于陵墓土阜处建道家观宇三官宝殿，清乾隆年间改为佛家寺庙，称为紫云禅林，俗称紫云山。据年长者回忆，过去登上瀛桥就可以望见刘庄的紫云山，由此可见紫云山的高大与气势。连云港《云台山志》亦把紫云山与云台山相提并论，称为南鼎与北鼎。

紫云山香火旺盛，声名远播。每逢庙会、斋日，尤其是春节、元宵节，善男信女风雨无阻，络绎不绝。北从山东、河南，南至浙江、江西，每日至少有两三百人，最多达千余人，来此求签问卦、祈祷平安。每当此时，紫云山山门大开，庙内钟鼓齐鸣，大鼎焚香，紫烟缥缈。刘庄镇内，香店林立，车水马龙。

由于年代久远，民间经代代承袭，口口相传，流传着不少关于紫云山的神奇故事。

请来观音像，除祛业障病

话说兴化有位虔诚的居士，某夜做了个怪梦，梦见自己走在一座半截儿的大桥上，一不小心掉下河去。梦醒后全身麻痹，再也动弹不了。

一家人急坏了，连忙给他找郎中看。可是去了多少家医药铺，看了多少个郎中，都没有把病治好。这时，就有人对患者的家人说，这是业障病，最好能从紫云山请一尊观音像回来，求菩萨化病消灾。

"业障病"出自佛教词汇"业障"，即因有佛教修行忌讳的行为而患病，多为负面情绪引起的疾病。其病表现为恶寒壮热、呕逆气急、浑身麻木、行动不便等。

患者家人马上到紫云山请回一尊观音菩萨，用香烛鲜果供奉，日日大礼参拜，虔诚不已。没几天，患者的胳膊就能活动了，再经过一段时间的礼拜，病人恢复如初。知情的人都说，真是观音菩萨显灵啊！

香客不敬，观音显灵

有一位山东香客，得知紫云山为香火鼎盛的佛家圣地，便带着七八岁的儿子，不远千里，来到刘庄敬香拜佛。

来到紫云山，先要请香买蜡烛。也许是远道而来实属不易，他买的供烛相当大，一对供烛差不多有三四十斤重。当他带着供品和儿子上山敬香之时，也正是进香人最多的时候，香灯师们一个个忙得脚不沾地。

这位香客向香灯师施了个礼，递上了自己的香烛。香灯师接过来，费了好大劲才把香烛摆放好。这时，又有别的香客在招呼了，香灯师只好先把这对大蜡烛放下，去接待另一位香客了。

山东香客一看，心里十分不满，说和尚贪心，有意不点燃他的供烛，好存下来再卖钱。他越想越生气，就跟香灯师吵了起来，说我不远千里慕名敬香，你怎能这样对我？并不由分说，将香灯师拽到方丈那里评理。在这个过程中，山东香客强悍、蛮横的一面全部表现了出来，全然忘记了对菩萨的虔诚礼敬之心。

经过很长时间的折腾，日头已经西坠。山东香客被冷风一吹，忽然忘了儿子去哪儿了。他慌慌张张地寻找，逢人便问，寺内寺外都找遍了，但哪里有儿子的身影。山东香客顿时头皮发炸、冷汗直流，找啊找啊，一连找了三天，也没有找到孩子。没有办法，只好请求官家帮忙。官家让他回去听信息，他看待在刘庄也不是个办法，只好闷闷不乐地往家赶。

半月之后，他才赶回故里。走近家门，竟然看见儿子从家里出来，亲切地叫着:"爹爹,您不是病了吗? 我们都等着您早点回来呢。"

香客便将与香灯师争吵及评理的经过与家人叙述了一番。

儿子说:"爹爹,我这里有一封信。"

香客拆开一看:律己要严,待人要宽;遇事不急,处世不躁。

这不是观音菩萨点化教育我吗? 香客深为敬香时的鲁莽行为而羞愧,明白菩萨不计前嫌,给他改正的机会。

原来,当香客找方丈评理时,孩子脱离了父亲的视线,有一位仙风道骨的女施主,领着香客的孩子,对一位同来敬香的山东香客说:"这孩子的父亲已病了,你先带他回去吧,我这里有些银两给你,可作为路费。这里还有一封书信,等孩子的父亲回家后再打开。"于是香客便将孩子安全带回了家。

一来玩玩,二来敬香

盐城有一位香客,听说刘庄紫云禅寺的菩萨有求必应,特别灵验,于是也想到紫云山敬敬香,拜一拜观音菩萨,顺便看看风景散散心。

从盐城到刘庄约有百里路程,当时没有车辆,全靠两脚步行,来回两百里,一天要走个来回,也实在不容易。

这位香客正月十五早早起床,吃好早饭,丑时急急忙忙上路了,边走边想,即使赶不上敬头香,但也不能落在大多数人的后面。一路上,香客大步流星、连奔带跑,到刘庄时虽然天色刚亮,但山上山下敬香的香客已排成了长龙,盐城这位香客也连忙加入请香的行列。一个熟人看见了,问他来刘庄干什么,他随口应答:"一来玩玩,二来敬香。"

那熟人说:"我的香已敬好,你慢慢排队吧! 我先回去了。"

这位香客买好了香,不是抓紧时间敬香,而是山上山下忙着看风景,转悠了一天不知不觉中天色已晚,香客们都已散去,关山门的和尚问他干什么,他这才想起,我不是来敬香的吗? 怎么还在游玩? 他忙举起香烛对和尚说:"你先不忙关门,让我去敬炷香。"

和尚朝盐城香客的香上一看，"来意不诚，香火不受"八个字赫然显现。

和尚和善地对盐城香客说："观音菩萨点化你，心诚则灵，唯德感天，无论做什么事，都要有一颗诚心，今日你是来玩玩的，不是来敬香的，菩萨不受无诚意的香火，你回去吧！"

盐城香客想起早上随口说的"一来玩玩，二来敬香"之语，突然悟到，我这是对菩萨的大不敬啊，忙朝着紫云山拜了几拜，然后才拖着疲惫的身子，慢慢地返回盐城。

老木匠与紫云山

◇ 顾仁里　施飞

听故老们说，刘庄紫云山，本应该直指云天，也就是应该高耸入云的。

当年建造紫云山上的道观时，声势浩大，场面壮观。且不谈四乡八镇、大江南北，赶来捐资献物的无以计数，单就工地上那个繁忙景象，也足以让人叹为观止。挑沟填土，挖基打夯，装卸搬运，木工、瓦工、铁匠、铜匠，五行八作，人山人海。还有一个显著的特点，那些掌职事、领班的、工头、师傅，从不担心缺少小工帮手，因为每天要做义工的人实在太多了。

工程开始不久，工地上来了一个老木匠，蓬头跣足，衣衫褴褛，身后背着一张豁锯子、一把锈铁斧，腰间还别着一把酒壶，说是要来帮工。有人将他领至木作领班跟前，说明来意。领班用眼一瞟，看他像个老态龙钟的叫花子，心想这又是来"蹭饭的"，就问他："你能做什么？"

老木匠眯着眼冒了一句："我来帮你们斫塞（木匠投榫时用的楔子，土话叫"塞"）吧。"

师傅也是个与人为善之人，就笑了笑说："你看着办吧！"

从此，这个老木匠就留在工地上，整日忙个不停，除了喝酒，就是到处捡碎木头斫塞。

一年后，道观工程终于竣工了，一座高大雄伟的三官殿，矗立在刘庄镇北的紫云山上。在庆功酒宴上，木工领班突然悟到那个斫塞的老木匠来历不凡。干了一辈子木工活，不知砌了多少高楼大厦，上梁竖柱从来用不到塞。而这次砌这么高大的三官殿，上梁时居然非要用他斫的塞，否则不是投不进，就是接不牢。而后无论打造门窗格扇，还是神龛佛座、桌椅条台等，也居然都要用塞。想到此，他端起酒杯，走到那个老木匠面前，真诚地感谢他斫塞有功，并问道：

"师傅，这次你一共斫了多少塞？"

老木匠说："三笆斗。"

"三笆斗？"全场愕然，大家这才想起，老木匠斫的塞全部用完，一个不多，一个不少，太神奇了。

散席后，当家的老道人特地将这位老木匠请至丹房，纳头便拜："请神仙留下，好早晚请教，指点迷津。"

老木匠："留下不可，只能再帮你做件事，让这大殿长高点。你必须如此如此，不管遇到什么情况，都千万不要睁眼。"

当夜，月明星稀，碧空万里。老道士依老木匠指点，焚香礼拜，踟跌盘坐于大殿中央，闭目冥思，求过往神仙显灵发威，帮大殿升高。等到半夜子时，天气突变，风起云涌，电闪雷鸣。一个声音像从地下喷出："木中木中伸伸腰，宝殿一长指云高……"紧接着狂风大作，吼声四起，如山崩地裂。三官殿咯吱咯吱乱响，紫云山摇摇晃晃，老道士胆战心惊，吓得赶忙睁开双眼。谁知就在他睁眼的一刹那，所有声音戛然而止。殿外风平浪静，明月高挂，一切回到原样。

老道士转身去找老木匠，早已踪影全无，只听一个声音在夜空里回荡："尘缘未了，未了……了……了……"老道士连忙打着稽首，不断念叨："神仙保佑！神仙保佑！"

老人们传说，如果在阴雨天登上紫云山，不经意中还能看到三官殿的大梁上悬着老木匠的小酒壶和斫在柱顶上的那把锈铁斧。

斗龙河畔是吾乡

◇ 朱国平

斗龙河又叫斗龙港,它由西南流向东北,越大丰全境而入海,总长二百余里。如果说,长江与黄河孕育了古老的中华文明,斗龙河则见证了黄海之滨的大丰从成陆到煮海为盐,到废灶兴垦,到现代城市与产业迅速发展的全部过程。大洋西岸有吾乡,古港斗龙母亲河。

龙乃神物,"斗龙"必有故事。一千年前,范仲淹修堤挡海潮,其时,距离大丰的出现,还隔着约九百年的时间。范公堤西良田万顷,居民繁衍生息已越千年,而堤东先是白浪滔天,后来海水东迁,滩涂之上的一些高墩才渐有人群。他们,是这块土地上最初的拓荒者。明初,因"洪武驱散"而被赶来的大量移民,和这些"土著"一起,为朝廷创造"经济总量",也艰难地迎着咸涩的海风,谋求自身的生存与发展。其艰难之最,莫过于海潮频繁来袭。海潮的每一次肆虐,祸端都起于"龙宫",斗龙,便是与潮水作战。这种作战,在当时,无非是将墩子加高,或者进行祭祀,祈求神灵庇佑。

明朝中后期,一些地方建起了龙王庙,但潮患却并没有因此而消弭。低下的生产力,加之为政者对民众生命的漠视,这块土地上的先民们面对肆虐的海浪,徒唤奈何,却心有不甘。他们通过幻想,来鼓舞自己战胜自然的信心。于是,便有了神牛斗龙的故事。

传说白驹一户人家饲养的一头大白牛,某日忽然开口说话,告诉主人明天将有黑龙来犯,让主人准备两把尖刀缚在它的两只角上,等黑龙出现,便出击迎战。

第二天午后,本来万里无云的天空倏然浓云密布,风雨大作,黑龙果然来了。大白牛一跃而起,冲向裹挟潮头而来的黑龙,摆动双角,奋力冲撞突进。

这黑龙所入皆若无人之境，未料在此遇到如此顽强的抵抗，先自乱了阵脚，从白驹一退三十里，拐个大弯，继续仓皇北逃。西团北二十里处的东洋口，是当时的海口，黑龙被白牛追得失魂落魄，竟没有顾得在此遁入大海，而是先向西北，又折向东北，绕了个大圈，在今三龙镇东端回归大海。

其实，白牛对黑龙一路追杀，欲至东洋口时，已是筋疲力尽，加之身后传来追它而来的小白牛的呼唤，便见好而收，一任黑龙向着当时人烟绝迹处逃去。吊诡的是，以九曲回肠见证白牛和黑龙搏斗之激烈的西团向北这一段曲曲折折的河流，却被我的先辈们称为牛湾河，而把黑龙兀自逃走所形成的更长的一大段河流，叫做斗龙河。我不得其解，便妄自推测：河湾因牛龙之斗而成，却以牛湾冠名，这是为白牛树碑立传；东洋口向下的斗龙河，最初的名称或许叫遁龙河，后来随着历史的演变，牛湾河及中游的小洋河等几段贯通于一体的河流，都被统称为斗龙河了。

斗龙成河只是民间传说。真实的斗龙河最初的形态，应该是我们许多人在临海滩涂经常见到过的那种比较大的潮水"丫子"，由潮水涨落自然形成后，在日复一日的潮来潮去中不断拓宽、加深，后来的泄洪之用，更加快了河道的形成。至今某些河段犹有零落成残的河堤，那是当时居住在附近的居民对其因势利导进行疏浚的遗存。不管斗龙河的成因是什么，作为一个地区水系的主动脉，对于河畔居民生存所发挥的重要作用，自是不言而喻。

从流域经过看，斗龙河的上游应该包括从白驹到西团的这条俗称的三十里河，即从西团向北的牛湾河这一段。牛湾河之后到八灶河汇入处，可算是它的中游，余为下游。下游较长，而且随着新的滩涂的形成，还会越来越长。在斗龙河二百余里的行程中，一路吸纳的主要支流，有七灶河、八灶河、大团河及便仓河。至于从草堰经白驹西南和小海东北流至西团的五十里河，可算是斗龙河的一条最长的支流。斗龙河的源头与支流，都连着贯通各个古盐场的串场河，连着水网密布的里下河。

我对斗龙河的最初印象，是分散的、碎片的。第一次接触它的时候，是刚有记忆时，跟婶婶一起从西团坐轮船去县城大中集。下午三四点钟光景在西团西面的西关口轮船码头上船，还没有走出牛湾河，天就黑了。一到船上，我便趴在舷窗上朝外看，到处都是茂密的芦苇，觉得河流只是芦苇有意留作行船的一溜水面。印象中没有芦苇的地方，便有河堤，近岸长着许多水草与浮萍，轮船驶过，它们被涌起的波浪推得忽沉忽浮。轮船从牛湾河行驶的时间不长，在五十年代末，从古镇西团西南面开挖了一条大约两公里长、连接三十里河与五十里河的人工河，轮船便转由五十里河而入斗龙港了。此后，牛湾河成了断航不断流的一个活水养殖基地。

再一次走近斗龙河，竟是我高中毕业后的一次"历险"。生产队安排我去化肥厂装氨水，还给六吨的水泥船拉纤。从化肥厂回来时，东洋口的一个小岛"鸡心"附近没有纤路，因为这一段岸边苇滩太阔，只能靠竹篙撑船前行。我们的船遇上了从后面驶来的轮船。轮船没有按常规减速，从我们船边快速驶过后，形成一个巨大的漩涡，满载氨水的船因此失去控制，船头骤然改向，船体大幅倾斜，氨水外溢，河水迅速灌进船舱。当时的判断是不是沉没就是倾翻。但随着轮船渐渐远去，我们的船终于平稳下来了。

我的视野由家边的斗龙河转向一百多里外的斗龙河，是在离这一次历险近二十年后。那次，我和几个乡镇计生干部一起到三龙镇检查计划生育工作。晚饭之后，天犹未黑，我独自走到镇政府食堂外的斗龙河边。这里，水势开阔，河面宽度至少在二百米以上，水流从上游浩浩而来，向着入海口所在的斗龙闸方向汤汤而去。不远处横跨水面的三龙大桥，长虹卧波，气势非凡。远视河对岸，芦苇犹如一道绿色的长堤，分外壮观。如果说，上游的斗龙河犹如一条历史的隧道，这里的斗龙河，则像是一条现代化的高速公路。

靠近城区的梅花湾和荷兰花海，是大丰的两处品牌旅游景点。它们位于斗龙河的中游，都是利用斗龙河天然的地形水韵，借人力打造而成。斗龙河多湾，这有益于水土保持，有益于水资源的充分利用，但不利于排泄，易成涝灾。所以，民国初年张謇兴垦，对大丰（主要是东部地区）的水系进行了重新规划，新开了午河、卯酉河，南北贯通，东西相连，古老的斗龙河，一线相串，把它们连成一体。斗龙河的运输功能虽然大大弱化，但其旅游观光功能、水产养殖功能，却得到充分开掘。斗龙河是历史赐予大丰的一笔丰厚遗产，它正以全新的方式，为这块土地增色添彩。

我们这一代人，已经目睹了包括斗龙闸在内的大丰境内几座入海涵闸的几次东迁。没有悬念，斗龙闸还会有向着大海迁移，斗龙河还会不断加长。从东洋口到现在的斗龙闸，不足二百年。再过二百年，该是怎样的景象？让我们为斗龙河祝福吧，愿它古老的虬枝上，不断绽放新的花蕾，愿它的子民，有和它一样绵长的福泽和未来。

卯酉之歌

◇ 朱明贵

或许是在明媚的春光里，或许是在醉人的秋色中，当您徜徉在大丰城区卯酉河滨公园，轻轻呼吸着绿荫下的新鲜空气，静静欣赏两岸美不胜收的怡人景色，倾耳聆听城市发出的交响曲时，您会觉得此刻自己是天底下最自由、最快乐、最幸福的人！

华灯初上，卯酉河恰似一条色彩斑斓的长龙，闪烁于十里长街之中，长龙浑身的光辉犹如抖落的碎金细银。两岸辉煌的灯光，把卯酉河映照得波光粼粼，妩媚动人。

此刻的卯酉河美得让人沉醉。两岸曲道花径上游人如织。人们的步履或疾或徐。品花香、扶柳枝、看灯灿、观水景，无限悠然荡心头。放眼望去，那水的灵动、岸的沉稳、柳的婀娜，还有昆虫唧唧的绿草丛，与河滨两侧各色变幻的灯柱氤氲着涌向幽远，欲与星月交辉。

赞美与惊叹缘于卯酉河的今非昔比。卯酉河，这条穿越大丰主城区的母亲河，过去的容颜不堪回首。两岸脏乱差，河水淤塞臭。是河不能载舟，是水不可饮泳。上大丰、去卯酉，沉寂的小城"一支烟"跑到头。

改革开放后，一幅绿色生态发展的宏伟蓝图沿着卯酉河两岸徐徐展开。全市人民同心同德，全力以赴，开始治理卯酉河，打造沿河风光带，建设文明美丽新大丰。捞淤、驳岸、铺路、架桥、建楼、栽树、植草……用大干改变面貌，让岁月改写历史。卯酉河脱去昔日破旧污淖的衣衫，一条全新的卯酉河呈现在你的面前。今天，靓丽的卯酉河已成为大丰一道绚丽的文化景观与地理坐标，自豪地镌刻于大丰人民的心头。

人们将卯酉河的美，赋予了文化内涵，将崭新的大丰文明载入史册。决策者与建设者们开始在卯酉河岸构思一场具有大丰特色的历史文化盛宴，把大丰底蕴深厚的文化魅力，定格于卯酉河这条文化长廊上。于是，汉白玉上，飞舞起民族英雄张士诚的大刀长矛，跳跃出施耐庵笔下一百零八将的威武身姿，堆垒起祖先盐民筑成的盐山……悠悠卯酉河边绿荫香花间，张士诚捻须看后生，施耐庵举杯抒豪情，张謇晒盐棚中教桑农……啊，自古英雄多壮志，功盖千秋万古秀！

这一处处的景点，包含了历史与文化积淀的新景观，把曾经演绎于黄海之滨那风生水起的水浒文化再现，把气贯长虹的民族精神激扬，把无与伦比的盐民文化传承，像史诗般铭记于大丰人民的心间。是风景，让人赏心悦目；是遗产，有着博大精深的情怀；是碑林，必将流芳百世……于是，卯酉河变得更加厚重、朴实，更加让您想去亲她，爱她，不忍离开她……

如果说卯酉美景扮靓了大丰城，唤起了人们加快发展、美化家园的信心和热情。那么，卯酉河的华丽转身只是大丰经济发展的一个缩影。

西拓！顺着卯酉河滨公园进入柳拂花香的大刘路，大丰经济技术开发区已经向原新团、西团纵深拓展。一条条大路、一座座新桥的两边，是高耸的塔吊、标准化的厂房。沿海高速公路与新长铁路的大丰交会处，一场以工兴市、以港兴市，大开发大发展的雄浑交响曲，正气势磅礴地奏响。未来卯酉与登瀛的交汇握手，就在明天！

东进！沿着卯酉河滨公园进入大华路、疏港路，大丰城东新区建设如火如荼。城市功能性建设工程与市民新区比肩耸立。奥体中心健儿勇，文化广场琴声扬，丰收大地瓜果香，十里新城展辉煌！您再登高东眺，看那涌动的大海，长长的海疆。沿海开发的巨笔正饱蘸浓墨，在无垠的南黄海泼墨挥就出港城开发的鸿篇巨制！盐城大丰港，国家一类口岸上，门机长臂掀开了先祖盐民不敢拥有的梦想。吞吐量接近亿吨的大港，把江苏大丰那长长的手臂，伸向五大洲、四大洋！看吧，瀚海中桩基林立、巨臂擎天，硕大的抓斗捞起金色的希望。海上风电，巨翼转腾。东沙紫菜、泥螺、沙蚕在南黄海的怀抱中徜徉……

川流不息的卯酉河啊，你是大丰沧桑巨变的见证者。历史给予过你灾难与战火，也给予过你抚慰与鲜花。而未来大丰的发展过程中，多情的大丰儿女将以你为中心，扮靓你，扮美你。以你靓丽的风姿作为激励人们锐意进取、开拓创新的动力；以你厚重渊长的地域文化与多情美丽的风景，构筑人们的精神家园，创造一个更加富庶文明的壮丽未来！

洋河湾

◇ 仇育富

这道洋河湾早就没人知道她的名字了，我却一直无法将她忘记。她不仅仅是我的出生之地，也是我婴儿时的襁褓，还有我童年里游戏中无数欢乐的散落之地。

老斗龙河几百年来一直都是大丰人心中的母亲河。一头白牛勇斗恶龙的故事，在这片土地上流传了一代又一代，终于在民间形成了一个神奇的传说。

这条河流有一段河湾曾被人们称作为"洋河湾"。早先，每到清明前后，就会有无数鲜艳无比的花儿盛开在沿河两岸，花的形状类似于水中荷花的花蕾，构成的景色煞是迷人。

我小时候曾听爷爷说，那是他当年跟大先生（民国实业家张謇）请来的洋人（荷兰水利专家特莱克）要来的种子，自己也不知如何种植，就随手扔到了河湾处，想不到日复一日，年复一年，竟然繁衍出一大片花田。因为花种是洋人携带过来的，人们就习惯性地称这一段为洋河湾。每年春天，洋河湾边上便成了天然的花园。春风、春雨、春雾给这里带来仙气，透着灵气，散发着香味。各种鸟儿在花丛、树间跳来跳去，筑巢、觅食。蜜蜂忙碌着在花骨朵上授粉、采蜜，白鹭轻扑着双翅，悠闲地在洋河湾的水面上飞来飞去，觅食鱼虾。

这一处河湾原是行船人的临时停泊之处，湾大，不影响来往船舶的航行，而且坡高、挡风、向阳，渐渐成了行船人的避风港、小集市。只要一提到洋河湾，行船人都知道这个特别的名字。

洋河湾是一处每个季节都有故事的地方。

春天，芦苇丛中的柴雀开始立在晨雾中的枝头上歌唱，它歌唱时仰头、鼓喉，那带着节奏的声音，是我童年中最喜爱的音乐。夏天的洋河湾是我们这些孩子们天然的游泳池。秋天最喜爱摘些芦花，抹下来用力一吹，满天飞舞。冬天特别冷的时候，船会被冻在这里，此时也是我们最开心的时刻，在冰上跳白果，将冰面砸个洞钓鱼，用一只箩筐撑在冰面上，下面放些米粒诱捕小鸟。这些，都是一个名叫秀芳的船家女儿教我的。她在同龄人中是最会玩的一个，我觉得跟她在一起能长不少见识。

　　家里的小木船整天行在斗龙河，船家的孩子最渴望在经过这一处湾子时能停下来。这里船多，船家的小伙伴们常在这里聚集，一起到岸边去钻草丛，捉虫子，触摸泥土的芳香和草木的青葱。我常跟秀芳一起爬坡、摘花。我们最喜爱坐在河边脱下鞋子，把脚伸进水里，引着那些小鱼儿来啃脚心。那时，总有一种脚是痒痒的、心里头却是暖暖的幸福感。和一些泥巴，筑一座面盆大的池子，捉几尾小鱼放在里面，我们想把它们养大后再放进洋河湾里。

　　秀芳只比我大几个月，有一条长辫子，一双大眼睛，眼睛挺有神，像是会说话。只要问她一个问题，她总是不直接回答，俏皮地说："你猜。"很有城府的样子。她主意多，脑子灵活，想着法儿带着我一起玩，因而我特别喜爱跟她在一起，她总能带给我很多乐趣。但行船的水上人家也难得遇在一起，一年也不过三两次，见了面就特别开心。

　　不过，小孩子一起玩也会有不开心的时候，说不定还会闯一些小小的"祸"。

　　有一次，秀芳从河边捉了只螃蟹上来，那螃蟹还真不小，被秀芳抓在手里时还在张牙舞爪，像个斗士，一副不甘心的样子。显然企图捕捉时机给人痛击，做垂死挣扎。秀芳没理会这些，她也是不知道螃蟹的厉害，还跟往常一样用螃蟹来来回回地逗我玩。就在她将螃蟹靠近我的时候，那失去自由的螃蟹终于瞄准了时机，用一只大钳子一下子就夹到了我的下嘴唇，然后便报复性地使劲地夹，任凭你如何折磨它就是死不松开。被夹到嘴的我，自然拼命叫唤起来，这一叫把秀芳吓坏了，哭着就转身跑走了。我以为她不理我只顾自己回家去了，其实她是哭着跑去叫人了。

她叫来了不少人，其中就有我们两家的大人，还有其他打邦的船工，老老少少十多个。大家一看都不由得笑了起来，知道这是孩子间的恶作剧造成的后果，也都能预测到这样的结果不会严重。充其量只是嘴上受点皮肉之苦或小伤痛，用不了几天就会恢复如初。众人见秀芳在一旁哭得那个委屈劲，就知道是她惹的祸，逗她说："这下子完了，小六子脸上破相了，长大后找不到婆娘了，秀芳你长大了就得嫁给小六子，谁叫你把他嘴夹破了的。"

　　一旁的秀芳一边哭，一边直点头："是我把六子嘴夹坏的，我赔他，长大了我嫁给他。"

　　众人开心地笑了。秀芳的母亲蹲下身子帮她擦着脸上的泪："下次不许再这样瞎调皮了，看把六子疼的，夹到你试试。"

　　那边在逗秀芳，这边他们在帮我解困。螃蟹性情刚烈，使出一副坚贞不屈的样子。众人也费了好大的劲，才把它的钳子一分为二，替我解了围，此时我的下嘴唇已经肿了很高。

　　"秀芳，你看，六子的嘴还没吃到螃蟹倒长胖了。"刚刚止了哭的秀芳破涕为笑。

　　我疼痛未消，哪来的心情陪他们玩笑，狠狠地瞪了秀芳一眼。就这一个眼神，让我后悔了一生。

　　又是一年春来到，又一次船到洋河湾。我四处寻找秀芳，早已将上次不愉快的事忘得一干二净了，只想早点找到她跟她一起玩。可找来找去，大人们都告诉我："秀芳不在了。"我不懂这个"不在"意味着什么，后来才知道秀芳于年前失足溺水。她家人按船家习俗，将锅盖丢进河里顺水漂流，漂了三里多水路，停在了洋河湾。船工们在锅盖附近摸到已喝了一肚子水的秀芳，然后在河湾的岸坡上挖了个坑，将她就地掩埋。秀芳与洋河湾岸边的花永远厮守在了一起，每当洋河湾的花开时，我便会有意无意地走进这片花丛中，寻觅故人。

　　在失去秀芳的日子里，我又寻找其他的小伙伴们一起玩，总是经常跟身边的小伙伴们说起她。直到数年之后，当年一起玩的小伙伴们还会时不时地想起故人，追忆童年。

　　上学之后，我就再也没有去过洋河湾，也没有人提到秀芳的名字，但这道河湾，在我心中却永远是一块圣地，不仅是因为有湾上的美景，还有故人，我的小伙伴秀芳。

　　如今的洋河湾，已是中国最大的一处郁金香种植基地，千万株郁金香竞相开放，荷兰花海已然成为黄海湿地新的地标之一，每年都要吸引成千上万的国内外游客前来观赏。但还有几人知晓，这个船工栖息的洋河湾，就是我童年的河湾，也是我记忆之中曾经将童趣、幸福、惆怅、失落交织在一起的河湾！

　　我曾窃想，或许秀芳已经化身为花仙子，也隐藏在其中吧。不然，花海怎会如此美丽灿烂？

卯酉河的传说

◇ 刘立云

大丰境内有五条横贯东西、平行排列的大河，河面宽阔，河水清洌甘甜。就像五条长长的玉带，闪着夺目的光辉，铺展在大丰富饶的土地上。凡到大丰来观光旅游的中外游客，无不为这五条大河两岸的生态自然风光而陶醉，这里总使人们如此痴迷，流连忘返。

相传在清朝末期，具有捍海作用的范公堤以东，是没有河流的。那里人烟稀少，原始荒蛮，遍地都是盐蒿、茅草、芦苇。在无法生长出五谷庄稼的海边滩涂上，当地百姓只得靠煮海熬盐谋生度日。盐民熬成的盐巴除了上交官府之外，只余下极少的一部分去以物易物，用来维持生计。他们往往将那些盐巴装入麻袋，肩挑人扛或放到木制独轮车上，来到里下河一带，兑换那弥足珍贵的稻谷，作为口粮。

范公堤西侧不远，有一个名叫白驹的小镇，这个镇子是盐巴和稻谷交易的集散地。农历每月逢五，是人们赶集的日子。来自兴化、宝应、高邮等地的商贩与海边赶来的盐民，在喧闹的讨价还价声中，把白驹的贸易搞得非常红火。因之，小镇上的商事一直都是欣欣向荣、长盛不衰。

范公堤东侧，有一条被盐民踩出来的羊肠小道，沿着这条弯弯曲曲的小径向东约四五十里地，有一个小小的村落，叫作大中集。村里居住着世世代代依靠煮海为生的盐民。说来也怪，就连青菜、萝卜都难以生长的滩涂，竟然长出一棵又高又大的苦楝树，这棵高大突兀、绝无仅有的苦楝树，究竟生长了多少年，集上的人谁也说不清楚。

那棵苦楝树下的草棚里，住着一个名叫苦生的后生和他年迈的父亲。苦生从小丧母，父子俩相依为命，以熬盐为生。苦生不但长得英俊硕健，还是方圆十里八乡出了名的孝子。其孝顺程度，堪比古代解衣卧冰求鱼的王祥。那一年，苦生的老父得了绝症，临终时含泪嘱咐："儿啊，要想过上好日子，光依赖熬盐可不是长久之计，倘若咱们脚下这片荒莽的滩涂能长出五谷、棉花，不再经受饥饿、寒冷之苦，那该多好啊！而行事稼穑一定要有淡水……"话未说完，就抱憾而去。

苦生把父亲的遗言牢记心中。他暗暗发誓，务必要说服大家同心协力挖出一条河来，把里下河一带的淡水引到家门口，让盐民也过上五谷丰登、六畜兴旺、衣食无忧的幸福生活。

苦生的话刚说出口，就被大家笑话了。很多人质疑："就凭我们几把熬盐用的破锹和铁铲，在平地上挖出一条百里长河，把域外的淡水引来，谈何容易！这不是等同光棍老汉在梦中盼望年轻美女做妻，或是痴人爬到树上伸手去摘月亮当作铜盆洗脸那样？"而苦生却坚定地对大家说："古时候，有两座大山挡在了九十老翁愚公的家门前，他不是不顾年迈体衰，带领子孙们坚持不懈，要世世代代去挖掉它们吗？"众人听后，依然漠然置之，甚至还有人嗤之以鼻，反唇相讥。

无助的苦生并不理会众人的嘲笑，毅然决然，白天煮海熬盐，晚上披星戴月，独自一人每天挖河不止。无论酷暑寒冬还是雨露风霜，从来都未间断过。

苦生挖河引水的壮举传到了里下河一带。高邮湖里品貌出众的荷花仙子——茂叶闻后深为感动，她很想见识见识这个雄心勃勃的血性青年究竟长得是啥模样。

这一年，腊月廿五逢集。荷花仙子断定苦生要来白驹以盐兑粮回家过年，便扮作凡人来到白驹集市入口处悄悄张望。她左顾右盼，没过多久，从范公堤东面的羊肠小道上，果然走来了一个挑着盐担子，且高大英俊的小伙子。荷花仙子断定，这人肯定就是苦生。他虽没长出三头六臂，但那阳刚的体魄，浓眉大眼的相貌，英俊憨厚的模样，使她为之感到震撼。于是，一股爱慕之意从荷花仙子的心中油然而生，久久弥散不去。

为此，荷花仙子苦劝母亲湖神娘娘使用超然的法术，将高邮湖里的淡水灌溉东方，去改变那世世代代以熬盐为生的盐民命运，同时也能免去苦生每天挖河不止的辛勤劳作。

湖神娘娘听后勃然大怒，先是大骂苦生心高气盛，不知天高地厚，更不晓得乾坤之间的子午卯酉。然后又责怪女儿幼稚无知，感情用事。呵斥道："高邮湖水乃上苍所赐，湖中所有生灵的存活与繁衍全依赖于之，如果放掉一寸，湖水就会浅下一尺，直到干涸再也不会复原。今后，你再念叨此事，休怪我与你断绝母女情分！"

日复一日，年复一年。苦生不辞万般辛劳，依然坚持挖河引水。上帝真不开眼，苦生今年挖好一丈，明年就被海潮卷来的泥沙淤塞一丈。苦生再挖，来年再淤。如此反反复复，也不知转过了多少个年轮。

荷花仙子听此情形，心急如焚，饭茶不思，夜不能寐。她跪在母亲面前，涕泪俱下，恳求放水恩泽东方。而湖神娘娘仍无动于衷，并撂下狠话："你这不明事理的丫头，我们域内的一滴露珠就好比一片甘霖，何以要洒向域外？莫非你鬼迷心窍，看中了那个异想天开的熬盐穷小子？若真是这样，我必将施行最严厉的家法——沉湖！"

荷花仙子知道母亲之语绝非戏言，再苦苦劝说也是徒劳。于是将心一横，用快刀斩掉自己的五根手指，抛向了大丰境内。那五个手指瞬间就变成一顺儿贯穿东西的五条大河，排列在大丰广袤的滩涂上。顷刻，从手指上流下来的鲜血就化作了清澈甘冽的河水，汩汩滋润着这片贫瘠的土地。荷花仙子因失血过多，带着欣慰的笑容，永远闭上了眼睛。

为了铭记荷花仙子送来的福祉，也为了纪念她献出的年轻生命，同时颂扬她对纯真爱情的大胆追求，大丰人就将这五条大河称之为"茂叶河"。

有了淡水的润养，大丰临海的滩涂逐渐丰饶起来。

到了民国初期，南通的实业家张謇来大丰废灶兴垦。为了发展大规模的农耕，对五条"茂叶河"进行了疏浚，使之成为既可灌溉又能通航的多功能河道。

与此同时，还聘请了荷兰人索格、特莱克等水利专家来大丰改造水系。继而又开挖了纵贯大丰南北全境内的三条子午河，使大丰拥有了一个旱涝保收的发达水网。因"茂叶"和"卯酉"谐音，为了与"子午"相对应，从此人们就将茂叶河改称为卯酉河。

后来，长江水被引入高邮湖，里下河一带的水系成了卯酉河的发源地。再后来，以二卯酉河为地理坐标的大中集，形成了如今繁华的大丰城，卯酉河从此就成了大丰特殊的文化标志。当年海边上的那棵苦楝树依然枝繁叶茂，蔽天遮日。如今，仍然屹立在大丰城东的湿地公园边。

在空中鸟瞰，五条卯酉河就像镶嵌在大丰富饶大地上的一道立体"五线谱"，那阡陌上的房舍，如同乐谱上一个又一个欢快跳跃的音符，在世世代代向中外游客吟唱着一个让人无比感动的美丽传说……

阡陌交错，旷野绽放着鲜绿笑意。风吹过，处处弥漫着潮湿如诗般的气息……

乡村旅游

周古凯 摄

风景这边独好

◇ 张晓惠

为什么我的眼中常含着泪水，因为我对这土地爱得深沉。

——艾青《我爱这土地》

一排排杨树绿意葱郁直指云霄，挺拔出坚毅的风骨；棵棵梧桐灿烂出满目金黄，茂密着执着的守望；朴树盘根错节枝干交错，见证着从荒凉盐碱滩到富庶"粮仓"的翻天覆地；还有眼前这苍绿的棕榈树，这高大的老槐树。如果你们有记忆，该诉说出七十余载多少鲜活、绵长的动人过往！

秋风微拂，国槐枝叶瑟瑟，树身下的那方木牌上标着"邹鲁山手植"，与槐树的圈圈年轮一起昭示着这片土地的沧海桑田之变。邹鲁山，共产党员，1950年来到这块盐碱地上的垦荒局办公室主任，在上海垦荒管理局局长黄序周的带领下，带领上海迁徙而来的近八千名移民，在只能长盐蒿草的盐碱滩上垦荒造林艰辛劳作。"新人村"在七十年前苍茫的天空吹起震撼人心的号角：新生了！而正值盛年的邹鲁山却因劳累过度倒在了盐碱滩上，新人村的野草野花间竖起了第一块墓碑。邹鲁山的故事在纪念馆中一次次被讲述，他的身影永远闪烁在这株国槐的蓊郁苍绿中。

一张张小小的存折，在橱窗中静静地与南来北往的游客，尤其是曾经将青春在这里挥洒的上海知青对视。曾有一位昔日的知青要用五万元赎回自己当年那五元、七元的存折被纪念馆婉拒：欢迎您常回第二故乡来看看，这样的存折留在我们这里，会唤起更多人的珍贵记忆。在馆中徜徉与驻足，一丛枯干却依旧金黄的芦苇摇曳多姿，这里还有或清新妩媚、或帅气俊朗的人物黑白照片，老旧的长条凳，暗绿色的小邮局……历史与岁月的脉息在这里随时可以触摸，让你慨叹、沉思，又回韵悠长：世界上，只有一种英雄主义，那就是看透了生活的真相后，依然热爱生活。

黄序周、邹鲁山等老一辈共产党人的光辉形象在一代代北上海人的心中扎根，一如邹鲁山亲手植下的这株国槐，已葱郁繁茂冠若华盖；一如眼前这二十世纪六十年代知青们栽下的株株棕榈树，寒风中依旧翠绿苍劲；一如由现在年轻的工作人员栽植下的枸骨，在灌木丛中蓬勃着一嘟嘟一串串的艳艳红果……更有北上海党史馆中的这本1949年版的《共产党宣言》，由老场员传给其子，现已年近花甲的王晓明又向知青纪念馆深情捐赠。"一面旗帜、一片荒滩、一块飞地、一场召唤、一腔热血、一代薪火……"一批又一批人的传承接力，一代又一代人的勠力同心，泪水与汗水的交织，阳光与寒冷的抗衡，智慧与心血的汇聚迸发，终在盐碱地上绘就眼前这如画的风景，形就这大理石碑上铿锵作响的"北上海"精神特质：大无畏，开垦开荒；大格局，开发开放！这是一面旗帜，也是一种传承，是一股拼劲，也是一种骄傲与自豪。

大丰上海知青纪念馆，一条无比坚韧的情感纽带，将盐城与上海紧密相连。七十余载风霜雨雪、花落花开，从茫茫盐碱滩到如今的姹紫嫣红、鸟语花香，从1950年第一批上海人到1968年几万上海知青，再到四万多的"海丰少年"……几代上海人生于斯长于斯，多少铭心刻骨事，多少血肉相连情！他们相聚于此，成长于此，相爱于此，奋斗于此！馆中这墙壁上过往岁月的青春影像，这密密麻麻的知青名字，将历史与当下联结，令无数人来此把青春与梦想深情回望。"青春万岁"四个大字，倾诉着知青们对青春的刻骨铭心，在艰辛中奋斗，感悟苦难又辉煌的人生历程。这里走出了国家领导人，走出了大上海著名企业的老总，他们怀着对自己青春与对这块土地的爱恋，一次次深情回望，尽心尽力为这块土地的繁荣昌盛添砖加瓦。

一尊铜像，屹立在知青纪念馆的西侧，披着南黄海清新妩媚的朝霞，眺望着冉冉升起的太阳，"守望者"三个遒劲的大字饱满地镌刻在铜像底座上。田崇志从1950年3月来此，已整整七十四个春夏秋冬，这位从十三岁就在盐碱地胼手胝足劳作、奋斗，且写了几十年日记的守望者，是北上海精神谱系中厚重的一页；新一代的守望者，纪念馆的文博工作人员依然执着，从老馆开创者马连义，到建设新馆的陶耸，再到现在思考着如何将纪念馆做活做丰满，更好地全方位发挥纪念馆多功能作用的王继虎，建设者们的传承接力在岁月的长河中熠熠闪光。

沧桑飞地的历史记忆，青春岁月的情感通道，沪苏融合发展的友谊桥梁。知青纪念馆从2008年建馆至今已走过十六个春夏秋冬。十六载风雨沧桑，紫藤蔓牵出雅致的烟霞，梧桐灿烂出满目的金黄。"中国知青主题、沪苏对接平台、文化产业园区"的定位，长三角一体化高质量发展的宗旨，对纪念馆文博人提出了全新的要求。

青春万岁！往事并不如烟。

踏着历史与岁月的印记不忘初心，怀着信仰与梦想扎实前行，是一代代北上海人对这块土地的深深爱恋与无限期望。

阔大的纪念馆广场上，一群放风筝孩子们的欢笑声惊动了灌木丛中的鸟儿，鸣啾声与孩子们的欢声笑语交织汇集在蓝天白云下，绿树红花与孩子们的身影、歌声和着海风涛浪，成了南黄海畔最为美丽的画面！

北上海，知青的"精神家园"

◇赵峰旻

茅草屋，泥巴墙，木门窗……嗯，几十年了，还是当年的那个样子。大丰知青纪念馆前，头发花白的上海老知青肖兰，一边激动地指点着，一边对两鬓染霜的老伴儿陆阿毛说。

陆阿毛连连点头，是啊是啊。抚着门框，摸着早已褪了色的对联，仿佛又回到那个激情燃烧的年代。面前的一切对他来说是多么的熟悉啊，他的青春在这里燃烧过呢。老两口儿凝视着旅游导览图，心情非常激动。抬眼看到横梁上"青春万岁"几个大字，一下子触动了内心深处最柔软的部分，眼里有炽热的液体悄悄滑落，打湿了一片时光。

善解人意的讲解员热情地介绍道："叔叔、阿姨，我们现在所在的位置是大丰上海知青馆，前面还有北上海历史展陈馆、中国知青主题馆和开圣影视基地三个展馆。你们今天来得真巧，这里正在拍摄《北上海1950》，电影《蛙女》和《两个女人的战争》也是在这里拍摄的，有好多大明星来过这里呢，待会儿咱们过去看看？"

"好啊好啊。"老两口欣然同意。

走进知青纪念馆，欣赏着馆内陈列的旧报纸、老照片、知青日记、上海手表、木刻宣传画和知青日常生活用品等，肖兰和陆阿毛的眼睛又慢慢湿润起来。面对这些折射自己青春韶华的张张照片和件件实物，当年一锹一铲垦荒的岁月记忆，便如潮水般涌上心头。

二十世纪六十年代末，黄海之滨的海丰农场，明月朗朗照彻碧空。初中刚毕业的肖兰，头扎羊角辫，身穿黄军装，和她的同学们一起，唱着嘹亮的歌曲，迈着轻快的步伐，打着背包，提着行李，在秋天的第一个月圆之夜，从上海坐轮船、转汽车，又走了十几里土路，风尘仆仆二十多个小时，终于到达了他们的第二个故乡——海丰农场。

茫茫盐碱荒滩，漫漫风沙劲舞。这里没有想象中的"稻花香里说丰年，听取蛙声一片"的美好图景，有的只是遍野蒿草，以及漫天绽放的野菊花。这里也没有一间能够栖身的房屋、一条可以行车的道路，所有的所有，都要靠自己去创造！

初来乍到的新鲜感瞬间消失，迎接肖兰他们的是肆意狂吻的海风和荒无人烟的滩涂。然而他们没有退却，开荒、种粮，变荒滩为粮仓，建设美丽的北上海，是他们神圣的愿望。于是，一代人，一群人，无数群人，像蜜蜂一样，在海边飞舞，在荒滩上酿蜜。他们像军人一样，被分成了一个个连、一个个排、一个个班，实行军事化管理。没有房屋，他们就卷起裤管、挽起袖子，夯地基、挖土坯，割来芦苇和茅草，自己动手建房造屋。

苦，对于这些十八九岁的上海青年来说算不了什么，只要人人心中有天堂。在这群年轻人眼里，天堂是至高无上的殿堂，他们要在这片土地上去寻找、去建设。他们挥镐扬锹，开疆拓土，试图把这片海涂荒原变成通往天堂的阶梯。他们知道，只有脚踏实地，不断努力，才能实现心中的向往。

风沙满天，蒹葭遍地。开挖、推土、爽碱、排盐，知青们拨开遍地荆棘，掀开层层盐碱，栽下一棵棵秧苗，种下一片片庄稼。

没有花前月下，只有茫茫田野、荒滩芦苇，无边的寂寞吞噬着青春芳华。除了下地劳动，肖兰还和知青们一起唱歌、跳舞、吹口琴、做女红，打发寂寞的时光。队里只有陆阿毛有一台红灯牌收音机，每逢下雨天不出工，肖兰就借来收听，一来二去，两人擦出了爱的火花。

田间劳作容易弄破衣服，肖兰从上海带来的衣服都穿破了，就用布片在上面打上补丁。破烂的衣服，黝黑黝黑的脸庞，大家相互取笑：成丐帮了。

岁月是一把磨人的刀。当所有的棱角都被磨平，所有的沧桑都被风吹尽；当汗珠子滴在大地上摔成八瓣，汇成河流；当垦荒者们手上的皮破了一层又一层，结出了厚厚的茧子，荒芜的大地终于垦出了生机，蓬勃起绿洲……先后建设起的上海农场、海丰农场和川东农场，成为上海的"后花园"，亦称"北上海"。

一个甲子过去了，苏北早已接轨大上海。从上海到"北上海"，车程从二十多小时缩短为两个多小时，原先场部旧址也变为4A级旅游景区。纪念馆的建设，让诸如肖兰夫妇的知青们，捡回了可见可触的青春回忆。这片曾经承载知青汗水和青春的热土，现已成为他们共同的精神家园。

临别时，老两口特意带走了几本知青纪念馆印制的《知青》杂志。他们握着导游的手说，回去一定告诉孩子们，告诉所有认识的人，大丰有个知青纪念馆，那儿是他们曾经战天斗地的地方，那儿的农场有多大，老树有多高，还有许多掩藏在岁月里的故事……

梦幻迷宫

◇ 赵建峰

元顺帝至正十三年（1353）正月，张士诚率领其弟及盐丁李伯升、潘原明、吕珍等十七人积极筹备武装暴动。事关重大，为了防止秘密泄露，张士诚他们把起义的地点选在了白驹场附近的草堰场。那天夜里，十八名热血盐民在草堰场的北极殿中歃血为盟。随后，好汉们冲进富户家中，打开仓库，把粮食和钱财分发给当地的老百姓，接着点了一把火，把房屋烧了个精光。官府随即派出大量官兵进行镇压。盐民见事情闹大了，便推荐张士诚为领袖，开始了曲折的抗元起义之路。

因对阵双方人员数量悬殊太大，在第一场大对决前，张士诚意识到不能硬碰硬，只能采用智取的办法。因此，命令大将杨启宗率领义军藏身于丛林之中。敌明我暗，这样既方便隐藏自己的队伍，也能打敌人个措手不及。

稳妥起见，下达命令前，张士诚带了几名随从考察了一番。进入丛林后，张士诚惊讶地发现，丛林之中迷雾重重，树与树之间盘根错节、错综复杂，每一个岔道、每一条小径被复制得极为相似，以至几个土生土长的盐民都绕迷了路，直到太阳快落山了才找到出口。张士诚遂心生一计，命人在丛林中布置出一个迷魂阵，各种小路参差错落，见首不见尾，宛如一个丛林迷宫。然后再命人在迷魂阵的沿途小路上留下义军特有的记号，防止自己人走失。一切准备就绪，元军的先头部队已经逼近。

当晚，张士诚率军主动出击，将元军引到早已布置好的迷魂阵中，与之捉起迷藏来。等到元军被绕得疲惫不堪时，埋伏在四周的义军一跃而出，将元军杀了个措手不及……

为了纪念张士诚首战全胜，草堰镇政府根据历史记载方位，在张士诚率部战斗过的地方，修建了一座梦幻迷宫。

据载，人类建造迷宫的历史已有五千多年，在世界不同文化发展时期，这种弯弯绕绕、迷惑重重的建筑，始终吸引着人们。古代的祭祀、战争、园林以及装饰中，都曾出现迷宫的身影。

梦幻迷宫，位于江苏省盐城市大丰区草堰镇境内，从沈海高速白驹出口处右转前行一千米即达。景区规划面积二百五十万平方米，建成并已对外开放九十万平方米，是集休闲旅游、餐饮住宿、研学教育等产业为一体的国家4A级旅游景区。

2018年6月30日，吉尼斯世界纪录全球纪录管理高级副总裁兼大中华区总经理马可亲临景区现场，为梦幻迷宫颁发了"世界最大的永久性树篱迷宫"和"世界最长路径的永久性树篱迷宫"两项吉尼斯世界纪录证书。

植物迷宫总面积35596.74平方米，路径总长9457.36米。从空中俯瞰，这座由世界顶级迷宫设计大师指导设计的植物迷宫，由四万多株红叶石楠构成一只巨大的麋鹿造型。造型肌理清晰，活灵活现。四周被十万多株整齐的桧柏包围。整个景区仿佛一只巨大的麋鹿昂首阔步，行走在绿野之中。

这巨型人造美景与大丰"麋鹿故乡"的称号相呼应，为古镇草堰增添了新的魅力。

旅游热土，兼文修武

◇ 陈晓春

"旅游热土，兼文修武"，是原南京军区司令员、中国新四军研究会原会长朱文泉上将为大丰区草堰镇梦幻迷宫国防教育基地所题的词。这一题词，镌刻于石碑之上，矗立于铁军国防教育基地门前，突显了梦幻迷宫这一旅游胜地的与众不同，彰显了其国防教育的独特魅力。

这处别样的国防教育基地——梦幻迷宫，位于盐城市大丰区草堰镇三元村，获得过"世界最大的永久性树篱迷宫"和"世界最长路径的永久性树篱迷宫"两项吉尼斯世界纪录。

"国无防不立，民无防不安。"近年来，梦幻迷宫景区聚焦"旅游热土，兼文修武"目标，从"浓厚国防氛围、开展国防教育、传承红色精神"等方面多措并举，推进游客和青少年国防教育，旨在引领参观者崇军尚武，受到社会各界热烈响应。同时也得到各级党委政府、军地领导、主流媒体的关心和支持，先后荣获"中国新四军和华中抗日根据地研究会铁军精神教育基地""中华英烈褒扬事业促进会教育培训基地""江苏省国防教育示范基地""江苏省人民防空训练基地""江苏省优秀'戎耀之家'""盐城市第五批爱国主义教育基地""盐城市中小学生素质教育社会实践基地""盐城市研学旅行实践教育基地"等多项称号与殊荣。

梦幻迷宫景区主要分为三大区域。东区是国防教育基地，中区是获得过吉尼斯纪录的迷宫和餐饮住宿区域，西区是农业现代采摘园。铁军国防教育基地占地十三万余平方米，主要由红色教育区、军事装备展示区、军事装备体验区、军事训练拓展区、军营五大部分组成。

红色教育区建有"中华英烈"文化长廊、"不忘初心"百年党史学习馆、"红色教育"影音室、红色书屋等场所设施，主要通过图文、影视、文物、书画等形式，展示各个时期具有代表性的英雄模范人物事迹，让每一位参观者都能够获得沉浸式爱国主义教育，从而激发他们爱党爱国的情怀。2021年，为了向党的百岁生日献礼，梦幻迷宫景区精心策划建设了"初心园"，讲述党的故事、革命的故事、根据地的故事、英雄和烈士的故事，进一步丰富和提升革命传统教育、爱国主义教育、青少年思想道德教育载体的内涵与水平，成为梦幻迷宫景区开展红色教育的品牌项目。

漫步于训练基地，国防教育和人防宣教标识标语随处可见。平时只能在电视、报刊上看到的东风-3导弹、037型猎潜艇、轰-6轰炸机、强-5强击机、歼-8B战斗机和59式坦克、62式坦克、100毫米高射炮、122毫米榴弹炮及装甲输送车等退役武器装备在草坪上有序陈列。

这里最引人注目的是一个长二十三米的庞然大物，它就是东风-3导弹，导弹静静地伫立在草坪上，上有"中国人民解放军火箭军赠"字样，说明这原来是个"真家伙"。"随着时代的发展，这种型号导弹已经退役，被能力更强的后来者取代，这些退役的装备用于国防教育展示观摩，更能发挥其作用。"景区工作人员如此介绍。

军事体验区主要由枪林弹雨、雷霆CS、坦克试乘等仿真模拟训练项目组成。在此，游客们可以尽情体验多种军旅娱乐项目，让每一位参与者的身心都能得到充分锻炼。蹦床、射箭、卡丁车……既丰富多样，又刺激有趣，寓教于乐，将国防知识和娱乐项目巧妙结合。

雷霆CS对抗基地，占地面积两万平方米，设有大小两片场地，同时可供一百人分组对抗，让游客身临其境，充分体验枪林弹雨带来的刺激与挑战，享受现代战争游戏的趣味与魅力。试驾坦克是训练基地独有的项目，它采用退役后改造版坦克、战车让游客试乘试驾，在视觉、性能上还原真实，保持了原有战斗车辆的外形，还模拟其动力系统，让人仿佛身临硝烟弥漫的战场。

拓展训练区主要包括重走长征路、高空拓展等项目。其中，重走长征路项目采用模拟与微缩相结合的手法，生动形象地再现了红军二万五千里长征的千难万险，使每一位体验者既能重温革命历史、坚定理想信念，又能增强个人拼搏斗志、重视团队凝聚力。

梦幻迷宫国防教育基地正式运营以来，不仅承接中小学生军事类夏令营、冬令营，还推出了研学类项目。前来参观游览或开展研学活动的，有学生群体，也有社会团体；有来自盐城、南京、无锡、徐州的省内体验者，也有来自成都、青岛等地的外地游客。每年接待游客逾百批。

未来，景区将围绕功能齐全、体系完善、信息畅通、运转高效的综合性国防训练基地目标，合力打造更大区域性国防训练基地品牌，使之成为锤炼国防队伍过硬本领的"磨刀石"，成为全民战备战斗力生成的"摇篮"，为全面提升履行国防使命能力提供保障，向着"旅游热土，兼文修武"的更高目标迈进！

白驹两军会师精神彪炳千秋

◇ 周继坤

"十年征战几人回，又见同侪并马归。江淮河汉今谁属？红旗十月满天飞。"几十年以来，陈毅元帅这首诗在盐阜大地上广为传颂，让人热血澎湃的字里行间，记载着八路军、新四军在白驹狮子口胜利会师的历史性时刻，这是盐阜革命老区抗战史上的光辉一页。

1940年10月10日，北上的新四军陈毅、粟裕部与南下的八路军黄克诚部在白驹狮子口胜利会师，为保存和发展新四军，开辟苏北抗日根据地，建立华中抗日根据地奠定了基础。这一威震四海、名传天下的伟大历史事件是对日伪顽的沉重打击，是对抗日人民的巨大鼓舞。从此，华中地区抗日斗争揭开了新的一页，扩大了抗日民主根据地，加强了党的建设和政权建设，发展壮大了人民武装力量，广泛开展了敌后游击战争。八路军、新四军在党的领导下，浴血奋斗，不怕牺牲，取得了伟大的胜利，这次会师在我党我军历史上具有重大意义。

为了纪念这一伟大的革命历史事件，继先辈大业，创后世宏图，永远怀念革命先烈、教育后代，原中共大丰县委、县人民政府于1986年6月8日在白驹狮子口建成一座八路军、新四军白驹狮子口会师纪念碑。这座纪念碑占地面积一千六百平方米，碑身为钢筋水泥建筑，高22.6米，形似一把直插云天的双刃宝剑；纪念碑顶端浮雕为镰刀锤头，象征八路军、新四军是中国共产党领导下的两支工农抗日武装；碑的正面朝西，上刻八路军第五纵队改编的新四军第三师原副师长张爱萍上将亲笔手书的"八路军、新四军白驹狮子口会师纪念"。碑基坚固雄浑，意味着我们的事业根深蒂固；整个碑身洁白无瑕，象征着我们革命前辈品质高尚，心底无私；碑的底座为方形，上下两层，下层稍大，为四百平方米。朝东的一面，刻有碑文，由原大丰县人民政府撰写，其内容是："1940年7月，新四军奉命渡江，开辟苏北。在取得黄桥决战胜利后，继续挥师北上。与此同时，八路军黄克诚部从淮海地区南下。1940年10月10日，八路军一部与新四军在白驹狮子口胜利会师。皖南事变后，新四军在盐城重建军部。在刘少奇政委和陈毅代军长的领导下，坚持华中敌后抗战，巩固和发展了华中抗日根据地，为中华民族的解放事业和东方反法西斯斗争的胜利，建立了不朽的功勋。为继先辈大业，创后世宏图，特立此碑，以资纪念。"

在会师纪念碑的落成之际，省市领导、部队领导及部分曾参与会师的老一辈革命家、学生及其他社会各界人士参加了落成典礼，仪式举行得隆重、严肃，影响极大。1990年7月，盐城市人民政府批准会师纪念碑为盐城市文物保护单位。1990年10月，大丰县委、县政府专门在会师碑前举行会师五十周年纪念活动；2000年10月举行会师六十周年纪念活动，征集革命文物二十三件，史料、资料和名人字画三百多件，在全国产生了很大影响。

自建碑以来，此地一直是爱国主义革命传统教育基地，各级党团组织、武警官兵、学生及其他社会各界人士，通过各种不同的形式集中到纪念碑前缅怀革命先烈。新党员、新团员入党、入团到纪念碑前举行宣誓仪式；新干部上任到纪念碑前宣誓继承革命先烈遗志，廉洁奉公，全心全意为党为人民做好工作。中小学生在清明节、少先队活动日等到纪念碑前，听老一辈革命家讲过去的战争历史和英雄事迹，接受革命教育。

2020年10月9日，在八路军、新四军白驹狮子口会师纪念碑的后方，集历史博物展陈、爱国教育、培训交流等为一体的会师文化展示区正式建成对外开放。其由两座基本完全一致，庄严凝重、气势恢宏的深红色建筑组成，分别代表八路军、新四军，合起来便是一艘硕大的军舰，象征人民军队坚不可摧的巨大力量。

会师纪念广场上，十四面高高飘扬、鲜艳的红旗象征中华民族抵御外侮的十四年抗日战争历史。

会师文化展示区主体建筑外形象征着南北会师的两面军旗，建筑面积一万零八百平方米，展陈面积三千七百平方米。展示区主要是以抗战历史为脉络，以会师为主题，围绕八路军、新四军会师的时代背景，华中抗战指挥部的建立、新四军军部的重新组建，粟裕带领的一师在苏中地区和黄克诚带领的三师在苏北地区的战斗及建设故事展开。

展示区共五部分内容：日本侵华，全民抗战；巩固华北，发展华中；同侪并马，会师白驹；开辟苏北，砥柱华中；将星闪耀，缅怀铭记。进入展示区，序厅部分把大丰白驹的地域风貌勾勒在墙面的浮雕上，并且建造了以"共举红旗飞"为主题的人物雕像和环绕在四周的多层次故事化组雕，再现了当年两军共举红旗飞的欢庆场景。

展示区内，一场时长六分钟的3D微话剧，真实再现了两军会师的历史性时刻，配以符合战争场景的灯光、音响效果等，生动艺术地再现了两淮战役时期新四军歼灭拒绝向抗日武装投降的日伪军的壮观战斗场面和气势恢宏的战争氛围！

耐庵故里的"皎皎书苑"

◇ 王宏程

2021年1月20日是庚子年的大寒，虽然天寒地冻，我心里却热浪翻滚。

因为，曾任白驹小学校长多年的好友——月辉先生发来信息说道："宏程兄，皎皎书苑准备策划白驹教育史展览，谷子先生打算在春节期间邀请你和几个文化人一起，就策展的事情磋商一下，请你一定要拨冗参加。"

我当然愉快地应允了。

在白驹这个千年古镇上，月辉被人们尊称为皎皎书苑的"苑长"。但他告诉我，其实，自己的真实身份就是书苑的一名义工。

白驹，早在隋唐前便已成陆。唐末，这里渐渐有煮盐人家落脚谋生。自宋代开始，这里便设有官家盐场。"白驹"取名自《诗经·小雅》之"皎皎白驹，食我场藿"。从那时起，便有了较为繁荣的白驹街市，一直延续至今。

皎皎书苑建于2020年初春，坐落在白驹小学西校址上。书苑占地面积约五百五十平方米，建筑面积为四百五十平方米。

书苑内，是两排民国建筑风格的民居，南北相向坐落，显得恬静、隽秀、雅致。庭院中，花草繁茂、姹紫嫣红、秀色可餐、香气袭人。庭院取名"逸豫庭"，庭内有小桥、涧溪石、回廊等，好一派书香门第的气度。

院墙内外，设有彰显白驹文化的先贤墙和八景墙，以图文并茂的形式展示着白驹的古镇文脉，凸显出千年古镇的文化传承与古镇人的文化自信。

书苑内设有"皎皎白驹"展厅。

展厅陈列白驹的文学、艺术、民俗、书画、社会等各类图文和展品，昭示了白驹深远的历史，记录下了白驹风土人情之细枝末节。

书苑开设"空谷斋"。空谷斋常年组织阅读、书法、绘画等文化沙龙活动，为这个小镇营造出了一个有温度、有品位、有格局的文化家园。

"苑小容日月，书博通古今"，书苑的这副门联勾勒出谷子先生弟兄俩对书苑的美好愿景。

书苑走廊上的对联"远寻千年古镇先人足迹留住乡愁，近读万卷诗书大音希声极目天舒"，在其气势磅礴的意境中，揭示了皎皎书苑的创办初心。

皎皎书苑，常年免费开放。

白驹教育史策展座谈会，在皎皎书苑的空谷斋如期举行。参与者有著名诗人韦晓东先生，施耐庵研究专家浦玉生先生，有大丰作协主席冯晓晴女士，《人民作家》总编骆圣宏先生和中国书法家协会会员、大丰书法家协会副主席徐中林先生。还有好几位本土作家、书法家和小镇上的社会贤达。

皎皎书苑是白驹乡贤陈慧峰、陈慧谷兄弟俩出资兴办的一家面向社会大众的公益性书苑。从创办至今，每年都吸引无数的文人墨客前来光顾。

慧峰现任盐城大丰远大机床有限公司董事长、大丰区机床商会会长、区工商联副主席等职务。

慧谷就是被大家昵称的谷子，华东政法大学法学硕士，同济大学管理学博士。曾游学于哈佛大学、圣比得堡大学、希伯来大学等海外知名学府，曾任职中国社会科学院《中国社会科学》杂志社编辑等职。

慧峰、慧谷是白驹小学已故优秀教师张秀成、祖居小街的邻乡供销社经理陈铭先生的儿子。早在张秀成老师退休之前，慧峰、慧谷弟兄就多次向白驹小学捐款，并设立了"张秀成教育基金会"，以嘉奖有突出贡献的优秀教师和品学兼优的学生。他们还捐书捐款，设立"张秀成希望书库"，助力白驹教育事业的高质量发展。

至今，这个书苑已建成三年。在这三年里，书苑举办了"白驹，自远古走来""白驹戏曲文化的样本""教育的力量——白驹教育史""曹凯钵先生捐赠书苑画展""施金根收藏名家题赠图书展""白驹名家书画展览"等多场公益文化活动。策划、编辑出版了《皎皎书苑丛书》等十余种图书，并利用自媒体，对外发表了各种体裁的文稿一百八十九篇。在以宣传白驹文化为主的微信公众号"空谷斋"上，编辑传播文学作品八十余篇……

皎皎书苑成了串场河畔的文化高地，也成为人们热衷于追逐的网红打卡地。

提出让孩子们"过一种幸福完整的教育生活"，"新教育"实验发起人、著名教育家、全国政协副主席、民进中央常务副主席朱永新先生来了；"归来仍是少年"的国画大师陆天宁先生，在虎年春节来了；在古镇小街度过了童年和少年时光的白驹藉老人，曾担任《解放军报》编辑的著名军旅作家陈贻林先生来了；著名诗人、《家乡书》主编韦晓东先生来了；曾经在白驹古镇读书求学的中国书法家协会会员、盐城市美术馆馆长、盐城市书法家协会主席吴洪春先生来了；曾经在白驹镇组织的革命样板戏剧《沙家浜》《红灯记》中参演的演员们来了；曾在这里度过激情岁月的苏、沪等地的知青带着他们的子女来了。一大批全国各地的知名学者和文化名人，也陆陆续续地来了……

皎皎书苑，虽然坐落在古镇小街，气势也不那么恢宏，但是，它却是游子们的精神家园，是古镇文化守望者们的心灵栖息地，更是千万渴望知识的青少年心中一座圣洁的伊甸园。

城中银杏林

◇ 肖斌

地处黄海边的小城，因为有了特色，也就有了魅力。越来越多的外地人来了，他们喜欢看大海、逛港城、入湿地、亲麋鹿、进森林、观花海。许多人还对城中银杏林不惜发出赞美之词，说是下了高速，一进城就被一片靓丽的银杏林所吸引，好感油然而生。听到这些赞美的话，我就如同遇到了知音。因为银杏林离我家不远，步行十来分钟即达，经常亲近它，对它也就产生了一种特殊的感情。

十几年前，在一个百花盛开、春意盎然的季节，我带着爱人和女儿，借来当时还算是奢侈品的数码相机，奔向了这片林子。那时还没有什么高楼大厦，老远就能看到一道高大宽厚的绿色长廊，像一条翡翠带子从远方飘来。春天本来就是姹紫嫣红的时节，银杏林更是如诗如画。一抬头，南有恒北梨花，云蒸霞蔚；北有河岸垂杨，柳色如烟；西有桃花盛开，灼灼其华；东有满地菜花，金黄炫目。

我漫步在林中，仰望一棵棵高大的银杏树，见其枝繁叶茂，碧绿滴翠，向上承接苍穹，向下傲视群芳，不得不承认银杏树才是这里的主人。此时，良辰美景，春风拂面，移步换景，打开镜头，画面中留下了一张张美好的笑容。

有了银杏林，银杏湖应运而生，挖湖、造景、架桥，打造得美轮美奂。夏天的晚上，来银杏湖游玩、健身、娱乐、散步的人络绎不绝。这里树影婆娑，湖面波光粼粼，舞者成林，歌声飘扬，人们无不陶醉在这优美的环境之中，成为城市夜晚人气最旺的场所。

银杏林美在四季，但最美在秋季，一株株银杏树被染得金黄。到这个金色王国来赏秋，行走在铺满银杏叶的黄金大道上，看满林蝴蝶飞舞。树在林中，叶在树中，人在其中。于这个深秋，听最惬意的声音，看最烂漫的秋景。

叶子还没有落尽，就已经看到了挂满树枝的白果，一串串，一簇簇。等到成熟时，又是另一种奇妙的感觉了。走在林间只能凌波微步，小心得像过独木桥，即便如此，仍然会踩到白果，发出咯吱咯吱的声音。

白果于我曾是多么珍贵。小时候，家乡用白果烹饪甜菜，那可是一道高档的菜肴。不过，那时小孩子的心思还不在这里，而是用它来玩一种游戏。这种游戏叫跳白果，可以两个人玩，也可以多个人玩。一般在有坡度的地方，如墩子边、生产队仓库大门前的石坡上，双脚夹住白果，瞄准他人的白果，向前一跳，白果抛出。输赢就看两粒白果距离是否在自己的一个脚印范围之内。一次，我还为输掉六七个白果而伤心了几天。

如果小时候能穿越到现在，那肯定会兴奋得不行，一定感觉进入了童话世界，成了世界上最富有而最快乐的人。其实，小时候并没有看到过银杏树，当然也不知道白果是怎么结出来的。我们的白果都是从货郎担上用鸡蛋换来的，一个鸡蛋也就能换上十来个白果。记得几年前，银杏树刚落下几个果子的时候，我捡起一个果子仔细端详，揣摩着这银杏的名字起得太高明了。挂在枝上，落在地上，太像杏子了，而剥了外衣，就成了白果。

白天，来银杏林的人并不多。只有到了晚上，休闲散步的人群优哉游哉地穿林而过，显得熙熙攘攘，将夜幕下的这块洁净的土地搅得热闹非凡。而这一棵挨着一棵的银杏树，也有各种姿态，有独木挺拔向上直插云霄的，是单身汉吗？有同根生发出并蒂双干的，是一对幸福情侣抑或是恩爱夫妻吗？有三个枝干并行的，是三口之家吗？还有同根生出四枝、五枝、六枝的，那一定是温馨和谐的大家庭了。真是树如人、人像树。

冬天的夜晚，银杏林静得出奇，没有了夏秋的喧哗，也没有了白天的嘈杂，繁华落尽。这时的银杏，决不遮遮掩掩，无需包装，真实显露，比夏秋还挺拔了许多，下立着地，上顶着天。林子里，更是多了几分禅意，一个个像高僧一样，历经了世态炎凉，看破了滚滚红尘。寒流还未袭来，月明星稀，微风拂面。在这样的气候里，有时林中只有我一个人，漫不经心地踱着步，若有思，若无思，多么恬静与惬意。感觉就像朱自清在《荷塘月色》里所说："这一片天地好像是我的；我也像超出了平常的自己，到了另一世界里。我爱热闹，也爱冷静；爱群居，也爱独处。像今晚上，一个人在这苍茫的月下，什么都可以想，什么都可以不想，便觉是个自由的人……"

我的目光与每棵银杏树交流，像春天那样期待，像夏天那样对话，像秋天那样欣赏。树儿们也好像在思索，在会意，在回应。这时，还有三三两两的叶子依依不舍地紧贴在树枝上，似瘦弱的蝴蝶一般，微风吹过，展翅欲飞。

正陶醉着，忽然眼前一树黄梅着实惊呆了我，金黄似蜡，傲霜怒放，清雅俊逸。古人说的"雪满山中高士卧，月明林下美人来"，大致如此吧。黄梅我是见过的，在《水浒传》作者施耐庵故里的白驹镇，就有一户人家的庭院前长着黄梅，那种"枝横碧玉天然瘦，恋破黄金分外香"的意境油然而生。可银杏林里怎么会有黄梅呢？我感觉有些蹊跷。等还过神来后，才意识到原来是因为树上的白果任凭朝来寒雨晚来风，果子与树相濡以沫，不离不弃，在如水的月色下，在林子里黄炽灯的照射下，形成了如此奇观。看来银杏林从来不缺少美，时时处处都在。你来与不来，大美就在这里。

陶渊明云游东方桃花洲

◇董建超

东晋诗人陶渊明千年以前写下了著名诗篇《桃花源记》，借武陵渔人行踪这一线索，描绘了桃源仙境，令人神往。

陶老先生搁笔后沉睡多年，醒来忽又想起了桃花源，心中念叨哪桃源不知今日如何。想不如看，知音老伴儿瞧出了他的心思，便为他准备了外出必备物品。第二天，陶老先生起了个大早，趁着春风细雾，驾着彩云，漫游而来。

来到黄海边，只见一处碧绿的田野上，盛开着一大片姹紫嫣红的桃花，桃花源中人是不是又在此开疆扩土了？满腹狐疑的陶老先生立即降下祥云，一探究竟。

入口处写着"东方桃花洲"，好大的口气啊，难道比我桃花源还好？陶老先生并不糊涂，且走且看。

陶老先生走进一栋栋紧挨着的温室大棚里，里面坐着桃姑娘。呵，人间天堂啊！风可大可小，温度可高可低，阳光可多可少，全部操作在桃姑娘娘家人手中的电脑键盘上完成，才三月天呀，桃花已鲜艳无比，争奇斗艳。真是智能胜天意啊！陶老先生暗暗佩服。

这是什么地方呢？陶老先生移步四寻，百十米开外，一幢六层大楼映入他的眼帘。原来是盐城市大丰区大桥镇人民政府。站在政府大楼顶端，向东一看，浩瀚的黄海尽收眼底，还真的是在东方呢，这一片绿洲称作东方桃花洲名副其实，老人家赞叹地竖起了大拇指。

我的桃花源土地平旷，屋舍俨然，有良田、美池、桑竹之属。阡陌交通，鸡犬相闻。其中人们往来种作，男女衣着，悉如外人。黄发垂髫，怡然自乐。而新桃花源人——大桥人，是怎么样的呢？陶老先生并没有被美丽绚烂的桃花迷住双眼，想再进东方桃花洲一探究竟。

转眼到了中午，陶老先生感到饥肠辘辘，到了用餐进食之时了。想啥来啥。他眼睛一抬，一处"农家乐"就在旁边。

白墙黛瓦的徽派建筑正笑迎他的到来。偌大的庭院桃花盛开，小桥流水，食客穿行其间，或携老带小，或情侣成双，或三五好友……

找一处石凳石桌坐下，春之魂子沙爆，饱满的鱼子，晶莹剔透；菜花蛤子，如其名肉质丰腴，其汤又鲜又爽；黄海精灵蛏子刚刚离水，下锅加料，辣得适当，味道可口；大丰特产文蛤，肉质细嫩，有"海中第一鲜"美誉，香味扑鼻，热气腾腾。四道时令海鲜美味，让陶老先生赞不绝口，吃得他饱嗝连连。

旁边的一桌客人兴趣盎然地聊着大桥镇的工业园区，陶老先生被他们眉飞色舞的讲述所吸引，动了要去参观一下的念头，问询了一下路线，便躬身前往。

整洁的柏油马路两侧绿树成荫，正好遮住了中午似火的骄阳。醒目的"大桥镇铸造机械产业园"的牌子就竖在入口处，园内一排排厂房，鳞次栉比，不闻人声鼎沸，只见机器飞速运转。走进澳滨铸造有限公司生产车间，各类大型自动化设备横贯其中，公司负责人如数家珍地向陶老先生叙述。在"产业新宠"高分子新材料的美谷塑胶工业公司车间里，陶老先生看到，一把把透明粒子倒入铝合金漏斗中，立即变为一块块走俏国内外市场的聚碳酸酯板材。新桃花源人都走向世界了啊，陶老先生连连称奇。

小城镇建设怎么样？陶老先生的想法就是不一样。说着，就腾云驾雾去一探究竟。小南湖公园尽收眼底，一池碧水上白鹭在戏鱼，树林中鸟儿在欢快地歌唱，人口文化长廊上的仁、义、礼、智、信的板块内容，尽显传统人文美德，真乃人们茶余饭后休息、纳凉、娱乐的好去处呀！

小集镇十分精致，街道柏油铺就，宽敞而又干净，很有地方特色。街面上行人熙熙攘攘。新拓浚的入海河道——川东港越境而过，丰富的水资源滋润着大桥人民。集镇已经建设成为黄海之滨的鱼米之乡。一座百米大桥飞架南北，桥下帆船点点，桥上车来人往。便利的交通，让幸福的人们插上了腾飞的翅膀。

陶老先生越看兴趣越浓，忽见集镇东面是排排小楼，扑面而来的是阵阵花香，频频入耳的是欢声笑语，映入眼帘的是一派水乡风韵。这是个啥好地方？陶老先生暗自纳闷儿。得打听打听。一位老农人告诉他，这里叫桃源居，是大桥镇新建的农民集中居住点。住宅建筑以低层联体别墅为主，建筑面积能满足各家农户的不同需求，公共服务设施一应俱全。

这不就是小城市吗？我的桃花源中可没有啊。遭遇"大姑娘上轿头一回"的陶老先生，早已被村民们热情地迎进屋内，富丽堂皇的装潢，设计新潮的家具，令老先生眼花缭乱。再品上一口香茗，陶老先生笔下《桃花源》中的神仙眷侣生活，早已黯然失色。

吃丰盛的晚餐自然不能在农家，贵客一定会被请到准五星级凤翔大酒店，老总沈长风亲自掌勺。独门厨艺，美酒相伴。陶老先生沉醉在其中，把酒言欢。周围广场舞音乐声响起，陶老先生放下酒杯，也随声起舞，和大爷大妈们跳了一曲又一曲。人们友善好客，良辰美景让他乐不思乡。

沈总陪伴着陶老先生来到大桥温泉，陶老先生顿时睁大了眼睛，还有这琼浆汤池？太奢侈也！沈总笑着告诉他，这口温泉井，是被地质勘探队发现的，井深一千五百多米，富含硒等多种微量元素，水温常年保持在53℃，适宜洗澡、养生、休闲。陶老先生体验了泡浴水疗、鱼疗、中药浴、石板浴、溶洞浴等服务项目，顿感疲劳被一扫而光。

陶老先生不无感慨地说道："我的桃花源虚无缥缈，而东方桃花洲才名不虚传啊。回去后，一定要把老伴儿接来，就在这里安家，享尽东方人间仙境的天赐之乐！"

心中有座"雄鸡垛"

◇ 朱明贵

前些日子，随着省考古队的考古铲将一块块最早为唐宋时期的陶瓷碎片、碗盏残片、陶制盆、甄、罐等文物，从大丰区万盈镇双福村与小海镇杨树村交界处的一片地势较高地带发掘出土，"雄鸡垛"的传说再次成为人们的神奇谈资。为此，各种媒体和文艺平台上发表的有关赵匡胤东征时邂逅神鸡的神话也弥散开来。

我的老家，就在这神奇的雄鸡垛以东几百米远的庄子上。我自幼就对这个充满神秘色彩的垛子，有着很多从各种传说里所形成的认识。在我心中，最早也是最远关于雄鸡垛由来的故事，是庄子上似乎有着满肚子神话传说的正同奶奶讲给我们这帮毛孩子听的。

话说北宋开国大帝赵匡胤率部东征，来到离黄海不远处的一片荒滩。某日，有探子来报，说前方不远的地方横亘着一小岛，守护过岛之路的是一只奇凶无比的红毛大公鸡。大凡兵丁生人从此经过，若无岛主同意，大公鸡绝不放行。且说探子走近这只鸡时，岛主不在岛上，这探子自然不能过去。身披战甲、手持长矛的探子哪里瞧得上这只守岛之鸡，遂与不肯让道的红毛雄鸡交了手。只见雄鸡凌空飞起，然后俯冲下去，直啄探子的脑门，任凭探子挥刀舞矛左冲右突，这雄鸡却进退有度，越战越勇。探子败下阵来，跌跌爬爬回营向大帝报告。大帝一听，心道我东征大军还能被一只鸡挡住征途不成？他整整战袍，大吼一声"上"，众将士飞奔尘起，冲向小岛。

说实话，这大队兵马，一只鸡当然难为对手，但红毛雄鸡还是与上来的兵卒勇敢啄战，直至最后被赵匡胤命士兵将其用铁网罩住，方才得休。赵匡胤觉得这不是一只普通的雄鸡，杀了可惜。于是命手下兵卒抬来一个厚重的铁柜，将雄鸡关于柜内。为防止雄鸡再度出柜逞凶，赵匡胤让军士在铁柜门反面设一机关，上方悬放一把利剑。一旦雄鸡挣脱铁网欲出铁柜，利剑落下，雄鸡就将断颈殒命。一切安顿完毕，大帝巨掌下按，铁柜平地下沉两丈。后葬鸡处日渐隆起成垛，雄鸡垛自此得名。

神话就是神话，传说只能是传说。北宋公元960年建立，而大丰成陆又是什么时期？本不可能构成赵匡胤东征与雄鸡垛神话传说的时间交叉。但考古工作者从地下发现了东周时期的夹砂红陶鬲，以及较多唐宋时期器物残片。以此推断，雄鸡垛所处之地域，从前极有可能是一个不很大的海岛，岛上有漂泊至此的先民生活居住过。那些陶罐碎片、碗盏残片等，是他们曾经使用过的器物罢了。

而现实存留的雄鸡垛及其周边地势地貌，我们从小至今直观感觉也是高企的。据年长者回忆，江界河未开挖时，雄鸡垛是一处神秘幽静的高墩，只是随着风雨的销蚀冲涤，墩垛日渐扁平。不知是出于对神话的敬畏，还是其他什么缘故，二十世纪七十年代初开挖江界河时，恰恰是在雄鸡垛遗址处拐了一个弯，两三公里后又取直西进。

作为在充满神秘色彩的雄鸡垛附近长大的农家孩子，我年幼时可以说是谈垛色变。至于原因，除了赵氏大帝的谋略与红毛雄鸡的神勇外，还有雄鸡垛地理位置的神圣可畏和墩垛周围坟茔的阴森恐怖，这些都让我们这些没有探幽经历的乡下孩子不敢走近。小时候庄子里家家户户养猪养羊，家四周田野里的猪菜、羊草都被我们找遍挑尽了。有人说，雄鸡垛周边长满肥硕的枯麻、刺艾、狗脚脚等猪菜，于是几个胆大的愣头青就心里痒痒欲提篮上垛。不料消息传到正同奶奶耳里，她立马找到牵头的，声色俱厉地喝止了他。记得正同奶奶一脸惊恐地说，你们万一上了垛子惊动了地下铁柜里的雄鸡，利剑就会飞出来砍人伤人，去不得，去不得……

那当年开挖江界河，在雄鸡垛处拐了个弯，也是因为怕飞剑伤人吗？这已是半个多世纪前的事了，不必探究它了。面对从雄鸡垛遗址出土的那些陶片碎瓷，回想当年远眺墩垛时的种种神往，我似乎看到了滔滔黄海上那座不算很大的岛屿，看到了岛上捕鱼捞虾和拾贝捡螺的先民，也看到了如今树木依然郁葱、芳草仍然萋萋的雄鸡垛遗址，以及不远处别墅毗邻的农家庭院和生机旷野里的一派祥和。

漫步星星乐园

◇ 周建芳

一进恒北村西边的大门楼，就看到大道右侧五十米高的白色塔杆上"原乡星星乐园"六个鲜红的大字了。

星星乐园于2019年5月，由浙江华盛达控股有限公司投资建成，对外开放至今已有五年了。乐园东西长一千二百五十米，南北宽二百米，是一个呈长方形的儿童伊甸园。

星星乐园名字里的"星星"二字，意含光明璀璨。传递给每一位游客一种自然、快乐、温馨的文化理念和精神享受，寓意每个家庭的孩子都能成为未来之星、希望之星……

乐园大门朝北，大门上方的五彩字不停地闪烁着光。进门后是广场，广场南侧为舞台，舞台后面有假山。乐园以广场为界，分东西两个景点项目区，项目总量有二十多个，西区为主，东区为辅。

漫步西区，首先映入眼帘的是高十二米的七彩旱滑项目，该项目通过玻璃栈道到达，一次可供四十人旱滑，这是儿童们最喜欢的去处，当你坐上滑气皮圈，从上到下一百多米的滑坡，只需八秒钟就滑完了。那居高临下，迅速滑翔的感觉，既惊险刺激，又让人开心快乐。

从七彩旱滑下来，即可坐上网红小火车游玩。网红小火车共有二十四个座位，小火车沿着路边和水边的小铁轨兜一圈只需六分钟，八百米长的路程，不知不觉就到"站"了。孩子们虽然有些依依不舍，但只好下车转往下一站。

下一站是水上乐园，也称游船码头。这里有二十多亩的人工湖，湖中小岛上有孔融让梨的小型雕塑。湖中有两只大白鹅和一只黑天鹅在不忙不慌地游荡，还有一对野生小水鸭，自由自在地生活在湖中。

从游船上岸就来到了跑马场。跑马场占地约五亩，有棕、黑、白三匹骏马。棕色马个头儿大、性子烈，没有骑马经验的一般不敢骑；黑色马个头儿中等，性子也一般，比较好骑；白色马个头小儿，性子温顺，听话好骑。因此大人小孩儿都喜爱骑白马。骑着马儿跑一圈，只需三分钟，对没有骑过马的大人小孩儿来说，别有一番乐趣，是值得一骑的。

丛林探险也是锻炼孩子意志的一个游玩项目。探险车一次要承载三十人。带着防护装置，在一层探险闯过七道关卡后，到二层探险时需穿戴安全设备，在安全员的协助下才可以进行。

浑水摸鱼是大人陪孩子一起玩的项目。这个项目是在一个人造的池塘内，大人带着小孩儿把水搞浑后一起摸鱼，这是一个灵活性高、趣味性强的项目，当你摸起一条鱼的时候，那是十分开心快乐的。

萌宠运动会集中了小马、小猪、小兔、小青蛙、小乌龟等塑料制成的各类可骑在它们背上的小动物，这是比较小一点儿的儿童喜欢游玩的项目。其场地较大，小动物五颜六色，不停地前后左右摆动，让孩子们尽情享受童年的欢乐。

西区除以上七个项目外，还有太空漫步、过山车、呐喊喷泉、采摘园等项目。这些项目，都可让孩子们去游玩体验。

现在让我们来到东区看看。东区项目较少，但绿地面积较大，这里有拓展训练场、户外烧烤和农家土灶三个户外项目，还有蹦床、越野卡丁车、碰碰车三个室内项目。

最值得一看的是农家土灶项目。这里共有七十三张农家土灶台，可容纳八百人同时野炊就餐。农家土灶台用修剪下来的梨树枝为燃料，饭菜都用铁锅烧成，烧出来的饭菜，味道香醇，十分可口，大人孩子都爱吃，能让人们记住那萦绕在心头上的一丝丝乡愁。

据恒北村旅游公司负责人介绍，星星乐园将加快建成集农耕文化、亲子游乐、水上运动、户外拓训、国防教育、科普教育、国学礼仪、职业体验、美食休闲等九大功能为一体的亲子教育游乐园。

恒北村的原乡星星乐园，通过几年的开放营运，取得了较好的成效，打下了良好的基础，初步显示出了乡村振兴、乡村旅游的魅力。

今后的岁月里，这个家门口的儿童乐园，一定会星光灿烂、魅力四射、越来越美！

恒北梨花开

◇ 冯晓晴

朵朵簇簇，似冬日未消的雪缀满枝头。四月，叶未绿，花先开，圣洁的白，宁静的美。

走进恒北梨园村，迎面扑来的是清新诱人的气息，心被惬意甜蜜包裹。四月芳菲，白色是恒北的主色调，千树万树梨花开。远眺，银波浩渺，梨花如雪，还有盈盈麦绿、浅浅桃红，还有那金黄的油菜花儿。感触得到，这里春意正浓。

从古色古香的牌坊下经过，有一种从古到今的穿越感。目光还停留在明清风格的建筑上时，脚步却跨进了现代。这清新悦人的梨园，总是让人感到心旷神怡。

徐徐的清风，温暖的阳光，梨花颔首含笑，小草绿于脚边。锦绣果园新建的木架长廊，未见藤蔓缠绕，却有梨枝垂香，许多游人徜徉其中，赏花，拍照。景诱人，人入画。一条小河贯穿东西，黛瓦农舍临水而居，家家门前桃花红、梨花白……

那日正值"恒北恒美，梨缘天下"乡村游活动开幕，游人如织。赏花踏青者络绎不绝，垂钓者、歌者、舞者芸芸。清水湖边，清风艳花、亭台楼榭，票友这边唱罢那边和。虽然《梨花颂》曲调哀怨了点儿，但有"梨花"两字，也便成了票友献艺的动因。曲径通幽，溪水绕村过，有农妇下河淘米洗菜，举手捋起垂落的发丝，给路人一个甜蜜的微笑。置身于这样的境地，疑是神游陶潜公的南山田园，"榆柳荫后檐，桃李罗堂前"。支耳聆听，农舍小院传来了欢快的旋律，那是一曲人们耳熟能详的《在希望的田野上》，节奏明快，清新蓬勃，与这里的春天，与我们踏青赏花的心情遥相呼应。

恒北的精魂在梨园里，人们冲着这满野雪白的梨花而来。登上观景台，满目苍苍茫茫，像漫天飘舞的飞雪，一浪浪向你涌来。感谢第一位引进早酥梨品种的农艺师，是他的慧眼识金和坚持，换来了今天梨园村的壮观。大凡想做成一件事者，都得冒点风险，那样一个倡导植棉种粮的时代，敢为人先，栽下雪梨一片，多么需要一种无畏的勇气来支撑。经过一代代人的努力，换来了如今"留连戏蝶时时舞，自在娇莺恰恰啼"的美好景色。这梨花，甜蜜了一个村庄，酥香了一个时代。

走下观景台，走进梨园深处，那棵棵梨树，看得出是有些年代了，树干苍黑嶙峋，树形似雕琢修剪过的盆景，曲虬苍劲，风姿万千。钢铁铸就般的枝干上，盛开着洁白的花朵，似璎珞冰绡。这奇特的盛景，是古老与新生的融合，是粗犷与柔美的叠印。

有一种想歌想书的冲动，在这洁白如雪的梨花园里，唱侃侃的《穿过生命散发的芬芳》。这梨花，完成了一次无言地盛开，生命的过程虽短暂，却有丰硕的收获，在身躯飘落入泥的那一刻，希望的果实也就挂满了枝头。"晚霞映水，渔人争唱《满江红》；朔雪飞空，农夫齐颂《普天章》。"这儿不仅有农人的歌唱，还有骚人箫管、书人墨香。老画家园内专心作画，月光下，梨花淡影，暗香浮动。两只鸟儿闻香飞来，有人诧异，这皓月当空，何以有鸟？一才女急切应答："月出惊山鸟嘛！"老画家拍案叫绝，心中的感觉被临摹纸上，正愁拟不上题呢，又有才子接句："闻香梨花园呗。"就这样，一幅画，有字有景，浑然天成。

在恒北的梨园散步，心是松软柔和的。微风吹来，花香四溢。这香，淡淡的，幽幽的，也是甜甜的。四月的恒北，梨花开了，像飘飞的雪，白了一个村庄，白了一个世界……

梨花源记

◇ 戴文华

古有武陵桃花源，今有大丰梨花源。陶渊明笔下的桃花源中无杂树，芳草鲜美，落英缤纷；大丰的梨花源，小溪环绕，绿树成荫，花草芬芳。与武陵桃花源不同的是，大丰梨花源在苏北平原。大丰梨花源在大丰市区东南的恒北村，离大丰城区不到四公里，是靠大丰城区较近的一个乡村旅游景点。

说起大丰梨花源，乡间还有一个美丽的传说。这个传说是真是假，已无从考证。不过，现在的恒北村倒成了传说中的现实，正在不断演绎着一个又一个真实动人的故事。

4月初，我来到了恒北村，探访现代版的梨花源。

沿着小溪边的一条小路进入一片梨树林。人在梨园行，花在头顶飞。我惊叹不已，缓慢前行，去探寻那片梨林的尽头。可溪水有源头，梨林却没有尽头。

在梨林，我遇到了正在修剪梨树枝的村民沈大伯。他说，他栽种的叫黄金梨，是他曾祖父留下来的。1943年3月，日本鬼子下乡扫荡，烧毁了所有梨树。好在他爷爷先前冒着生命危险，丢掉全部家产，却剪了几根梨树枝条，逃往外乡，这才把黄金梨保存了下来。

从过去到现在，多少年过去了，村里家家户户都长黄金梨。改革开放后，恒北村因长黄金梨，一跃成为享有"世外梨源"之称的国家级生态村、全国十佳小康示范村和江苏省著名旅游景区。

沈大伯告诉我，分田到户，农民种植有了自主权，但离不开市场引导和技术指导。黄金梨品质优，但易生病，需要科学治理。恒北村农民致富，有一个人不能被忘记，他就是指导村民种果树发家致富的高级农艺师——老杨。

我与老杨相识是在1990年。那年春天我下乡搞调查，经过恒北村。4月，恒泰河沿岸的原野，早已绿得发翠。蓦然，远处铺展出一片又一片盛开着洁白梨花的梨树林。一树树梨花冰清玉洁，犹如仙女飘落的洁白羽纱，又似无数玉色蝴蝶从天外飞来，落满枝头。我惊喜不已，被梨园景色和梨园中的一个人吸引住了。

他高高的个子，戴着眼镜，手拿一把剪枝刀，一身农民装扮，看上去就像一个土生土长普普通通的农民。

老杨长期深入恒北村，把帮助农民科学致富当成自己的天职。他因地制宜，指导农民栽果树，为农民致富架金桥，使昔日的盐碱地长满"摇钱树"……

"前人栽树，后人乘凉"，老杨已去世多年，但他指导农民栽培的一片片果树林仍然枝繁叶茂，每年果实累累。

如今，走进恒北村，一股清新的气息扑面而来。只见楼房鳞次栉比，果林成片，村前村后，路口桥塝，河塘四周，到处是梨树，香甜四溢的恒北村仿佛裹在梨花坞里。

参加在恒北村举办的梨花节时，又一次被梨园美景打动。眼前一望无际的梨树林，在春风的吹动下，仿佛一片白色的海洋。一簇簇梨花，宛如蓝天上洁白的云朵，却比云朵更斑斓；又像落在树枝上的白雪，却比白雪更富有生机和美感。金灿灿的阳光洒在梨园四周的河面上，泛起粼粼波光，穿过梨树的缝隙，在草地上投下一道道斑驳的光影。雪白的梨花，青青的草地，散发出沁人心脾的清香。

眼前那绿色的田野，澄碧的小河，散淡的村庄，俱因梨园的点染和鸟儿的鸣叫而平添了几分动态的明丽，使人流连忘返，产生一种返璞归真的美感。在恒北梨花源，能享受到一种临水而居、林茂树幽的清静，大自然的美，在这里得到充分体现。隐身在四周环水的梨园中，宛若进入了仙境一般。

村部西南侧是中华农耕民俗文化园，园内有民俗文化长廊、游船码头、水车风情、紫藤绿道等十八个景点。曲径小路，小桥流水。这里凉亭矗立，绿树成荫，花卉芬芳，令人心旷神怡。村部东侧是温泉度假酒店，游客可以到这里来享受都市里星级宾馆的优质服务。村部以南，有一排排环境优雅的民宿别墅，那是恒北新村康居小区。

由村部向东行走不到一公里，梨园生态长廊就跃入眼帘。长廊全木结构，蜿蜒曲折，有能工巧匠将"梨"元素融入雕栏，用中国红勾勒出外形，伴以扇形、梨花花瓣形的镂空图样，古色古香，宛如虹桥架于碧海之上。弯曲的长廊仿佛一条可以穿越的隧道，能带人来到曲调悠悠的梨园深处。

慢慢穿过生态长廊，踏上二层楼高的梨花亭。亭柱上题有"梨花淡白柳深青，柳絮飞时花满村"的诗句。极目远眺，千亩梨花尽收眼底，大片大片的梨树铺陈开来，绿叶随风摇曳，枝头上的梨花争先恐后地吐蕊开放，好似一片片翡翠中的点点白玉……

初秋时节，我再次来到梨花源。黄金梨熟了，好多游客和城里人扶老携幼合家来到梨园摘梨买梨，品尝收获的喜悦。在梨园买的梨又大又圆，全是"出手鲜"。我买了十斤黄金梨，一个足有半斤重，咬了一口，又脆又甜，满嘴生津。观赏梨园风光，摘梨、买梨、品梨，其乐融融。

在梨花源，我看到了一堆堆农家肥。恒北村农民种植黄金梨不使用化肥和农药，采用生物、物理防虫技术。农民在梨树下放养鸡鸭，种植大蒜、花生、赤豆等农作物，使用的肥料都是畜禽粪便，还有树叶、农作物秸秆、草木灰混合而成的有机堆肥。

"悠悠碧水绕果园，满眼梨花映乡村。"一方水土养一方果树，恒北村的河水清澈，空气清新，土质肥厚，优美的生态环境，使恒北村的果品格外鲜甜。

每年4月的梨花节，引得各地游客纷至沓来，使他们可以饱览"千树万树梨花开"的梨园胜景。恒北村放大生态梨花源特色，充分挖掘农耕文化、梨园文化、乡土文化、民俗文化、饮食文化，致力于开发生态旅游产业。锦绣果园成了恒北村颇具特色的景点之一。这里种植了梨、桃、柿、葡萄、枇杷、石榴等二十多个品种的果树，四季里有花有果，吸引着城里人到这里体验一次亲自采摘果实的田园生活，品尝丰收的快乐。

梨园、温泉、农家乐、生态餐厅、度假农庄、农耕文化园等旅游景点，魅力非凡。每年，长江三角洲地区的游客络绎不绝，甚至更远地区的游客也慕名而来。他们说，恒北梨花源生态环境美，景点多，好玩呢！

国安物阜是吾乡

◇ 陈晓春

2022年9月29日，"艺心向党"自由职业艺术家喜迎党的二十大主题作品展在上海市奉贤区开幕。本次活动得到了31个省（自治区、直辖市）自由职业艺术家的大力支持和积极参与，共收到1807幅作品，由中国美术家协会评选出200幅作品线上展出，其中100幅作品线下展出。大丰区美术家协会主席彭蔚海先生的国画《家住恒北梨园新村》从1800多幅作品中脱颖而出，入选本次展览。

记得还是6月底的时候，接到"自由职业艺术家喜迎党的二十大主题作品展征稿通知"不几天，蔚海主席电话邀我去他的工作室，帮他的作品拍两张照片，做成电子稿投稿，我欣然而往。

走进蔚海主席在恒北新村文创街的工作室，只见南墙上一幅240 cm×200 cm的巨幅画作刚刚完稿，墨痕犹湿，尚未题字落款。盛开的梨花占了整幅作品的四分之三，远处整齐划一的农民别墅小区，沐浴在清晨的霞光之中。脚下青青的小草似乎正散发出浓浓的清香，露香、花香、草香，扑面而来，沁人心脾。通过作品，我们看到了繁花似锦，看到了朝气蓬勃，看到了欣欣向荣，看到了新农村建设给农民带来的幸福生活。

是啊，作为"全国最大的早酥梨商品生产基地"的盐城市大丰区恒北村，以盛产早酥梨而闻名，现有成龄早酥梨面积三千八百亩，是以特色果品产业为主的专业村，有着五十多年的种植历史，产品获得国家有机食品认证。

2016年，恒北村通过市场化、社会化、特色化招商引资，总投资五亿元，建设了恒北原乡温泉度假村项目。建成后该项目集温泉民宿、农耕体验、户外拓展、休闲餐饮为一体，努力培育"春有花、夏有绿、秋有果、冬有泉"的乡村特色旅游。

经济的发展推动了文化的发展和农民生活水平的提高。全村共有各类型别墅、跃层式住宅三百套，是苏北一流的"绿色、生态、宜居"新社区。旅游建设方面，建有梨园赏花、农家采摘、果品展示、科普加工、农家乐、民宿等旅游配套；文化建设方面，在村党群服务中心设有展示厅、便民服务中心、早酥梨专业合作社、图书阅览室、人口文化室、健身活动室、多功能党员活动室等，为村民提供功能完善的全方位服务；生态建设方面，全村实施道路绿化、庭院绿化、河道绿化、田园绿化、景点绿化，绿化面积达95%，全村农民楼房居住率达36%，116户村民进入新农村集中居住小区，实现了城乡供水一体化全覆盖，垃圾统一清运，生活污水统一处理。村产业特色明显、村容整洁、村风文明、村民富裕、管理民主。

恒北村获得过全国文明村、国家级生态村、全国生态文化村、中国慢生活休闲体验村、全国一村一品示范村、全国十佳小康村、全国交通文明示范村、全国休闲农业与乡村旅游示范点、全国科普惠农兴村先进单位、江苏省新农村建设先进村、江苏省最具魅力休闲乡村、江苏省四星级乡村旅游点、长三角最美乡村等众多殊荣。

面对如此景色宜人、物产丰饶、生态宜居的美丽乡村，文艺家们自然会激情澎湃，思绪飞扬。恒北村每年不仅吸引大量的游客前来观光旅游，体验农家生活，同时还吸引了一批又一批的文艺家们前来采风创作，用文字、用笔墨、用色彩、用光影来记录党的三农政策的有效实施给农村带来的翻天覆地的变化，描绘新时代农民的幸福生活，讴歌中国共产党团结带领全国各族人民从站起来到富起来、强起来的丰功伟绩。蔚海主席入展的这一幅画作《家住恒北梨园新村》的创作正源于此。

通过蔚海主席的这一幅呕心力作，通过恒北新村的梨园一角，我们仿佛看到了党的十八大以来，党和国家取得的历史性成就、发生的历史性变革；看到了全区人民在区委、区政府的正确领导下，不忘初心、奋力拼搏的艰辛和经济社会发展取得的巨大成就、城乡日新月异的发展变化；看到了大丰人民在社会主义现代化建设新征程上同心同德、共建美丽家园的新作为、新气象和锐意进取、勇毅前行的精神风貌；看到了如蔚海主席这样的自由职业艺术家们与党同心同德、与人民同向同行的创作宗旨和精神底色。有感于此，以一首小诗《七律·乡村新貌》为此文作结：

河边榆柳绿成行，碧水青荷浴露香。
村墅新莺歌宛转，花庭野蝶舞癫狂。
一天春色凝烟翠，万顷金波耀日光。
善政指明康福路，国安物阜是吾乡。

打造全国乡村非遗文旅"丰向标"

——记大丰恒北村非遗文化助力乡村旅游

◇ 大丰区旅游协会

裹粽子、腌制咸鸭蛋、梨园泼水季、亲子活动等接地气的旅游项目，引来了一拨又一拨家长和孩子们前来参与。温泉养生、本场菜肴、非遗文创体验，也受到游客朋友的热捧。2023年端午节假期间，大丰区恒北村"恒北真的梨不开你"端午特色旅游活动，紧锣密鼓地拉开了帷幕。这次活动非遗项目多，民俗文化项目也丰富多彩。浓郁的节日氛围让每一位来恒北旅游的朋友，在领略"全国乡村旅游重点村"秀美景色的同时，还真切感受到了这里厚重的传统文化底蕴。

精彩大丰缤纷多姿，多彩非遗薪火相传。

近年来，恒北村坚持非遗文旅与生态旅游融合发展的方针，同时充分联结现代生活，展现地方优秀传统文化的亮丽风采和蓬勃生机。推动非遗保护，发展非遗文旅。

一、恒北乡村非遗文旅发展背景

恒北村是全国乡村旅游重点村、国家级生态村、全国文明村、非遗文旅特色村，以盛产早酥梨而闻名，是全国最大的早酥梨商品生产基地之一，有着五十多年的梨树种植历史。早酥梨先后荣获"国家地理标志商标""国家地理标志农产品"等称号。

二、恒北乡村非遗文旅项目

恒北村拥有从国家级到县（区）级的非遗项目三十多项。涵盖了传统美术、舞蹈、技艺、民俗等多种类型，形成了各美其美、美美与共的局面。为非遗旅游村庄的打造，奠定了坚实的基础。

目前，恒北村常驻非遗项目有：国家级非物质文化遗产——大丰瓷刻工艺；省级非物质文化遗产——大丰麦秆剪贴画工艺；市级非物质文化遗产——小海香肚和松花蛋制作技艺；县（区）级非物质文化遗产——大丰本场人传说、大丰本场人民俗、许氏本场人"六大碗"菜肴烹饪技艺、朱家肉圆制作技艺等。

引进的非物质文化遗产项目有：国家级非物质文化遗产——苏州周派核雕、苏州刺绣、徐州曹氏香包、秦淮灯彩、宜兴紫砂工艺品、东海水晶工艺品、东台发绣等技艺；省级非物质文化遗产——盐城老虎鞋、金湖剪纸、射阳农民画、盐都柳编、阜宁面塑、合成昌醉螺、阜宁大糕、东台鱼汤面等技艺；市级非物质文化遗产——南京铜雕、仿古牙雕、苎麻编织、草堰木刻、利民木兰龙舞、万盈根雕、白驹桂森糖馃子、盐城"八大碗"菜肴烹饪等技艺；县（区）级非物质文化遗产——风筝制作放飞、万盈菖蒲画、草堰烙铁画、王平才篆刻、传统书画装裱、小刘剪纸等技艺。

三、恒北乡村非遗文旅的创新举措

经营非遗文创街

恒北非遗文创街采取上坊下店的形式，以两层小楼布局为主，楼上是非遗传承人的工作室，楼下是展示和形象店面。非遗文创街有许多特色非遗文创店。其中涵盖了国家级非遗项目"大丰瓷刻工艺"；江苏省级非遗项目"大丰麦秆剪贴工艺"；县（区）级非遗项目"本场人传说""大丰本场人民俗"；盐阜非遗饮食文化代表项目"恒味记"；获江苏省美术作品展一等奖的非遗生态作品

"蔚海书画"；中国麋鹿摄影第一人杨国美先生创办的"国美影像"；汇集恒北非遗梨元素的"梨缘手工坊"等。

举办非遗文化节

每年4月初，恒北村都会举办非遗梨花文化节。截至2023年已举办了十届，由央视主持人现场主持，央视现场直播，反响热烈。在此期间，还有现场非遗文化秀、非遗精品展、民俗表演等活动。与此同时，该村还邀请江苏多地的非遗传承人，进行现场展演。这些活动受到了相关专家和中外游客的一致好评，引起了社会的广泛关注，并产生了一定的影响力。

打造非遗主题公园

非遗梨园风光主题公园设有非遗大舞台、果品展示中心、篮球场、健身步道、晨练功能区、本场人茶馆、村级文联、梨树观赏示范园等。还配套了非遗民宿，增添了地域文化特色，为非遗文旅深入开展锦上添花。

建设非遗文化园

非遗文化园占地六千多平方米，由大丰瓷刻馆（含瓷刻博物馆）、大丰民俗影像博物馆、大丰本场人博物馆（含国学馆）三馆组成，该园集非遗产品研发、制作、产业化发展于一体，成为对外交流、展示、创作、培训的重要基地。

筹建非遗学院

恒北村正在紧锣密鼓地筹建盐城市非遗学院恒北分院，每年安排三百名师生在恒北原乡研学基地授课、学习，旨在培养技艺高超的非遗传承人，为人才振兴和文化振兴储备力量。

探索非遗与旅游融合模式

走发展型融合道路。恒北村开发性地将非遗项目引进到村，并建立了集展示馆、工作室、商店三者于一体的文化商业区域，为非遗项目的提升、发展、传承，开辟了新的路径。

打造观赏型融合区域。非遗进村入户，使村庄拥有了更多的烟火气。恒北村每年游客参观量达到四十万人次，而非遗文创街是必游之地。举办的现场非遗秀、非遗项目展、非遗体验中心等，吸引众多的游客前来打卡。

开辟体验型融合项目。恒北村大力开发非遗项目体验课程，在瓷刻馆、麦秆画工作室、星星乐园、手工坊都开设非遗体验课程。定期开展瓷刻、麦秆画、虎头鞋、刺绣、风筝等一系列非遗技艺培训。还有专属定制的包包、首饰、绘画、服装等艺术品。游客不仅能观赏非遗作品，还能亲自制作非遗工艺作品，获得真情实感的体验。

构建开发型融合思路。非遗文创街拥有各项非遗文创产品，涵盖了学习、生活、办公、娱乐等多个领域。同时，在各个非遗工作室，也有作品售卖。这些作品制作精美，有一定的收藏价值。此外，还系统地设计开发非遗文创系列产品，吸引当地村民参与加工制作。这样，不仅带动了创业增收，而且满足了游客需求。

实施功能型融合方针。恒北村与盐城市境内的相关中小学合作，因地制宜开展非遗研学、游学课程。设计个性化、精品化的非遗主题创意活动。学生们在旅游的同时，还能学习传统技艺，传承民族文化和匠心精神，培养了一大批年轻的非遗传承人。

四、恒北乡村非遗文旅效益

2019年，恒北村荣膺"中国旅游百强村庄"。这为非遗文旅的未来发展打下了坚实的基础。通过不断地发展，恒北村已经发展成为一处具有文化、自然、经济等多重价值的美丽乡村，取得了不可估量的社会效益。

社会效益最优化。恒北村为众多非遗项目提供了宣传、展示、教育、传播、研究的场地与平台，非遗项目也助推了恒北村的乡村振兴、文农旅融合发展。以大丰瓷刻工艺、大丰麦秆剪贴画技艺为首的非遗项目，目前已培养了一百多名非遗传承人，为非遗的保护与传承，培养了专业人才。每年前来体验、制作非遗作品的学生及游客约五千人次，使非遗充分发挥了宣传、展示、教育、传播的功能。历年来，全国各类媒体对恒北村的新闻报道数量剧增，仅文字报道就有五百多篇（次），非遗旅游已经成为恒北村的一张特色名片。

经济效益最大化。恒北村按照"2+1"，即"有机果品产业、生态旅游产业+梨园衍生产业"的发展思路，拉长产业链，进行前延后伸，助力发展育苗加工、果品加工、旅游观光等项目；通过成立麋鹿早酥梨专业合作社，来鼓励和引导农民种植早酥梨；引进果酒套瓶技术开发，"恒北永不分梨酒"和梨木工艺品，形成了独具特色的梨产业链，实现果品衍生价值翻番。恒北村每年的游客参观量达四十万人次，实现每年旅游收入约二千万元。其中，参观、游览非遗文创街、观赏非遗作品及展演的人数大概为二十万人次，与之相关的旅游收益约为四百万元。

品牌效益高端化。恒北村有国家级生态村、全国文明村、全国乡村旅游重点村、全国一村一品示范村、全国十佳小康村、中国慢生活休闲体验村、全国生态文化村、全国交通文明示范村、全国休闲农业与乡村旅游示范点、全国科普惠农兴村先进单位、全国农村幸福社区建设示范单位、江苏省新农村建设先进村、江苏省最美乡村、江苏省乡村旅游标准化示范基地、江苏省最具魅力休闲乡村、江苏省五星级乡村旅游区、江苏省第五批特色景观旅游名村、江苏省乡村振兴旅游富民先进村、盐城市十大最美乡村等众多荣誉称号。近年来，恒北村文创街先后被江苏省文旅厅，评为省级"乡村旅游业态创新示范产品"、江苏省"无限定空间非遗进景区示范项目"。

如今，非遗元素融合在恒北旅游业的"吃、住、行、游、购、娱"之中，一幅非遗旅游村庄的美丽画卷，正在徐徐展开，彰显出这个村庄妩媚而迷人的风采。